LE MURMURE DES COPEAUX DE BOIS GIVRÉS

JENNY HALE

LE MURMURE DES COPEAUX DE BOIS GIVRÉS

Traduit de l'américain par Laure Motet

ÉDITIONS PRISMA

Titre de l'édition originale :
Christmas Letters

ISBN : 978-2-8104-4017-7

Aux créatifs, qui risquent le tout pour le tout pour y arriver.

Prologue

– Je suis vraiment désolée, maman, mais je ne peux pas te parler maintenant, expliqua Elizabeth Holloway avec douceur, le téléphone collé à sa dormeuse en diamant, tandis que les flocons de neige, telles des plumes, tombaient délicatement sur les gratte-ciel new-yorkais illuminés. Je te rappelle demain à la première heure, promis.

– Liz, murmura anxieusement Loretta avec l'accent du Sud qui berçait Elizabeth pour l'endormir, quand elle était petite.

En fermant les yeux, la jeune femme pouvait presque entendre sa mère fredonner le soir, dans la ferme de sa grand-mère, à Mason's Ridge, Tennessee, sa voix couvrant le chant des grillons dans les champs, le bruissement des feuilles dans la pommeraie et le grincement de la porte moustiquaire quand elle sortait sur le porche à l'avant de la maison. Elizabeth et Loretta vivaient alors un peu plus loin sur la route, mais elles passaient le plus clair de leur temps dans cette petite ferme nichée au cœur des collines.

Elizabeth avait tant rêvé de quitter sa ville natale qu'elle avait mis des années à se rendre compte que ces bruits lui manquaient terriblement.

Plus jeune, elle voulait passer un diplôme dans l'action sociale, puis intégrer le Corps de la paix, tout laisser derrière elle pour étudier et travailler dans des pays lointains. Elle se sentait limitée par sa petite ville et n'avait jamais vraiment eu le sentiment d'y appartenir. Tous les habitants étaient investis, chérissaient leurs terres et leur place au sein de la communauté, mais elle rêvait de prendre son envol. Néanmoins, elle n'avait réussi à atteindre qu'un seul de ses objectifs : elle avait quitté Mason's Ridge, et tous ceux qui y vivaient, dix ans plus tôt.

À présent, sa mère gérait seule la succession de sa grand-mère, et elle avait des tonnes de questions au sujet des impôts et des démarches juridiques à effectuer pour devenir propriétaire de la ferme. Elizabeth faisait tout pour l'aider depuis New York, mais cela s'avérait difficile.

– J'ai besoin de ton aide, lui dit Loretta, la ramenant au moment présent. Et c'est pressé, j'en ai bien peur.

Un sentiment de culpabilité enserra la poitrine de la jeune femme. Elle avait envie de parler avec sa mère, mais le gala de charité qui l'avait retenue à New York et empêchée de rentrer à Mason's Ridge allait commencer. Quel que soit le problème de sa mère, elle ne pouvait rien faire à cette heure-ci et elle devait gagner son siège.

– J'aimerais pouvoir en discuter maintenant, mais je suis en route pour la soirée dont je t'ai parlé.

Son téléphone à l'oreille, elle sortit un talon aiguille de la limousine et prit la main gantée du portier, qui l'aida à sortir de la voiture devant le *Plaza Hotel*, où elle comptait boire un verre, discuter avec des personnes importantes et, avec un peu de chance, danser une valse – son moment préféré lors de ces événements. Elle souleva sa robe du soir en satin rouge vif pour éviter que la neige amassée dans le caniveau ne l'égratigne, un frisson la parcourant. Sa mère continuait de parler, mais elle avait du mal à se concentrer sur ce qu'elle lui disait au milieu de toute cette agitation.

Le bâtiment monumental devant elle, entouré de sapins de Noël tout scintillants, brillait de mille feux, pareil à une torche, mais Elizabeth n'y prêta guère attention. Son petit ami de longue date, Richard Oppenheim, était déjà descendu de la limousine et l'attendait sur le trottoir, vêtu d'un smoking dont le col faisait ressortir sa mâchoire carrée. Il passa une main dans ses cheveux déjà poivre et sel, qui lui donnaient un air distingué, puis lui fit signe de raccrocher, l'air impatient, afin qu'ils puissent entrer.

Elle savait que Richard devait s'entretenir avec son client potentiel avant le début du gala : il n'aurait sans doute pas d'autre occasion de le faire avant les fêtes, or une grosse vente de diamants, cruciale pour son entreprise, en dépendait. Quand elle s'était procuré une invitation pour cette soirée, le visage de Richard s'était illuminé comme un sapin de Noël. Au début, elle assistait à ce genre d'événements pour se rendre utile, mais, peu à peu, comme tout le reste dans sa vie, ils s'étaient mis à tourner autour de Richard et servaient désormais à promouvoir sa société. Il s'y préparait depuis déjà deux semaines.

Elizabeth détourna les yeux, fixant le trottoir enneigé à côté de son talon.

– Il faut que je raccroche, dit-elle à sa mère avec tristesse, honteuse de ne pas rentrer chez elle pour l'aider, regrettant de ne pas avoir plus de temps pour la rassurer.

Chaque fibre de son corps aurait voulu passer à travers le téléphone pour l'enlacer, réconforter la femme qui lui avait tant donné au fil des ans.

Mais Richard la tira par le bras, lui arrachant presque le téléphone des mains.

– Je te rappelle plus tard.

Elle raccrocha, lui lançant un regard noir pour lui faire savoir ce qu'elle pensait de son comportement, et il lui tendit son bras, énervé, comme s'il le lui avait déjà présenté et qu'elle l'avait ignoré.

Cet appel était tombé au mauvais moment, elle ne le niait pas, mais elle savait qu'elle devait raccrocher : la presser de la sorte n'était pas nécessaire. C'était la première marque d'attention qu'il lui témoignait depuis des semaines, et c'était un signe d'agacement.

Tenant sa langue pour ne pas envenimer la situation, elle accepta son bras, et il l'entraîna aussitôt dans les escaliers, dont les rampes étaient décorées d'impressionnantes couronnes de Noël.

Les grandes portes se refermèrent en glissant derrière eux. Le sol en marbre s'étirait devant eux, telle une piste menant à l'événement le plus festif de l'année, mais elle n'était pas du tout d'humeur festive. Sa vie avait tant changé depuis qu'elle avait renoncé à ses projets personnels parce qu'elle pensait avoir trouvé le prince charmant.

– Pourquoi est-ce que tu as répondu, d'abord ? demanda Richard en secouant la tête au moment où ils passaient devant un groupe de gens.

– Elle m'a appelée deux fois. Je ne voulais pas l'inquiéter, répondit-elle le plus calmement possible pour éviter qu'ils ne se disputent au beau milieu du *Plaza*. Mais on est en train de parler de ma *mère*, là, lâcha-t-elle malgré tout, de plus en plus agacée par son comportement. Je lui réponds quand je veux. Tu peux attendre, non ?

Il fronça les sourcils, comme chaque fois qu'elle le contrariait, ce qui semblait arriver souvent ces derniers temps. Personne ne faisait attendre Richard Oppenheim.

– Qu'est-ce qu'il y avait de si grave, de toute façon ?

– Je n'en suis pas sûre, répondit-elle en laissant tomber son portable dans sa pochette, qu'elle ferma d'un coup sec. Tu ne m'as pas laissé l'occasion de le découvrir. Je la rappellerai demain, quand je pourrai m'excuser et lui accorder toute mon attention.

Ils traversèrent le hall d'entrée, passant sous un énorme lustre puis devant un immense sapin qui touchait presque le plafond richement décoré, Elizabeth s'efforçant d'ignorer le sentiment que quelque chose n'allait pas à la maison. Dès qu'ils auraient leurs sièges, décida-t-elle, elle filerait aux toilettes des dames pour rappeler sa mère.

Richard se pencha vers elle et lui souffla dans le cou, geste qui lui était si peu familier ces derniers temps qu'il la surprit. Plongée dans ses pensées, elle tressaillit et vacilla sur ses talons hauts, mais il la rattrapa.

– J'essaie de détendre l'atmosphère, et ça te fait sursauter. Je ne peux même pas *essayer* de te mettre d'humeur romantique, lança-t-il en soufflant.

Elle se figea face à ce coup bas.

– Pardon ?

Elle savait qu'elle était encore toute à son coup de fil, qu'elle n'avait pas la tête à la fête de Noël et au gala de charité sensationnels auxquels ils assistaient, mais il pourrait faire preuve d'un peu d'indulgence. Sa grand-mère était décédée l'année précédente, mais elles étaient encore accablées de chagrin – à tel point que Loretta venait juste de se résoudre à s'occuper de la paperasse pour inventorier les actifs de sa mère, régler ses dernières factures chez les quelques commerçants de la ville qui lui avaient accordé un délai et mettre la ferme à son nom. Richard pourrait au moins lui laisser le temps de se plonger dans l'ambiance avant de l'accuser de ne pas être romantique.

– Si tu refuses de m'aider pour faire pression sur moi et avoir un enfant, ça ne marchera pas, lui glissa-t-il à l'oreille, se méprenant totalement sur la raison de son agacement.

Elle le dévisagea, la mâchoire décrochée. Ils avaient évoqué à plusieurs reprises la question des enfants et n'étaient pas d'accord, mais elle n'en avait pas parlé de la soirée. Sa remarque sortait de nulle part. Et, en le regardant, elle comprit subitement qu'il avait ruminé tous leurs sujets de désaccord et érigé un mur de colère entre eux. Elle n'en prenait conscience qu'à cette seconde.

– Qu'est-ce que ça veut dire ? demanda-t-elle, mais son estomac noué et leurs nombreuses disputes ces dix derniers mois lui donnaient sa réponse.

– Regarde autour de toi, Elizabeth. C'est ça qui me fait vibrer.

Depuis un an, ils traversaient une période difficile. Elle s'interrogeait souvent sur l'ardeur que Richard mettait au travail, qui lui faisait négliger leur relation. Mais elle n'avait pas oublié le sourire bienveillant qu'elle avait vu sur ses lèvres lors de leur rencontre. Néanmoins, au bout de sept ans de relation, elle s'attendait à avoir plus de sa part, et il ne lui avait toujours pas demandé sa main. Sans compter que, quand elle avait dit qu'il serait merveilleux d'entendre des petits pas trottiner dans l'escalier le matin de Noël, il lui avait répondu qu'il ne voulait pas d'enfants. Jamais.

– Je ne ferai jamais pression sur toi, pour quoi que ce soit, répondit-elle entre ses dents en glissant une mèche de ses cheveux bruns derrière son oreille. Je veux que tu en aies *envie.*

Elle avait la voix étranglée, car, tout au fond d'elle, elle savait qu'il ne changerait jamais d'avis, étant un vrai bourreau de travail, mais elle n'avait pas vraiment réfléchi à ce que cela impliquait pour elle ou leur couple à l'avenir.

Richard leva les mains, l'air d'avoir cogité pendant tout le trajet en limousine.

– Tu n'es même pas vraiment là. On est au *Plaza*, nom d'un chien. Et toi, tu téléphones à Pétaouchnok, Tennessee.

– Comment oses-tu ? s'indigna-t-elle.

Les larmes lui montèrent aussitôt aux yeux, comme si elles attendaient le signal, et elle les chassa d'un battement de paupières, ses lèvres rouges tremblotant.

Richard n'avait pas une famille aussi soudée qu'elle. Elle avait cru pouvoir lui montrer ce qu'il manquait, quand ils s'étaient rencontrés. Puis, les années passant, elle avait refusé de voir la réalité : elle n'en serait peut-être jamais capable.

Un couple passa devant eux, les observant, et Elizabeth se dépêcha d'afficher un sourire gêné.

Richard leva les yeux au ciel, avant de les reposer sur elle, l'air résigné.

– Elizabeth, on ne peut pas continuer comme ça.

– Je sais. Je n'ai pas du tout envie de me disputer.

– Non. On ne peut pas continuer… *ça…*, poursuivit-il en les montrant du doigt. Toi et moi.

La chaîne métallique de sa pochette en strass cliqueta dans ses mains tremblantes. C'est ce qu'elle remarqua en premier : sa vie entière était en train de changer, et son corps réagissait avant que l'information ne parvienne à son cerveau. Elle le fixa, à court de mots.

Elle savait ce qui se passait, ici même, dans le hall d'entrée animé et décoré de l'hôtel, à côté du sapin de Noël : ils se séparaient. Et le pire dans tout ça, c'était que, après sept ans de relation, elle n'avait pas l'impression de perdre grand-chose. Ses membres réagissaient sous le coup de la peur, mais, étrangement, elle se rendit compte qu'elle était soulagée en réalité – car leur couple ne fonctionnait plus depuis longtemps, elle en avait conscience.

– Je vais prendre une chambre ici pour te laisser… rassembler tes affaires à l'appartement, ajouta-t-il, le regard lointain, l'étincelle qui y brillait au début de leur histoire ayant disparu depuis longtemps.

Elle hocha la tête, les yeux désormais emplis de larmes, accusant le coup, même si sa raison lui disait que c'était nécessaire. Elle ignorait si elle était triste parce qu'elle avait perdu son temps avec un homme qui n'était pas fait pour elle, ou parce qu'elle avait tout abandonné pour lui et qu'à présent, à l'âge de vingt-neuf ans, elle n'avait aucune idée de ce qu'elle allait devenir.

– C'est fini, alors ? demanda-t-elle d'une voix étranglée par l'émotion.

– C'est fini.

Il avait l'air si sûr de lui, si résolu, qu'elle se demanda pourquoi il avait pris la peine de se mettre sur son trente et un pour cette soirée. Puis elle se rappela que tout tournait autour de lui et de son entreprise : elle n'avait fait que suivre le mouvement, comme toujours depuis leur rencontre.

Sur ce, il tourna les talons et s'éloigna, la laissant seule dans sa robe en satin rouge, douze jours seulement avant Noël.

Chapitre 1

Une semaine plus tard

En entrant dans Mason's Ridge, Tennessee, Elizabeth n'aurait jamais pensé tomber sur un établissement construit après les années 1960. Compte tenu de ce qu'elle venait de traverser, elle décréta que c'était un signe, comme un cadeau du ciel.

– Un café…, se dit-elle à elle-même en passant devant l'enseigne flambant neuve.

Elle avait la voix rauque à cause de la fatigue et du sentiment de tristesse qui l'enveloppait, tel un brouillard opaque, mais l'idée d'un latte chaud et mousseux lui remontait un peu le moral.

Le minivan qu'elle avait loué à l'aéroport au sud de Knoxville pour la ramener chez elle, et dont elle était l'unique passagère, s'arrêta à un panneau stop, et elle colla son nez à la vitre, qui se couvrit de buée dans l'obscurité de cette soirée de décembre. Les changements d'altitude, ses émotions changeantes et le manque de caféine lui avaient donné mal à la tête.

– Vous pouvez vous arrêter une seconde, s'il vous plaît ? demanda-t-elle au chauffeur quand ils repartirent.

Elle attrapa son sac à main et se leva. Le vol avait été long, et un bon café l'aiderait à se recentrer avant d'affronter la ferme de sa grand-mère, ce que sa mère avait à lui dire (quoi que ce soit) et, à terme, tous ceux qu'elle avait laissés derrière elle. Elle n'était pas encore prête à rentrer chez elle, et un café ferait une distraction idéale. Laissant son bagage à main dans l'allée, son sac à main en bandoulière, elle se rendit à l'avant du minivan.

– On ne peut pas vraiment s'arrêter, madame, répondit le chauffeur avec impatience quand son regard croisa le sien dans l'immense rétroviseur au-dessus de sa tête.

– Mais je suis la seule passagère. S'il vous plaît ?

Son cœur martelait sa poitrine à l'idée de se retrouver chez sa grand-mère, mais aussi de devoir déterminer ce qu'elle allait faire de sa vie maintenant qu'elle avait quitté New York.

Le chauffeur poussa un profond soupir, jeta un coup d'œil à sa montre, puis s'arrêta sur le côté de la route, devant le petit café – le *High Peak Coffee*, comme l'indiquait son enseigne. Ce bâtiment neuf et son parking plein avaient été construits à un endroit où il n'y avait que des bois quand Elizabeth était enfant. C'était son terrain de jeux, immense. Avec sa meilleure amie, Naomi White, elles y faisaient de grandes parties de cache-cache quand elles allaient en ville pour la journée, qui s'achevait toujours en mangeant une glace à l'eau à trente-cinq cents chez *Ford's*.

C'était une vision inhabituelle dans la ville banale de Mason's Ridge, située à seulement quelques minutes de Crestwood Farm, la maison de feu sa grand-mère. L'année précédente, quand sa mère était venue la chercher à l'aéroport pour les funérailles, elle n'avait pas emprunté ce chemin, mais elle avait sans doute voulu éviter la « circulation », mot qu'elle employait pour désigner n'importe quelle route sur laquelle on croisait plus de deux voitures.

Elizabeth s'immobilisa, se demandant subitement si elle risquait de tomber sur une connaissance dans le café. Elle passa ses doigts dans ses cheveux en bataille pour essayer de les arranger un peu en se regardant dans la vitre du minivan. Elle voyait les cernes sous ses yeux, la pâleur de sa peau, même dans le mauvais reflet. Elle n'avait pas pris la peine de se maquiller depuis la soirée au *Plaza* ; elle ne voyait pas vraiment l'intérêt. De toute façon, en y réfléchissant, elle doutait sérieusement que les personnes avec lesquelles elle avait grandi dans les champs se laissent tenter par un café latte hors de prix avec un petit cœur dessiné dans la mousse – et c'était ce qu'elle s'attendait à trouver ici, selon toute vraisemblance.

– Encore une fois, je ne suis pas censé faire d'arrêts imprévus, répéta le chauffeur avec une moue désapprobatrice en montrant du doigt la pancarte fixée à l'avant du minivan, qui disait la même chose en lettres capitales bleues.

– J'en ai pour une minute, lui assura-t-elle avec un regard implorant. Et je vous prendrai un café. Je vous invite.

À ces mots, il retrouva le sourire.

– Fort, noir, deux sucres, dit-il en coupant le moteur.

– Ça marche.

C'était le moins qu'elle puisse faire : il s'était arrêté pour elle, alors qu'il avait sans doute une famille à retrouver.

– Merci, ajouta-t-elle avec gratitude. Si je tarde trop, klaxonnez, et je vous promets de ressortir aussitôt.

Elle espérait malgré tout qu'il lui laisserait un moment pour se poser et se préparer mentalement.

Elle avait réussi à éviter Richard toute la semaine, le temps de mettre sa vie en cartons – qu'elle avait pour la plupart entreposés dans un garde-meuble avant d'expédier les autres à la ferme. Associé dans l'entreprise familiale et directeur commercial, Richard supervisait lui-même tous les achats de plus d'un quart de million de dollars et avait donc facilement rempli son agenda avec les nombreuses célébrités présentes en ville pour le gala de charité et les fêtes de fin d'année. Il était resté au *Plaza* jusqu'à ce qu'elle ait déménagé toutes ses affaires de leur penthouse, ne revenant que le jour de son départ. Ses valises bouclées, alors qu'elle avait la main sur la poignée de la porte, il lui avait appris qu'il avait mis dix mille dollars sur son compte bancaire pour ses « dépenses courantes », comme un gage de paix.

– Je n'en veux pas, avait-elle répondu.

Elle en avait pourtant besoin : elle ne travaillait plus depuis près de dix ans, ils vivaient de l'argent de Richard.

– Tu l'as mérité. Ton travail m'a permis d'assister à la soirée caritative de No Lost Children, ça m'a rapporté beaucoup d'argent. Considère ça comme ta part.

Sa « part » d'un contrat de franchise qui lui avait permis d'engendrer plus d'un million de dollars de recettes n'était que de dix mille dollars, s'était-elle étonnée. Mais cela n'avait pas d'importance. En sa qualité de coordinatrice bénévole d'un réseau d'associations caritatives new-yorkaises, elle n'avait jamais vu d'un bon œil qu'il fasse semblant de s'investir dans ces causes dans le seul but de frayer avec le gratin et de promouvoir la dernière ligne de diamants de sa famille. Vivre de l'argent de Richard ne lui avait jamais posé de problème jusque-là, mais, à présent, cette aide financière était comme une chaîne autour de ses chevilles, le dernier lien qui la retenait à son ancienne vie. Elle se serait acheté un millier de cafés juste pour s'en débarrasser, si elle l'avait pu.

Le chauffeur ouvrit la porte en accordéon du minivan, secouant la petite branche de verdure qui y était attachée, et Elizabeth boutonna son manteau avant de sortir dans le froid hivernal. Ses bottines s'enfoncèrent jusqu'aux chevilles dans la neige poudreuse immaculée. Il régnait un calme impressionnant, comparé aux rues animées de la Grosse Pomme.

Lorsqu'elle atteignit le porche du café, elle tira la lourde porte décorée d'une couronne de sapin baumier et de baies rouges, puis pénétra à l'intérieur. Un feu brûlait au fond de la salle, offrant une chaleur et un répit bienvenus. Étonnamment, compte tenu du lieu et de l'heure tardive, toutes les tables étaient occupées : des gens sirotaient une boisson ou grignotaient une pâtisserie. Elle scruta nerveusement la foule, à la recherche de visages familiers, mais, à son grand soulagement, n'en vit aucun. Certaines personnes étaient penchées sur leur ordinateur portable, d'autres lisaient tranquillement près de la cheminée en pierre, dont le manteau croulait sous davantage de feuillages de saison. Elle était loin de s'attendre à un lieu aussi chic.

Elle se faufila jusqu'au comptoir à travers les tables bondées. Elle commençait à accuser la fatigue, ses yeux la brûlaient. Elle consulta la carte, forçant son cerveau surmené à oublier qu'elle avait quitté New York pour sauter dans un avion sans autre destination que la ferme familiale, où elle devrait rester avec sa mère le temps de déterminer ce qu'elle allait faire de sa vie.

Concentre-toi.

Le bourdonnement des conversations dans les oreilles, elle parcourut rapidement les différents laits et sirops proposés, toujours abasourdie par le nombre de clients à l'intérieur. Jusqu'à présent, Mason's Ridge était une ville rurale, et ce qui se rapprochait le plus d'un café était le vieil appareil en libre-service posé sur une plaque électrique chez *Ford's Corner Market*, qui, malgré son nom, ne se trouvait pas du tout à un coin de rue, mais au bord d'une longue route qui ne menait nulle part, ni dans un sens ni dans l'autre. Sa mère ne lui avait jamais parlé de cet endroit. En même temps, elle ne lui en avait pas vraiment laissé l'occasion…

Elle s'approcha du comptoir, faisant taire ses remords.

– Ce café est-il nouveau ? demanda-t-elle à la serveuse en se frottant les yeux et en dénouant son écharpe pour la laisser pendre sur ses épaules.

Cette femme qu'elle n'avait jamais vue, aux cheveux courts coiffés en brosse et aux lèvres rouges (ce qui était aussi très inhabituel dans le coin), lui lança un regard perplexe.

– On est ouverts depuis presque un an.

Elizabeth grimaça, submergée par la honte d'être partie aussi longtemps. Entre l'emploi du temps de Richard et sa vie trépidante à New York, elle n'était pas revenue à la ferme depuis un certain temps. Elle n'était rentrée que pour les funérailles de son grand-père, puis deux jours à peine à la mort de sa grand-mère. Ses raisons lui semblaient valables à l'époque, mais, à présent, elles lui paraissaient au mieux futiles.

Elle détourna le regard de la serveuse, partie s'occuper d'un autre client, pour porter son attention sur un homme assis à l'une des tables communes. Il tapait sur son ordinateur, sourcils froncés, et leva les yeux vers elle, comme si elle, ou une force cosmique, l'avait distrait de son travail.

Elle s'empourpra, craignant que ce ne soit un ancien camarade de lycée. Elle n'était pas en état de se lancer dans une discussion du type : « Alors, qu'est-ce que tu deviens, depuis tout ce temps ? » S'il lui posait la question, elle risquait de le fixer d'un air ahuri, n'ayant absolument rien à dire. Elle examina son visage, s'attardant une seconde sur ses yeux d'un bleu cristallin, pour voir s'il lui était familier, mais non. Puis le klaxon du minivan retentit, et elle tourna la tête.

– Qu'est-ce que je vous sers ? demanda la serveuse en revenant vers elle.

– Un latte au lait d'amande et un café noir, fort, avec deux sucres.

– Quelle taille ?

Elizabeth se força à écouter sa question, obnubilée par le minivan.

– Normale.

La serveuse attrapa deux tasses.

Le klaxon retentit à nouveau, et Elizabeth poussa un soupir d'agacement.

– Vous pouvez m'attendre une seconde, s'il vous plaît ?

Elle se frotta l'épaule, puis, évitant les regards de l'homme à la table, zigzagua à nouveau entre les tables, passa la tête dehors et fit signe au chauffeur de la rejoindre.

Ce dernier grommela quelque chose, puis le minivan s'ébranla dans les amas de neige, ses pneus tournant à toute vitesse. Il se gara sur une place voisine et sortit pour la rejoindre à la porte.

– C'est mon dernier trajet de la journée, lança-t-il, les yeux plissés. Et la tempête ne semble pas près de faiblir, ajouta-t-il en levant un doigt en direction du ciel noir dénué d'étoiles.

Elle l'entraîna à l'intérieur, où il secoua la neige de ses cheveux gris bouclés.

– Comment vous appelez-vous ? demanda-t-elle gentiment.

– Terence, répondit-il, la mâchoire serrée, comme si elle n'avait pas saisi qu'il n'était pas ravi d'être là.

– Eh bien, Terence, vous êtes adorable de vous être arrêté pour moi. J'en avais besoin. Je fais vite.

Elle tira l'une des chaises à la table de M. Les Yeux Bleus, qui s'était remis à taper comme un fou sur son clavier.

– Reposez-vous, je vous apporte votre café.

La femme assise à côté décala son carnet pour faire de la place à Terence, qui se laissa tomber sur sa chaise pendant qu'Elizabeth retournait au comptoir.

– Ça fera sept dollars quatre-vingt-trois, annonça la serveuse en poussant les deux tasses vers elle.

Elizabeth chercha de l'argent dans son sac, trouva une liasse de billets et la lui tendit.

– Gardez la monnaie, lui dit-elle en emportant les cafés à la table.

– Vous n'avez pas pris de gobelets à emporter ? lui reprocha Terence, l'air mécontent.

– Je n'ai pas pensé à demander, répondit-elle honnêtement.

Elle culpabilisait de plus en plus de bouleverser son emploi du temps et commençait à se dire que s'arrêter était une mauvaise idée. Gênée, elle regarda la table désormais pleine, où il n'y avait plus de place pour s'asseoir, s'assurant de ne pas croiser le regard de l'inconnu installé en face d'eux, qu'elle n'arrêtait pas de déconcentrer, apparemment. Heureusement, le téléphone de cet homme se mit à sonner, et il se détourna pour décrocher.

– Prenez ma place, lui proposa Terence avant de se lever. Si je ne peux pas être devant ma cheminée… où je devrais être d'ici environ une heure et demie… eh bien, autant s'installer confortablement devant celle-ci.

– Je suis désolée, je ne serai pas longue, dit Elizabeth, qui aurait aimé pouvoir se glisser dans un lit, quelque part, et dormir jusqu'au printemps.

Il l'observa et vit à quel point elle était épuisée sous l'éclairage du café. Son visage s'adoucit.

– Prenez votre temps, dit-il en s'éloignant.

– Merci, répondit-elle, les larmes lui montant soudain aux yeux.

Parvenant à les ravaler, elle posa son café à la place de Terence, ôta son manteau et le mit sur le dossier de sa chaise avec son écharpe. Puis elle poussa un profond soupir pour évacuer son stress, s'assit et enroula ses doigts autour de sa tasse. Ce café était chaleureux et accueillant en cette froide soirée d'hiver, c'était indéniable, mais, voyant les autres clients sur leur tablette ou leur ordinateur portable, elle aurait été prête à parier que, s'il attirait autant de monde, c'était probablement parce qu'il était le seul à fournir une connexion wi-fi dans la région.

L'homme assis en face d'elle, toujours au téléphone, parlait à voix basse.

Oui, dit-il. J'ai parlé aux entrepreneurs. Je pense qu'on peut s'en sortir pour moins de deux millions trois cent mille. C'est un vrai miracle de Noël…

Elizabeth sirota son café, stupéfaite de voir à quel point la région avait changé. Avant, elle n'aurait jamais croisé d'hommes d'affaires réalisant des transactions à plusieurs millions de dollars au beau milieu de Mason's Ridge.

– Dure journée ? lui demanda M. Les Yeux Bleus avec circonspection après avoir raccroché.

Sa voix l'enveloppa, telle une couverture de soie, mais elle se serait bien passée de son ton compatissant, car elle risquait d'éclater en sanglots au beau milieu de la salle. Il ferma son ordinateur et posa son téléphone à côté, retourné sur la table.

Elle leva les yeux, sa question lui donnant l'occasion de remarquer la petite barbe d'un blond doré sur ses joues, mais aussi ses lèvres, qui semblaient toujours sourire, même si ce n'était pas le cas. Compte tenu des événements de la semaine précédente et de son état, elle n'avait vraiment pas besoin qu'un touriste lui fasse du gringue, même s'il n'était pas désagréable à regarder.

– Vous n'avez pas idée.

Elle porta sa tasse à ses lèvres, savourant le goût fumé, corsé, du café pour empêcher les larmes de monter, en dépit de la musique de Noël enjouée qui passait au-dessus d'eux. Elle n'avait pas voulu entamer la conversation en lui répondant, mais il esquissa une moue adorable et hocha délicatement la tête, l'air attentif, comme s'il devinait ce qui s'était passé dans sa vie. Il ne pouvait pourtant pas savoir ce qui lui était arrivé. Il n'avait aucune idée de ce qu'elle traversait.

– Je viens juste d'arriver à Mason's Ridge. Je suis ici pour la semaine, reprit-il avec un petit sourire, qui s'estompa vite.

Car elle n'y avait pas répondu, réalisa-t-elle. Elle l'aurait fait normalement. Elle avait l'esprit ailleurs.

– Et vous ?

– Désolée, répondit-elle en se forçant à sourire pour se rattraper. Je… je suis d'ici.

Il hocha à nouveau la tête, mais parut surpris.

– Est-ce que vous venez souvent dans ce café ? demanda-t-il.

Elle eut envie de lui signifier clairement qu'elle voulait qu'on lui fiche la paix, mais cela aurait été impoli. Il profitait de son séjour, c'est tout ; il n'avait pas besoin qu'une fille désabusée ne le lui gâche. Ce n'était pas sa faute, si sa vie était un désastre.

– Non, répondit-elle, souriant à nouveau du bout des lèvres. J'ai quitté cette ville pour de bon quand je suis partie à l'université. Je vis à New York depuis onze ans.

Le simple fait de le dire à voix haute lui donna mal à la tête. Elle se détourna légèrement, espérant qu'il comprendrait le message sans passer pour une personne grossière.

Mais non, il tendit la main par-dessus la table pour se présenter.

– Paul Dawson.

Elle sentit la frustration monter. Entre la tempête de neige et Terence qui voulait reprendre la route, il devenait évident qu'elle n'aurait même pas un moment à elle pour rassembler ses esprits. En plus, il fallait qu'elle soit aimable avec cet inconnu, qui n'y était pour rien, alors qu'elle avait envie de partir en courant. Au lieu de lui dire ça, bien sûr, elle lui serra la main, et sa poigne douce, mais ferme, la fit tressauter. Elle se recula et reprit sa tasse, gênée.

– Et vous vous appelez ?

– Elizabeth Holloway.

Il l'observa, les yeux plissés, l'air de réfléchir, et elle craignit à nouveau qu'il ne soit un ancien camarade de classe qu'elle n'aurait pas reconnu.

– Est-ce qu'on vous a toujours appelée Elizabeth ? lui demanda-t-il au bout d'un moment.

Elle se composa une mine agréable avant de se cacher derrière sa tasse, son pouls s'accélérant, son anxiété redoublant.

– Je… on m'appelait Liz quand j'étais petite, répondit-elle en posant sa tasse.

Le cœur dessiné dans la mousse de son café s'était dispersé, étalé : il était informe. Elle le regarda, comme elle regardait les nuages cotonneux quand elle était petite, allongée sur le dos dans les champs, mais elle n'y vit rien. Que le néant, comme sa vie. Elle poussa un soupir et leva à nouveau les yeux vers Paul.

Il lui sourit, et cette réaction l'apaisa, bizarrement.

– Mais pourquoi est-ce que vous me demandez ça ?

Elle répétait le nom « Paul Dawson » dans sa tête, la gorge serrée, fouillant sa mémoire pour voir si elle le connaissait, en vain.

– Vous avez plus une tête à vous appeler Liz ou Beth à mes yeux, c'est tout.

Il planta son regard dans le sien, comme s'il pouvait lire dans ses pensées.

– Est-ce que vous êtes toujours aussi discrète ?

L'intérêt qu'il lui portait la troublait, d'autant qu'elle était vulnérable en ce moment. N'avait-il pas de travail ?

Non, mais si je n'ai pas un moment à moi, je pourrais bien monter sur cette table et me mettre à hurler.

– Parfois seulement, répondit-elle à la place d'un ton plus sec qu'elle ne l'aurait voulu.

Il se mit à tripoter sa tasse vide, semblant enfin comprendre le message. L'étincelle dans ses yeux s'éteignit, et Elizabeth s'en voulut intérieurement. Elle ne voulait pas lui saper le moral. Pour cesser de culpabiliser, elle leva son latte et en but presque la moitié en quelques gorgées.

Le téléphone de Paul bipa. Il regarda le texto qu'il venait de recevoir et rédigea une réponse rapide.

– Eh bien, j'ai été ravi de vous rencontrer, *Elizabeth* Holloway, dit-il avant de se lever, de prendre son manteau sur sa chaise et de glisser son téléphone dans la poche arrière de son jean, prêt à sortir de sa vie aussi vite qu'il y était entré.

– Attendez, lança-t-elle en posant sa tasse.

Pourquoi le retenait-elle quand tout son corps lui hurlait de le laisser partir, pour être tranquille et pouvoir se détendre ?

Il s'immobilisa, posant son regard d'un bleu profond sur elle.

– Je ne voulais pas être grossière, dit-elle, s'abandonnant au moment présent. Je viens de vivre une semaine éprouvante. Et je rends visite à ma mère, que je n'ai presque pas vue en onze ans. Je ne suis pas vraiment moi-même ces jours-ci.

La compassion dans ses yeux la frappa. Elle venait juste de le rencontrer, et il faisait preuve d'une empathie dont Richard n'avait jamais été capable.

– Onze ans sans voir sa mère, c'est long, remarqua-t-il avec un je-ne-sais-quoi dans le regard qu'elle ne sut déchiffrer.

– Je sais.

Elle reprit son latte dans ses mains, mais sans le boire : son acidité retournait son estomac déjà barbouillé. Elle ne pouvait même plus siroter un café tranquillement – un de ses plus grands plaisirs.

– J'étais à New York et je ne prenais pas le temps, reconnut-elle, consciente que la gentillesse de Paul l'avait encouragée à en dire plus qu'elle ne l'aurait fait en temps normal.

Elle ravala de nouvelles larmes en battant des cils, mortifiée à l'idée qu'il les voie.

– Je m'en veux beaucoup.

Paul opina du chef, pinçant les lèvres, l'air pensif.

– Je comprends. Je n'ai pas beaucoup vu mon grand-père cette année…

Il n'alla pas au bout de sa pensée, mais Elizabeth n'était pas suffisamment présente pour l'entendre, de toute façon.

– … mais vous prenez le temps, maintenant, ajouta-t-il, se reconcentrant sur elle. Votre mère vous retrouve ici ?

– Non, je la retrouve chez nous.

– J'espère que vous ne vivez pas loin. Une sacrée tempête se prépare, observa-t-il en enfilant son manteau avant de coincer son ordinateur sous son bras.

Elle chercha Terence du regard à travers la foule qui s'éclaircissait, consciente qu'il devait rentrer chez lui, et non traîner dans un café à flanc de montagne.

– Je ferais mieux d'y aller, moi aussi.

Elle se leva, attrapa son manteau, son écharpe et son sac à main, mit sa tasse dans le bac à vaisselle, puis fit le tour de la table, se retrouvant à côté de lui.

– On se recroisera peut-être, dit-il en la regardant, son odeur boisée lui donnant des frissons malgré l'état dans lequel elle se trouvait.

– Avec cette neige, j'en doute, répondit-elle avec un sourire poli. Mais j'ai été ravie de vous rencontrer.

– Moi aussi, répondit-il, l'empathie se lisant sur son visage.

Elle lui fit un signe de la main, puis passa devant lui pour rejoindre Terence. Quand elle s'autorisa enfin à regarder par-dessus son épaule, la porte se refermait, et Paul Dawson avait disparu dans le blizzard.

– Merci encore de vous être arrêté, dit-elle en arrivant derrière Terence et en sortant son bonnet et ses gants en laine de son sac. Je suis prête, maintenant.

Elle n'était pourtant pas totalement sûre que ce soit vrai.

Chapitre 2

Debout devant l'entrée de la propriété de sa grand-mère, Elizabeth enfonça son bonnet sur ses cheveux couverts de neige pour protéger ses oreilles du vent glacial qui balayait la vallée des Great Smoky Mountains. Le manteau blanc qui s'étendait jusqu'à la maison bardée de bois vert, avec sa cheminée en pierre, et à la grange de la même couleur, toutes deux nichées à flanc de coteau au milieu des pommiers, brouillait les bons souvenirs qu'elle avait ici. L'allée sinueuse qui y menait disparaissait dans le blizzard. Terence donna un petit coup de klaxon avant de repartir, les pneus du minivan dérapant dangereusement sur la neige, et elle lui fit au revoir de la main.

En se tournant de nouveau vers la ferme qu'elle avait tant voulu quitter plus jeune, elle sentit une boule se former dans sa gorge. Elle prit une grande bouffée d'air froid pour se calmer, mais des larmes perlèrent malgré tout au bord de ses paupières. Elle avait l'impression de voir les champs couverts de neige qui lui étaient si familiers autrefois à travers les yeux de quelqu'un d'autre. La petite fille qu'elle était, qui passait des journées idylliques ici avec sa grand-mère et ses parents, avait disparu depuis longtemps et était aujourd'hui rongée par le chagrin, dépitée que ses souvenirs semblent être le fruit de son imagination.

Son dernier séjour à Crestwood Farm était passé dans une sorte de brouillard. Elle était restée deux jours pour enterrer sa grand-mère dans le cimetière de l'autre côté de la ville, puis était repartie précipitamment, sous la pression de Richard, qui voulait qu'elle rentre à New York, son emploi du temps débordant de galas de bienfaisance qu'elle avait coordonnés et auxquels il souhaitait assister. Cette fois, en traversant le champ, elle n'avait pas à se presser, elle n'avait pas de liste de choses à faire, pas de proches éplorés ni d'amis à réconforter, pas d'exigences de Richard à satisfaire.

Pour éviter un violent coup de vent, elle tourna la tête vers l'est, regardant par-delà le verger de pommiers squelettiques, dont les branches nues étaient recouvertes de glace, et se concentra sur les petites maisons des ouvriers agricoles éparpillées sur la propriété, avec leurs cheminées qui crachaient de la fumée pour tenter de contrer les températures glaciales.

Elle continua à avancer péniblement vers la maison, promesse de chaleur pour son corps déjà gelé. Chaque fois qu'elle enfonçait ses bottines de créateur dans la neige (leur cuir fin ne protégeait absolument pas ses pieds du froid, mais elle n'avait pas de chaussures plus appropriées), elle contenait de nouvelles larmes. Tâchant d'oublier que sa vie était en lambeaux, elle se focalisait sur le porche à l'avant de la maison, avec ses balustrades enneigées et son sapin étincelant, et sur les guirlandes lumineuses derrière la fenêtre. Il fallait qu'elle puise en elle pour faire preuve de la même force de caractère que sa grand-mère.

Ses grands-parents avaient géré cette exploitation ensemble, jusqu'au décès de son grand-père quelques années plus tôt. Et, malgré son grand âge, sa grand-mère avait continué à se lever au chant du coq pour labourer les champs et conduire la charrue.

– Pourquoi est-ce que tu n'embauches pas plus d'ouvriers agricoles ? lui avait un jour demandé Elizabeth, comme elle rentrait épuisée et couverte de terre.

– Parce que j'aime ça, avait-elle répondu, le regard soudain attendri. On ne contrôle pas toujours ce que la vie nous réserve, mais on peut contrôler son destin dans cette vie. Cette ferme est mon destin…

Elizabeth marchait d'un pas lourd. Les gros flocons humides qui tombaient à l'oblique glaçaient ses joues engourdies et l'empêchaient de voir, l'obligeant à plisser les yeux. La vieille balançoire – une planche de bois suspendue à une branche de chêne à l'aide de deux cordes – était secouée par les bourrasques, comme si elle tremblait de froid, la neige s'amassant sur son siège. Tant de choses avaient changé depuis l'époque où elle s'asseyait dessus, ses pieds nus ne touchant pas le sol, ses petites menottes agrippant les cordes tandis qu'elle fendait l'air, ayant l'impression de voler. Malgré le vent hurlant, elle entendait toujours son rire monter vers le ciel, vers le nid qu'avaient construit des hirondelles rustiques à la gorge rouge brique. Elle s'efforça de garder cette image à l'esprit pour ne pas prêter attention à sa respiration haletante, à ses muscles endoloris par le poids de ses bagages et à l'effort qu'elle devait fournir pour progresser dans l'épais manteau blanc.

Qu'est-ce que je fais, maintenant, mamie ? demanda-t-elle en pensée, priant pour que l'esprit de sa grand-mère n'ait pas encore rejoint sa dernière demeure et se soit attardé pour veiller sur elle. Mais elle ne reçut en réponse que le bruissement des feuilles mortes dans les chênes qui luttaient contre le froid.

– Oh bon sang, Liz !

Sa mère, sur le seuil de la porte, serra la ceinture de son manteau et enfila les vieilles chaussures montantes qu'elle gardait toujours dans l'entrée pour aller chercher le bois.

– Laisse-moi t'aider ! s'écria-t-elle en descendant les trois marches verglacées, la neige se déposant sur ses cheveux gris.

– Salut, maman, répondit Elizabeth, comme Loretta tendait la main pour attraper l'un de ses sacs, qu'elle lança sur le porche, le beau cuir glissant sur le sol en bois.

Mais elle peina à attraper l'autre valise sous ce déluge de neige. Les mois difficiles qu'elle venait de vivre après la perte de sa mère se voyaient à ses yeux cernés, à sa mâchoire crispée, et Elizabeth éprouva une grande tristesse.

Loretta lui prit le bras pour l'aider à monter les marches glissantes du porche, où trônaient un sapin de Noël et deux vieux rocking-chairs. En passant la porte d'entrée qui donnait dans la petite pièce à vivre, Elizabeth sentit aussitôt la chaleur sur sa peau, comme une couverture douillette. Sa mère tapa ses chaussures pour faire tomber la neige et les mit à sécher à côté du paillasson, puis elle ferma la porte et l'étreignit.

Les muscles d'Elizabeth se relâchèrent aussitôt. À chaque inspiration, elle sentait l'odeur du lait pour le corps parfumé à la rose de sa mère et se décrispait un peu plus. Elle enfouit son visage dans le creux de son cou et sentit les sanglots monter, comme si elle avait ouvert les vannes, libérant tout ce qu'elle avait enduré, ne sachant plus comment les refermer.

Sa mère se recula et la prit par les épaules pour la regarder. Elizabeth refoula ses larmes, tentant de les essuyer sur sa manche, et Loretta inclina la tête d'un air bienveillant.

– Qu'est-il arrivé à la fille brillante et enjouée qui a déployé ses ailes pour partir loin d'ici ?

Elizabeth se décomposa, puis se laissa tomber sur le canapé.

– Je ne sais pas.

Sa mère prit une boîte de mouchoirs posée sur une console et la lui tendit.

– Je vais nous préparer du thé, dit-elle, mais son regard s'attarda sur sa fille, trahissant son inquiétude.

– Qui t'a aidée à le couper ? demanda Elizabeth d'une voix étranglée pour changer de sujet.

Elle montra du doigt le sapin sur le porche, décoré de petites lumières blanches, comme l'avait toujours fait sa grand-mère, avant de mettre un mouchoir en boule et de tamponner ses yeux bouffis et irrités.

– Percy, répondit Loretta en tripotant la gazinière.

– Percy ? Il doit approcher des quatre-vingt-dix ans, non ?

Elizabeth se souvenait de Percy White, le grand-père de Naomi, sa meilleure amie d'enfance. Avec Travis, le père de Naomi, ils étaient propriétaires de la ferme voisine.

– Et il est toujours fort comme un bœuf, répondit Loretta en revenant du coin cuisine et en poussant la plus grosse valise sur le côté de la pièce pendant que l'eau chauffait. Il tient le stand de sapins de Noël en ville, avec Travis, le père de Naomi.

Le fait que sa mère se sente obligée de lui rappeler qui était Travis ne lui échappa pas. Elle avait vraiment dû sentir le poids de ses années d'absence et, depuis son retour, elle le sentait, elle aussi. Elle inspira par la bouche pour éviter une nouvelle crise de larmes, le nez si pris qu'elle n'arrivait plus à respirer.

– J'ai sauvé celui-ci de la décharge, expliqua Loretta avec un petit signe de tête en direction de la fenêtre qui offrait une vue sur le sapin décoré sur le porche, cherchant manifestement à garder la conversation légère pour le bien de sa fille. Il lui manque des branches à l'arrière.

Tandis que sa mère slalomait entre le reste de ses bagages, Elizabeth enleva son bonnet et le posa sur la table avec son écharpe, puis alla se réchauffer les mains devant le feu qui ronflait dans la cheminée en pierre. Ses larmes se tarissaient, et sa vision commençait enfin à devenir plus nette. Elle jeta un coup d'œil à ses bottines sur le vieux tapis tissé, leur cuir haut de gamme taché par la neige.

L'odeur des branches de cèdre et du bois de chauffage en train de brûler lui rappela aussitôt sa grand-mère, et elle resta immobile, contemplant la maison où elle avait passé la majeure partie de son enfance. Elle était différente, sans les nombreuses personnes qu'elle accueillait l'année précédente pour les funérailles. Pendant ces deux jours, Elizabeth était passée en pilotage automatique. Aveuglée par le chagrin que lui causait la perte d'un être aussi cher, elle n'avait même pas remarqué l'autre perte qu'elle avait subie : en cours de route, elle avait perdu de vue qui elle voulait être.

Le secrétaire de sa grand-mère était toujours devant la fenêtre à l'avant de la maison, la couverture au crochet dans laquelle Elizabeth s'emmitouflait le matin pendant qu'elle lui préparait des pancakes pendait toujours sur l'accoudoir du canapé, et le vieux téléphone noir à cadran trônait toujours sur la petite table à côté du fauteuil dans le coin de la pièce.

Les mots de sa grand-mère lors de leur dernier coup de fil lui revinrent alors à l'esprit : *Je ne suis pas éternelle, tu sais, et je tiens à te dire quelque chose. Nous avons besoin de fondations solides, mais pas seulement. Elles ne sont rien si on ne leur donne pas forme, Liz. Pose tes fondations, mais ne t'arrête pas au rez-de-chaussée. Nourris ton projet et mène-le à bien.* À présent, la jeune femme comprenait ce qu'elle voulait dire. Elle n'avait pas nourri sa vie d'adulte ni sa relation avec Richard, et voyez le résultat. Elle aurait dû l'écouter, lui parler plus souvent, au lieu de toujours remettre à plus tard à cause des projets qu'elle avait avec Richard. Elle n'en aurait plus jamais l'occasion maintenant.

C'était la première fois qu'elle revenait à la ferme pour un certain temps, et se retrouver dans cette maison modeste et silencieuse, sans les innombrables tâches que nécessitait l'organisation de funérailles, lui semblait irréel. Ses souvenirs revenaient les uns après les autres. Elle prit difficilement une inspiration et fixa son regard sur le manteau de la cheminée couvert de feuillages. Sa mère avait disposé la collection de pères Noël de sa grand-mère le long.

Elle cligna des yeux pour chasser de nouvelles larmes, puis se leva et fit le tour du salon, s'évertuant à retrouver une certaine normalité, mais elle avait le sentiment d'être une étrangère.

– Combien de temps comptes-tu vivre ici ? demanda-t-elle à sa mère en la suivant jusqu'à la petite table qui délimitait le coin cuisine, à côté du bow-window avec vue sur la montagne et les arbres poudrés de neige.

Le silence pesant entre elles témoignait cruellement de l'absence de sa grand-mère.

Loretta retira la bouilloire de la plaque de cuisson, versa de l'eau dans deux tasses, puis lui tendit un thé au citron fumant.

– J'ai vendu notre maison pour m'installer ici à plein temps. Je n'arrêtais pas de faire la navette pour venir m'occuper de la ferme et, quand maman est morte, garder les deux n'avait plus aucun sens.

– Tu l'as vendue ?

Le regard de sa mère se ternit, et elle se racla la gorge, puis elle s'occupa en remuant son thé. Elizabeth réfléchit à ce qu'elle avait traversé les jours, les semaines et les mois qui avaient suivi la mort de sa mère. Combien de soirées avait-elle passées seule dans sa maison d'enfance, sans personne à qui parler ? Il était tout à fait logique qu'elle ait voulu se rapprocher de sa propre jeunesse en revenant dans cette maison. Elizabeth frissonna, prise de regrets.

– Je suis désolée de ne pas être venue te rendre visite plus tôt, dit-elle en suivant des yeux sa mère, qui s'affairait en essuyant le plan de travail de la petite cuisine.

– Tu avais une vie à construire, ma puce. Comment pourrais-je t'en vouloir ?

Elizabeth se mordit la lèvre : la gentillesse de sa mère la faisait culpabiliser encore plus.

Un coup à la porte mit fin à leur conversation.

– J'y vais, annonça Loretta. Installe-toi confortablement sur le canapé et essaie de savourer ton thé.

Tandis que sa mère enjambait sa luxueuse trousse de maquillage, Elizabeth huma l'odeur citronnée de son thé, les yeux fermés, tâchant de se recentrer. Mais le clic du loquet et le courant d'air glacial qui s'engouffra à l'intérieur détournèrent son attention.

– Bonjour…

Elle ouvrit les yeux et se tourna vers cette voix grave familière.

Travis entra, tendant un sac de courses bien rempli à Loretta.

– … j'étais au marché et, avec la tempête de neige qui s'annonce, je me suis dit que tu aurais peut-être besoin de lait. On n'en a jamais assez, hein ? lança-t-il avec un grand sourire.

Il portait le même jean Wrangler que dans ses souvenirs : il paraissait sale même quand il sortait de la machine et était tout effiloché à l'arrière, en bas, là où ses grosses chaussures de sécurité frottaient contre l'ourlet. Il mesura Elizabeth du regard, les bras croisés sur son épais manteau.

Oui, vas-y, songea-t-elle. *Juge-moi, parce que je suis partie.*

– Tu n'as pas l'air en forme, dit-il à la place de sa voix rauque, le plus gentiment possible.

Elle secoua la tête, sans rien dire, de peur de craquer à nouveau.

– Merci, dit Loretta en lui jetant un regard, que remarqua Elizabeth et qui lui signifiait d'y aller doucement avec elle, avant de se rendre dans la cuisine pour déballer et ranger les deux bouteilles de lait dans le réfrigérateur.

Travis retira son manteau et l'accrocha à la patère près de la porte.

– Est-ce que Naomi sait que tu es de retour ? demanda-t-il en s'asseyant à côté d'Elizabeth sur le canapé.

Elle secoua une nouvelle fois la tête, et ses lèvres se mirent à trembloter à l'évocation du nom de sa fille. Quand elle l'avait vue l'année précédente, aux funérailles de sa grand-mère, les choses étaient tendues entre elles. Elle s'était focalisée sur toutes les tâches qu'elle avait à accomplir et, en moins de temps qu'il n'en faut pour le dire, elle était de retour dans l'avion, allant retrouver sa vie new-yorkaise et les gens qui l'entouraient dans son existence d'adulte – des gens comme Casey Whitcomb, sa meilleure amie en ville, une ex-pom-pom girl des New York Giants devenue activiste avec laquelle elle passait beaucoup de temps pour planifier des événements caritatifs ou faire de la gym au « club ». Elizabeth s'était dit que le malaise entre Naomi et elle était dû au fait qu'elle avait changé depuis qu'elle avait quitté Mason's Ridge. Mais, tout au fond d'elle, elle savait que ce n'était pas la vraie raison. Elle refusait de s'avouer qu'elles n'avaient jamais eu la même vision de la vie et qu'elle avait abandonné sa meilleure amie sans prendre la peine de garder le contact. Au fil des ans, elle s'était convaincue qu'elles s'étaient éloignées et que c'était pour cela qu'elle ne l'avait jamais appelée, mais elles avaient toujours été différentes en réalité.

– Pourquoi est-ce que tu as envie de vivre ailleurs, Liz ? lui avait un jour demandé sa copine après le lycée, pendant leur année de terminale.

Elizabeth triait ses fleurs séchées en les identifiant dans l'un de ses livres de botanique, sa lettre d'admission à l'université de New York posée à côté d'elle sur le sol. Elle avait pris une fleur jaune d'onagre, qui poussait naturellement dans les champs de Crestwood Farm, songeant qu'à la fin de l'été, ses pieds fouleraient un sol très différent, un lieu nouveau, excitant, puis elle l'avait glissée dans une pochette en plastique de son classeur.

– Je veux changer le monde.

Naomi, allongée sur le ventre à côté d'elle, avait croisé les jambes en l'air et posé son menton sur ses mains, sa longue queue-de-cheval blonde lui tombant dans le dos.

– Ce n'est pas une mince affaire. Tu ne crois pas que tu devrais découvrir qui tu es, d'abord ?

– Je me connais suffisamment pour savoir que je ne suis pas à ma place, ici.

– C'est dommage, avait répondu Naomi, la déception se lisant sur son visage. Parce que, d'après moi, le monde ne peut pas être beaucoup mieux qu'ici. C'est le pays de Dieu.

Elizabeth avait fermé son classeur et s'était tournée vers sa meilleure amie : son refus d'imaginer vivre ailleurs que dans ce petit coin du monde insignifiant la laissait perplexe.

– Donc, pour toi, pelleter du fumier et traîner des charrues pleines de terre, c'est le paradis ? avait-elle répliqué d'un ton de défi.

Naomi l'avait dévisagée, les yeux plissés, et s'était redressée.

– Non. Ça, c'est juste du travail. On doit tous travailler pour avoir ce qu'on veut. Et, moi, ce que je veux, c'est le ruisseau derrière la ferme, avec son eau fraîche et limpide et tous ses poissons, et rester sur le porche avec mes personnes préférées jusqu'à ce que les lucioles sortent.

Puis elle avait roulé sur le sol et avait plaqué Elizabeth sur le tapis.

– C'est toi ma personne préférée ! s'était-elle écriée d'une voix perçante. Ne pars pas.

Naomi avait toujours été la plus idéaliste des deux. Pendant toutes leurs années de lycée, Elizabeth avait essayé de la raisonner, de la convaincre que le monde ne se limitait pas à Mason's Ridge, mais son amie était restée fidèle à ses idéaux simples. Et quand était arrivé le jour de son départ, pour la première fois, et la dernière, elle avait vu des larmes dans ses yeux ébahis.

– Je voulais aussi savoir si quelqu'un était passé pour acheter ta propriété, ajouta Travis, ramenant Elizabeth au moment présent.

Loretta ouvrit des yeux tout ronds et s'assit lentement dans le fauteuil en face d'eux.

– Personne n'est venu. Pourquoi ? Est-ce que tu crois que ça va être le cas ?

Il secoua la tête, fronçant ses sourcils broussailleux.

– Je ne sais pas. Un homme est passé chez nous. Il m'a proposé quatre millions de dollars pour la ferme, pour que son entreprise puisse développer la zone, expliqua-t-il en se penchant en avant, posant ses coudes sur les genoux tachés de son jean.

Le souffle coupé, Loretta se mit à toussoter, comme si on lui avait littéralement mis ces quatre millions dans la gorge. Elle attrapa son thé et en but une gorgée.

D'abord, le nouveau café branché. Puis Elizabeth avait rencontré Paul, qui avait évoqué un miracle de Noël à deux millions trois cent mille dollars. Et maintenant, quelqu'un proposait quatre millions à Travis pour sa petite ferme dans les montagnes ? Qu'est-ce qui se passait ?

– Je ne comprends pas pourquoi ils ont tous décrété que Mason's Ridge était le nouvel endroit à la mode…, commenta Loretta, les rides creusées par l'inquiétude, ôtant les mots de la bouche d'Elizabeth. Je n'ai pas envie que les choses changent.

– Ce ne serait pas le cas si les gens arrêtaient de vendre leurs terres, aboya presque Travis.

– Mais quatre millions ? lança Elizabeth en serrant sa tasse, songeant au peu d'argent qu'ils avaient quand elles étaient petites.

L'agriculture n'était pas un métier facile. Une mauvaise saison, et ils se demandaient comment ils allaient manger le soir. Même les bonnes années, ils n'étaient pas franchement à l'aise financièrement. Leur vie ne serait plus la même avec quatre millions. Sa mère ne rajeunissait pas, vendre pourrait lui permettre d'enfin se reposer après avoir travaillé si dur.

– C'est une sacrée somme.

– Une sacrée blague, oui, répliqua Travis en la regardant comme une créature à trois têtes.

– C'est *beaucoup* d'argent, riposta-t-elle, stupéfaite qu'il n'ait même pas réfléchi à cette proposition.

Elizabeth était amie avec Naomi, elle savait que chaque jour était harassant pour Travis. Il travaillait dans les champs du lever au coucher du soleil. Avec quatre millions de dollars, il pourrait s'acheter une petite maison quelque part et prendre sa retraite, et il n'aurait plus jamais besoin de travailler.

– Mes terres n'ont pas de prix. Elles font partie de moi, au même titre que mon bras droit, répondit-il en secouant son bras entre elles.

Puis il la dévisagea comme ils l'avaient tous fait quand elle leur avait appris qu'elle quittait Mason's Ridge, avec cet air incrédule qui signifiait : *Si tu ressens le besoin de partir, c'est que tu n'as jamais eu ta place ici.*

– Je voulais juste dire que tu pourrais faire beaucoup de choses avec quatre millions de dollars, reprit-elle, passant outre le malaise que lui avait inspiré son regard.

– Je ne pourrais rien en faire. Je me lève le matin et je bois mon café dans la même timbale depuis trente ans, et ça me plaît comme ça. Aucune somme ne pourrait changer ça.

Il la regarda de la tête aux pieds, l'air de la jauger, et elle prit conscience du fait qu'elle détonnait dans son pull chic et son jean branché – la seule de ses tenues à peu près mettable ici.

– Je suis d'accord avec toi, intervint Loretta en souriant à Travis, et Elizabeth eut encore plus l'impression d'être une paria.

– Comment vas-tu gérer l'exploitation toute seule ? demanda-t-elle.

Sa mère lui avait dit que son budget était serré cette année. Le rachat de la ferme pourrait sans doute y remédier. Elles étaient assises sur une mine d'or, apparemment.

– Plus je vieillis, plus je me rends compte qu'il est important de ralentir et de faire ce qu'on a vraiment envie de faire, répondit sa mère en regardant à nouveau Travis.

Il lui fit un grand sourire, comme s'ils savaient quelque chose qui lui aurait échappé toute sa vie, formant manifestement une équipe dans ce débat.

– Bon, je ferais mieux d'y aller, dit-il avant de se lever.

Il prit son manteau et jeta un coup d'œil par la fenêtre.

– Si je ne rentre pas maintenant, je risque de me retrouver coincé ici, avec cette neige. Et papa et Naomi seraient privés de dîner sans les provisions.

Loretta se leva pour l'accompagner à la porte.

– Vous avez tout ce qu'il vous faut ? s'enquit-il en baissant la tête pour lui parler, sa carrure emplissant la minuscule entrée.

– C'est bon, je crois. Merci d'être passé.

Il opina du chef.

– Pas de problème.

Elle le fit sortir, puis ferma la porte derrière lui.

– Alors comme ça, tu veux vivre ici, loin de tout, avec les ouvriers agricoles ? demanda Elizabeth en posant sa tasse sur la table et en prenant la couverture sur l'accoudoir du canapé pour la mettre sur ses jambes.

Sa mère la rejoignit et s'assit à côté d'elle, l'air résolu.

– C'est peut-être ton impression, mais pas la mienne. J'ai passé toute ma vie d'adulte à gérer cette ferme avec tes grands-parents, je ne sais faire que ça. J'aime me réveiller le matin en voyant le soleil se lever, sortir sur le porche, avec son vieux plancher, et être entourée de prés.

– Mais est-ce que ça t'arrive de te demander si rester dans ta zone de confort est ce qu'il y a de mieux pour toi ? Je veux dire, et si tu étais douée pour autre chose ?

– Ma puce, quand on trouve ce qui nous rend vraiment heureux, peu importe qu'on soit doué ou non pour autre chose.

Touchée par les mots de sa mère, Elizabeth avala la boule qui se formait dans sa gorge et regarda les mouchoirs froissés sur la table. Qui était-elle pour la juger ? Ou Travis ? Elle qui ne comprenait rien à rien.

– C'est la vie qui nous entoure ici, à la ferme, qui me donne un but, poursuivit sa mère en agitant la main en direction de la fenêtre qui donnait sur les champs, un mélange de tristesse et de nostalgie dans la voix. La vie continue et elle continuera même après notre mort… Ta grand-mère est morte, ton grand-père, ton père aussi… et les oiseaux continuent de voler et de chercher de la nourriture pour leurs petits ; les arbres refleurissent au printemps ; le ruisseau derrière la maison gazouille toujours. Cet endroit me rappelle la *vraie* vie. Et, sans ce rappel, je m'effondrerais.

Elizabeth acquiesça, comprenant enfin les paroles pleines de sagesse de sa mère.

– Même si une part de moi ne serait pas contre le fait de gagner un peu d'argent, ajouta Loretta avec un clin d'œil. J'aimerais bien louer une chambre, avoir des hôtes pour me tenir compagnie. Je te jure, des fois, j'ai envie d'aller en ville, d'empoigner des passants et de les ramener ici pour leur préparer un bon repas.

Ses yeux brillants croisèrent ceux de sa fille.

– Ce serait sympa de recevoir des gens, ça m'aiderait à oublier que je suis seule.

Elizabeth tendit les bras pour l'étreindre, espérant atténuer la douleur qu'elle éprouvait toujours, même un an après avoir perdu sa mère.

– Eh bien, je suis là, moi, maintenant, dit-elle pour tenter de la réconforter, même si elle savait que rien ne pouvait soulager leur peine.

Plus jamais elle ne laisserait Richard, ni personne d'autre, l'empêcher d'accorder toute son attention à sa mère quand elle en avait besoin. Elle se recula.

– C'est pour ça que tu m'as appelée la semaine dernière, avant que tout ne s'écroule ? C'était au sujet de la vente de la maison ?

– Ne parlons pas de ça maintenant, répondit Loretta, balayant le sujet d'un revers de main.

Puis son visage s'illumina.

– Tu es là ! Mon bébé est à la maison, et je veux profiter de ce moment, décréta-t-elle avant de s'approcher du thermostat pour le régler. Je ne suis pas certaine que ce truc marche bien…

Le fait qu'elle esquive ce qui ne pouvait pas attendre une semaine plus tôt, quand Elizabeth était devant le *Plaza*, la rendit très nerveuse. Sa mère ne fuyait les problèmes que lorsqu'elle perdait pied.

La semaine qui avait précédé son départ à l'université, sa mère avait suivi son petit train-train, feignant de ne pas voir qu'elle faisait ses bagages. Chaque fois qu'elle mentionnait son voyage à New York, sa mère changeait de sujet. Et quand sa grand-mère était morte, Elizabeth, qui organisait les funérailles depuis New York, avait mis une semaine à réussir à en parler avec elle au téléphone.

Elle lui laisserait un peu de temps pour s'habituer à sa présence, décida-t-elle, mais elle comptait bien découvrir la vérité.

Chapitre 3

« Vous êtes bien sur le répondeur de Casey, désolée, je ne suis pas là. »

La voix de son amie retentit dans son téléphone plus tard dans la soirée, pendant qu'elle défaisait ses bagages.

« Laissez-moi un message, et j'essaierai de vous rappeler. »

« C'est encore moi. J'essaie de te joindre depuis une semaine. Je venais aux nouvelles… »

Elizabeth finit son message et raccrocha, se mordillant les lèvres. Elle n'avait eu de nouvelles d'aucune de ses amies new-yorkaises depuis que Richard l'avait quittée, et elle en venait à se demander si leur amitié était tributaire de leur couple. Casey, qui vivait dans l'appartement du dessous, était l'une des premières personnes qu'elle avait rencontrées quand elle avait emménagé avec Richard.

– Je n'aurais jamais cru que tu te caserais un jour, avait-elle lancé à Richard en baissant ses lunettes de soleil, son corps tonique moulé dans une tenue de sport flambant neuve.

Il avait remué les sourcils d'un air malicieux et embrassé Elizabeth.

– Je te présente Elizabeth, avait-il répondu pour faire les présentations.

C'était la première fois qu'il l'appelait par son prénom entier. Jusqu'alors, l'appeler Liz n'avait pas semblé le déranger, mais, dès qu'il avait commencé à l'introduire dans son monde, il avait changé d'habitude. Cela aurait dû l'alerter sur la tournure que prendrait leur relation – étouffer tout ce qu'elle était jusqu'à ce qu'elle renonce à ses propres ambitions.

Il l'avait très vite entraînée dans son mode de vie luxueux. Il la couvrait de cadeaux, lui donnant l'impression d'être une princesse. En moins de temps qu'il n'en faut pour le dire, il l'avait façonnée à son image. Il lui avait trouvé un entraîneur personnel au « club », comme ils disaient, un vaste complexe doté de terrains de squash, d'appareils de musculation et de piscines couvertes de taille olympique ; il lui avait acheté des vêtements de créateur, lui avait fait couper et teindre les cheveux par les meilleurs coiffeurs de New York ; elle prenait des cours de danse le lundi soir et des cours de savoir-vivre le mardi matin et, avec le temps, organiser des dîners fastueux lui était devenu facile. Son ancienne vie s'était peu à peu effacée, jusqu'à disparaître complètement.

Au début, elle s'était impliquée dans le milieu caritatif pour se rendre utile. Elle avait toujours voulu voyager et changer le monde, mais, avec l'emploi du temps de Richard, entre son travail et les mondanités, ce n'était pas vraiment possible.

– Il faut que je trouve un emploi pour pouvoir me payer mes billets d'avion, lui avait-elle dit après lui avoir expliqué qu'elle souhaitait faire de l'humanitaire à l'étranger.

Il avait déposé un baiser sur ses lèvres pour calmer ses ardeurs.

– Tu ne pourrais avoir qu'un passe-temps, compte tenu de notre agenda. Et ça donnerait l'impression que je ne peux pas subvenir à tes besoins, si tu travaillais.

– Mais non, avait-elle répondu, mais elle connaissait les règles tacites dans leur cercle.

Les femmes n'étaient pas censées travailler, même si la plupart d'entre elles n'avaient qu'une trentaine ou une quarantaine d'années. Elles devaient passer leurs journées à se pomponner pour être belles au bras de leur moitié – idéal qui n'avait jamais vraiment convenu à Elizabeth. Elle avait tenté de protester à plusieurs reprises, mais s'était chaque fois heurtée à la perplexité et à l'impatience.

– Si tu veux un billet d'avion, il me semble que je peux te le payer, avait-il répondu en riant. Mais je préférerais qu'on y aille ensemble. Pas question que tu te rendes dans un pays du tiers-monde sans escorte.

– Mais quand est-ce qu'on ira ? avait-elle insisté.

Il avait poussé le soupir agacé qu'elle connaissait si bien à présent, comme s'il était obligé de la divertir.

– Je suis occupé. Il faudra que je trouve le temps. Pourquoi tu n'irais pas au club avec Casey ?

Pour éviter de devenir folle, elle s'était trouvé une passion en soutenant des œuvres de bienfaisance et était devenue coordinatrice d'une association qui proposait un programme d'accompagnement aux femmes et aux enfants dans le besoin, cause que les autres épouses oisives étaient prêtes à soutenir. Elle organisait des événements grandioses, travaillait avec des personnes fortunées pour changer la vie des autres et commençait à avoir l'impression d'avoir retrouvé une raison d'être. Jusqu'à ce que Richard se mette à empiéter peu à peu sur ce pan de sa vie, suggérant, après avoir vu la liste d'invités d'un gala, de l'accompagner. Sous couvert de bonne volonté, il pouvait engager la conversation avec tout un tas de gens et nouer des relations qui profitaient à son empire joaillier. Les hommes riches qui assistaient à ces galas de charité avaient des épouses et des maîtresses qui aimaient les diamants...

Elle jeta son téléphone sur le vieux lit, s'assit, les ressorts grinçant en signe de protestation, et prit son visage dans ses mains, de nouveau au bord des larmes. Comment avait-elle pu laisser cette situation perdurer aussi longtemps ? En y réfléchissant, elle réalisa que tous ces changements s'étaient opérés de manière subtile, jusqu'à ce qu'elle ouvre les yeux et qu'elle se rende compte que sa vie ne ressemblait pas du tout à celle qu'elle voulait. Elle ne pleurait plus parce qu'elle avait perdu Richard, mais parce qu'elle s'était perdue, elle. Elle n'avait aucune idée de qui elle était censée être.

Avec une profonde inspiration, elle se leva et lissa la robe en satin rouge qu'elle portait lors de cette soirée fatidique au *Plaza* et qui était désormais suspendue dans sa chambre. Elle l'avait fourrée dans un carton la semaine précédente, ne souhaitant pas laisser cette robe Carolina Herrera dans un garde-meuble, à New York. Elle l'avait donc empaquetée avec d'autres affaires qu'elle avait expédiées à la ferme, même si elle n'aurait jamais l'occasion de la porter ici, bien sûr.

Toujours sous le choc des derniers événements, elle se rassit sur l'édredon en plumes usé jusqu'à la corde qui recouvrait le lit de bois peint en blanc et contempla sa robe dans la lumière tamisée. Avec sa couleur rouge criard, elle était faite pour le glamour, destinée à une soirée qui ne devait jamais avoir lieu. Et maintenant, elle se retrouvait dans la petite penderie et serait bientôt cachée derrière des portes pliantes fragiles, vestige d'une vie qu'Elizabeth ne mènerait assurément plus.

Avait-elle eu tort sur toute la ligne ? Elle se laissa tomber sur le dos et fixa le plafond jauni, avec son vieux plafonnier en fer, sans commune mesure avec l'énorme lustre en argent suspendu au-dessus de son lit, chez elle. *Chez elle*. Pendant sept ans, elle avait considéré le penthouse de Richard comme son chez-elle. Mais à présent, allongée dans la maison de sa grand-mère, l'appartement cossu de l'Upper West Side ne lui faisait plus cet effet ; elle n'était pas certaine qu'il l'ait jamais été, à vrai dire.

Elizabeth comparait son ancienne et sa nouvelle vie, se demandant laquelle lui ressemblait le plus, aucune ne semblant convenir parfaitement. Pendant les onze années qu'elle avait passées à New York, à l'université puis avec Richard, elle s'était répété qu'elle n'était plus la fille de Mason's Ridge. Elle avait mûri, était devenue plus distinguée, elle avait même commencé à se faire appeler Elizabeth au lieu de Liz, sans état d'âme, puisque son prénom entier lui ressemblait plus. Mais était-ce vrai ? Ici, elle n'était que Liz, la fille qui passait ses journées pieds nus dans le ruisseau, cueillait des fleurs des champs et restait dehors jusqu'à ce que les grillons se mettent à chanter autour d'elle.

Nan, si tu m'entends, dis-moi ce que je dois faire maintenant...

Elle ferma les yeux, se revoyant dans le ruisseau qui serpentait à travers les bois, derrière chez eux. Sa grand-mère, les mains sur les hanches, ses cheveux gris épinglés sur les côtés, la regardait avec ses yeux d'un vert profond qu'elles avaient toutes, aussi vifs que ceux d'une personne de vingt-cinq ans, même au milieu d'un visage ridé et vieillissant.

– Bon Dieu, ma p'tite, le bas de ta robe est trempé, avait-elle remarqué, un sourire affectueux sur ses belles lèvres ourlées.

Elle avait enlevé ses sandales et soulevé sa jupe, puis était descendue dans le ruisseau, l'eau transparente courant autour de ses chevilles.

– Il faut que tu attrapes l'ourlet, avait-elle expliqué en faisant une pirouette dans l'eau. Comme ça, l'eau ne t'éclabousse pas quand tu danses…

Sa grand-mère avait toujours été si sûre d'elle, si bien dans sa peau. Elizabeth ne pourrait jamais être aussi assurée, aussi heureuse. Elle réfléchit à ce qui avait pu lui donner une telle confiance en la vie. Était-elle née avec ou était-ce la somme d'expériences intangibles, un trait de caractère insaisissable, qui s'était affirmé avec le temps, hors de la portée d'Elizabeth ?

Un mouvement à la porte de sa chambre attira son attention.

– Salut.

C'était une voix à l'accent du Sud familier, qu'elle n'avait pas beaucoup entendue ces dix dernières années.

– Ta mère m'a dit que tu étais dans ta chambre.

Elizabeth roula sur son lit, se leva et fit face à son ancienne meilleure amie.

– Les routes ne sont pas impraticables ? demanda-t-elle, ne sachant quoi dire.

– Non, pas encore, répondit Naomi en regardant le lit, comme pour éviter de la regarder.

– Ton père nous a dit que…

Elle jeta un coup d'œil par la fenêtre et vit la grosse Chevrolet Silverado garée dans l'allée devant la maison : ses pneus colossaux ne craignaient pas la neige.

– Il s'inquiète toujours tellement pour nous. Il est allé au magasin et tout et tout, alors qu'il sait très bien que je suis parfaitement capable de conduire le pick-up.

Elizabeth perçut de la déception et de la colère dans les mots anodins de Naomi, qu'elle attribua à son départ, des années plus tôt.

Elle se tourna à nouveau vers sa vieille copine, remarquant les traits plus mûrs de la petite fille avec laquelle elle attrapait des lucioles dans les prés jusqu'à ce que leurs parents les appellent au loin, de l'autre côté du ruisseau. Ses cheveux blond clair avaient foncé avec l'âge, prenant une teinte blond roux, mais son visage n'avait pas changé.

– Je suis contente de te voir, dit-elle, marchant sur des œufs.

Naomi enfonça ses mains dans les poches de son jean élimé, son pull trop grand formant des plis sur sa taille.

– Écoute, je ne vais pas tourner autour du pot : je ne suis pas là pour remuer le passé. C'est mon père qui m'envoie pour te tirer les vers du nez, répondit-elle, ne laissant aucun répit à Elizabeth.

– Comment ça ? demanda-t-elle en penchant la tête sur le côté.

– Il est convaincu que tu es revenue pour vendre la ferme de ta mère.

– *Quoi ?*

– Mon grand-père nous a dit que tu étais revenue. Il a aidé Loretta à décorer le sapin dehors, juste pour toi, alors papa est venu voir par lui-même. Puis il m'a envoyée.

Le sentiment de honte familier rattrapa Elizabeth : sa mère était tellement excitée par son retour, alors qu'elle les avait tous abandonnés. Elle était partie sans un mot, longtemps, et elle comprenait que cela ait pu être une tragédie pour eux. Naomi avait le droit de lui en vouloir.

– Alors, c'est vrai ? Tu prévois de raser la ferme pour construire un centre commercial ou un truc du genre ?

– Non, répondit-elle à voix basse, se rappelant avoir insinué que Travis pourrait faire beaucoup de choses avec quatre millions de dollars. Tu peux demander à ma mère. Où est-elle ?

– Elle m'a ouvert, puis elle est sortie en courant.

– Ah bon ?

Elizabeth regarda par la fenêtre, par-delà le pick-up, et scruta les vastes étendues blanches qui s'étalaient à perte de vue.

– Mais où est-ce qu'elle a bien pu aller ?

– Elle m'a dit qu'elle allait suspendre un chou dans le poulailler pour occuper les poules pendant qu'elles sont enfermées.

Naomi faisait les cent pas dans la chambre ; aucune d'elles ne se comportait normalement. Elle arpenta la pièce, posa une main sur l'un des vieux livres de botanique d'Elizabeth, puis se redressa, se tourna vers la porte et se dirigea vers le salon.

Elizabeth la suivit jusqu'au canapé. Sa mère avait posé ses célèbres biscuits de Noël au pain d'épices sur la table, près du feu, et cette attention la fit se sentir encore plus mal. Elle prit le plat pour en proposer un à Naomi.

– Alors, tu vis toujours en ville ?

Sa vieille copine attrapa un biscuit et se laissa tomber dans le fauteuil où sa grand-mère aimait s'asseoir, dans le coin de la pièce, en face du sapin de Noël que Loretta avait orné de toutes les décorations qu'Elizabeth avait fabriquées à l'école au fil des ans.

– Oui. J'ai construit une maison à côté, sur les terres de papi, et je l'aide à la ferme, expliqua-t-elle en levant le menton d'un air de défi, comme pour prouver qu'elle avait eu raison de rester.

– Tu as toujours aimé vivre à la ferme, commenta Elizabeth d'une voix douce, espérant qu'elle se sentirait plus à l'aise.

– Je suis le *visage* de Thistle Farm. Papi m'appelle comme ça, en tout cas, ajouta-t-elle d'un ton amusé.

Elizabeth s'assit en face d'elle.

– Tout va bien, donc ?

Naomi acquiesça, toujours sur la réserve, visiblement.

– Je m'occupe de la vente au marché de producteurs. Ça marche bien, avec le développement de la région.

– J'ai remarqué, oui.

– On vend même des sapins de Noël, maintenant. On cherche à embaucher, mais ce n'est pas facile. Il n'y a plus beaucoup d'agriculteurs dans le coin, expliqua-t-elle, fébrile, en gigotant dans son fauteuil.

Elizabeth prit un biscuit en forme de brin de houx et en cassa un bout, qu'elle tint entre ses doigts – plus par nervosité que par envie de manger quelque chose de sucré.

– La ville se développe pas mal, on dirait. Il y a un vrai café, observa-t-elle avant de grignoter le glaçage dont sa mère avait recouvert les biscuits. Et il était plein.

– Je sais. Mais les fermes vont devenir des reliques du passé…

– Peut-être pas toutes, répondit Elizabeth, s'efforçant de rassurer Naomi.

Son amie secoua la tête.

– Les Hanson ont vendu leur élevage de chevaux à un gros promoteur immobilier, qui va construire un quartier résidentiel à la place. Il y aura un terrain de golf.

Elle prononça ce dernier mot comme si c'était un gros mot.

– Tu plaisantes ? répondit Elizabeth, incapable d'en dire plus en l'entendant parler de l'élevage de leur ancien camarade de classe.

Quand elles étaient petites, les Hanson organisaient des visites de leur ranch et des balades en poney pour les enfants de maternelle. Elizabeth, qui avait l'habitude de mener grand train, ne pouvait nier qu'un terrain de golf avec une vue aussi imprenable serait extraordinaire, mais elle devait aussi reconnaître qu'observer le monde à travers la fenêtre de sa grand-mère avait un je-ne-sais-quoi d'inexplicable, qu'aucun promoteur ne pourrait jamais saisir.

– On tient bon. Papi se moque d'être cerné par les gratte-ciel. Il dit que même s'il ne restait que sa ferme sur la carte, personne ne la lui prendrait.

Percy avait toujours été du genre à camper sur ses positions, et Elizabeth n'avait aucun mal à croire qu'il ne céderait pas, même si le monde changeait autour de lui.

– Et toi alors, qu'est-ce que tu fais ? demanda Naomi, la mesurant du regard, avant de mordre dans son cookie.

C'était une simple question, logique dans le cours de la conversation, mais Elizabeth retint son souffle. Elle aurait pu lui raconter qu'elle avait rencontré Richard pendant sa dernière année d'université, qu'elle avait aussitôt emménagé avec lui et que, après son diplôme, elle avait vite eu une vie bien remplie, partageant son temps entre des déjeuners de bienfaisance, des soirées mondaines et des séances d'entraînement au club. Mais elle savait qu'il valait mieux éviter d'expliquer cela à Naomi.

– Tu as perdu ta langue ? demanda cette dernière en finissant son biscuit. Ne me dis pas que tu fais un truc dingue. Tu n'es pas devenue strip-teaseuse ou un truc du genre, si ?

Elle la toisa de la tête aux pieds, comme si elle essayait de trancher.

Elizabeth ne put s'empêcher de rire.

– Certainement pas.

Naomi poussa un soupir de soulagement.

– Dieu merci. Avec ton corps et tes ongles parfaits, j'ai eu un doute.

Elizabeth posa son biscuit sur le bord de l'assiette et serra le poing, soudain gênée par sa manucure rouge vif.

– Je ne travaille pas, admit-elle.

Naomi la regarda avec curiosité.

– Ça se rafraîchit chaque fois que je mets le nez dehors, je vous jure, les interrompit Loretta en passant la porte d'entrée, un courant d'air froid s'engouffrant dans la petite pièce.

Elle ôta son manteau, puis frotta ses mains roses l'une contre l'autre pour les réchauffer.

– Alors, Miss Maisy a-t-elle apprécié son chou ? demanda Naomi, changeant d'attitude en s'adressant à elle.

Loretta secoua la neige de son écharpe, puis l'accrocha.

– Elle s'est jetée dessus.

– Miss Maisy ? s'enquit Elizabeth.

– C'est notre meilleure pondeuse. Je l'ai achetée le mois dernier et, depuis, elle pond tous les jours. En hiver !

– Ouah ! fit Elizabeth, se sentant étrangère à cette conversation.

Elle ne savait pas pourquoi pondre des œufs en hiver était si étonnant. Adolescente, déjà résolue à partir, elle gardait ses distances chaque fois que sa grand-mère voulait lui apprendre quelque chose au sujet de la ferme, et cela faisait si longtemps qu'elle ne pouvait même pas chercher à comprendre. Ce monde semblait si différent du sien, à New York, le rythme était plus lent, les préoccupations, plus simples.

– Est-ce que vous venez toujours chez Beatrice Jennings demain, pour ses quatre-vingt-dix-neuf ans ? demanda Naomi à Loretta. Elle n'est plus toute jeune, vous savez, et personne ne peut venir à cause de la neige. Sa belle-fille a préparé des œufs mimosa pour tout un régiment, il faut que quelqu'un les mange.

– Ray s'est marié ? s'étonna Elizabeth.

Naomi venait d'évoquer la belle-fille de Beatrice, ce qui signifiait que son unique fils, Raymond Jennings, avait fini par trouver une épouse.

– Des miracles se produisent parfois, répondit Naomi en esquissant enfin un sourire.

Penser à Ray ramena Elizabeth à des jours plus heureux avec son amie, et ce souvenir commun atténua les tensions entre elles, ne serait-ce qu'un instant.

– Vous vous rappelez quand il t'a déclaré sa flamme au marché, maman ? demanda Elizabeth en riant, trouvant cette sensation si agréable après ce qu'elle venait de traverser.

– Le pauvre. Ne te moque pas, répondit Loretta en remuant les doigts avec dédain. Je le connais depuis toute petite, il voulait juste être gentil.

Une lueur d'amusement brilla dans les yeux de Naomi, les deux jeunes femmes s'évertuant à ne pas ricaner à l'évocation de ce souvenir, pour faire plaisir à Loretta.

Un été, quand Elizabeth et Naomi étaient enfants, Ray – qui était toujours à la recherche d'une épouse – avait arrêté Loretta à la sortie du marché de producteurs. Il avait enlevé sa casquette, relevé la jambe de sa salopette en jean et s'était agenouillé au beau milieu du parking, promettant de prendre soin d'elle. Moment où il s'était rendu compte qu'il avait posé le genou dans un tas de crottin de cheval. Il s'était alors énervé, avait toussoté et lui avait dit qu'ils en reparleraient plus tard.

– Il va déneiger les routes d'ici jusqu'à la maison de Beatrice. Et quelques routes secondaires, aussi, expliqua Naomi, retrouvant son sérieux. Mais s'il le faut, je pourrai vous y emmener en tracteur.

Beatrice était la meilleure amie de la grand-mère d'Elizabeth, mais elle ne l'avait vue qu'en coup de vent lors de ses funérailles. Les deux femmes avaient été inséparables toute leur vie.

– Les ouvriers agricoles pourront l'aider, proposa Loretta en parlant des jeunes hommes qu'elle employait, qui vivaient dans les petites maisons éparpillées sur la propriété, travaillaient dans les champs et se chargeaient en général de déneiger les chemins quand il neigeait.

Naomi hocha la tête.

– Merci. Ray aura besoin de toute l'aide possible.

– Gladys craignait que la tempête ne vienne gâcher la fête quand je l'ai croisée en ville la semaine dernière, reprit Loretta.

– Qui c'est, Gladys ? demanda Elizabeth, tâchant de suivre, l'esprit toujours fixé sur son amitié brisée avec Naomi.

– Tout le monde connaît Gladys, répondit cette dernière.

– Gladys, répéta Loretta, le front plissé, comme si sa fille n'avait pas entendu.

Or Elizabeth avait parfaitement entendu. Voyant qu'elle ne répondait pas, sa mère la dévisagea, l'air de penser qu'elle avait perdu la tête.

– Gladys Adkins. Ouah. Je ne m'étais pas rendu compte que ça faisait aussi longtemps que tu n'étais pas rentrée.

– Euh…, fit Elizabeth, gênée, ayant l'impression qu'elles se liguaient contre elle, même si c'était parfaitement légitime.

– Alors, vous venez tous ? Avec les garçons ? reprit Naomi.

Sa question resta suspendue dans l'air un instant, le malaise planant, et Elizabeth fut une nouvelle fois étranglée par l'émotion. Elle se maîtrisa, s'efforçant de ne pas penser au fait qu'elle avait été une mauvaise fille et une mauvaise amie.

– Bien sûr, répondit Loretta. J'ai toujours prévu d'y aller. Je lui ai acheté un plat à four et un torchon assorti, puisqu'elle aime toujours cuisiner.

– Passe-moi ton téléphone, dit Naomi en tendant le bras vers Elizabeth.

Surprise, la jeune femme le sortit de sa poche, composa son code et le lui donna.

– Je vais entrer mon numéro, expliqua Naomi en tapotant sur l'écran. Comme ça, s'il y a trop de neige, tu pourras m'appeler pour que je vienne vous chercher.

Son regard s'attarda sur le téléphone, l'air attristé d'en être arrivée là.

– La fête est à midi, demain.

– Je n'ai rien à lui offrir, s'inquiéta Elizabeth à voix haute, se demandant comment elle allait être capable de revoir tout le monde en même temps.

Elle n'était pas prête pour ça. Et, même si elle était certaine que Beatrice serait la seule à ne pas la juger sévèrement, elle ne pouvait pas arriver chez elle les mains vides.

– Je suis certaine que ta présence sera un cadeau en soi, répondit sa mère avec un regard complice.

Le cœur d'Elizabeth se serra. Elle n'avait vraiment pas l'impression d'être un cadeau. Pour personne. Mais au moins, ici, pour le meilleur ou pour le pire, les gens semblaient faire attention à elle, contrairement à ses amies de New York. Son téléphone n'avait pas sonné une seule fois depuis son départ. Être de retour chez elle, dans la ville paisible où elle avait vu naître ses rêves, lui donnerait peut-être l'espoir nécessaire pour tenter de repartir de zéro.

Chapitre 4

Quelle est ton histoire ?

La question de sa grand-mère traversa l'esprit d'Elizabeth, tandis qu'elle fixait la boule magique sur la commode de sa chambre, où elle s'était à nouveau réfugiée pour être un peu seule, le temps que sa mère prenne une douche avant d'aller au lit. Elle s'allongea et consulta son fil d'actualité sur son téléphone, faisant défiler distraitement les articles sélectionnés *spécialement pour elle* sans vraiment y prêter attention. La question de sa grand-mère lui trottait dans la tête. Elle n'avait jamais cessé d'y penser, depuis qu'elle l'avait entendue pour la première fois, à l'âge de treize ans.

*

– Est-ce que je vais me marier avec Bo Atkins ? avait demandé la jeune Liz à sa boule magique, les yeux fermés, assise sur les marches du porche chez sa grand-mère.

Elle revoyait Bo, d'un an son aîné, pendant le match de base-ball de la veille, sa batte à la main. Un grand claquement avait bourdonné dans ses oreilles quand il avait frappé la balle avant de s'élancer vers la première base, puis la deuxième. Volant vers la troisième avant que l'équipe adverse n'ait eu le temps de ramener la balle dans le champ intérieur, il avait plongé et marqué le point. En se relevant, il avait tenté en vain d'essuyer l'argile rouge sur sa tenue blanche, sa chaîne et sa croix en argent se balançant autour de son cou hâlé. Liz et Naomi, en pâmoison, avaient toutes les deux poussé un soupir.

Liz avait secoué sa boule puis ouvert les yeux pour regarder la réponse qui était apparue à l'écran. Sa grand-mère l'observait depuis son rocking-chair, où elle sirotait un thé pour lutter contre l'air moite de l'été.

– Les perspectives ne sont pas bonnes, avait dit la fillette, sourcils froncés.

Sa grand-mère avait eu un petit rire.

– C'est qu'il n'est pas ton histoire, alors, avait-elle répondu avec des yeux aimants. Il est l'histoire de quelqu'un d'autre, c'est tout.

Liz avait posé son jouet sur les marches, déçue, et s'était approchée de sa mamie, les planches de bois chaudes sous ses pieds nus.

– Comment ça ?

Sa grand-mère avait avancé l'autre fauteuil pour elle, et elle s'était assise, des gouttes de sueur perlant dans son cou à cause de la chaleur estivale, malgré sa robe légère.

– Ce n'est pas là-dedans que tu trouveras ton histoire, avait répondu sa grand-mère en montrant la boule magique de la tête et en inclinant son fauteuil en arrière avant de le relâcher pour se balancer. Il faut que tu pries et que tu écoutes ton cœur. Quoi que tu entendes ou ressentes, ce sera bien…

ce sera ton histoire. C'est là que tu trouveras les réponses. Pas là-dedans.

– Est-ce que tu entends des réponses, toi ? avait demandé Liz en attachant ses longs cheveux bruns en queue de cheval, haut sur sa tête, pour sentir la brise lui chatouiller la nuque.

– Tout le temps, avait répondu sa grand-mère, et la certitude dans sa voix lui avait assuré que cela devait être vrai.

*

Quand elle sortit de sa rêverie, elle détourna les yeux de son téléphone, mais pas assez vite pour ne pas voir l'article qui lui était suggéré. Bouche bée, elle lut rapidement le titre : « Richard Oppenheim en bonne compagnie ». Elle marqua un temps d'arrêt, puis lut la légende : « L'héritier milliardaire du plus grand empire de diamants au monde a été aperçu avec le mannequin de vingt-sept ans Tawny Ferguson. »

Allongée sur son lit, elle fixa ces mots, la respiration courte, sous le choc. Une unique larme serpenta sur sa tempe, comme si elle annonçait le déluge. Elle glissa sur sa joue pour finir sur son oreiller au moment où ses lèvres commençaient à trembler.

Elle n'était rien pour lui. Tout ce temps qu'elle lui avait donné, à faire ce qu'il attendait d'elle, incapable d'explorer ses intérêts personnels – cela avait été du temps perdu.

Elle roula sur son lit, enfouit la tête dans son oreiller et cria avant d'éclater en sanglots.

Tawny était l'une de leurs amies ; elle fréquentait leur cercle. Un mois plus tôt, Richard était parti d'un cocktail avant Elizabeth pour la raccompagner chez elle, parce qu'elle avait trop bu. Il était rentré tard et lui avait dit qu'il avait dû faire un détour, mais, maintenant, folle de douleur en apprenant cette nouvelle, elle se mettait à douter.

Elizabeth avait vingt-neuf ans, et elle n'avait pas d'histoire. Elle avait vécu celle de Tawny Ferguson, apparemment. La fille qu'elle était autrefois, qui rêvait de quitter cette petite ville de montagne pour accomplir de grandes choses, s'était volatilisée. Elle savait désormais qu'elle s'était volatilisée le jour où Richard était entré dans sa vie.

Le souvenir de cette journée innocente était encore vif dans son esprit. Elle l'avait rencontré dans un bar, pendant un concert. Elle avait attiré son attention alors qu'elle dansait avec sa colocataire. Elle avait l'impression que c'était hier : elle avait fait un tour sur elle-même, les mains sur la tête, la robe en lin qu'elle avait achetée en solde la veille virevoltant autour d'elle, et, en s'immobilisant, elle l'avait vu. Il se démarquait dans la foule. Il avait l'air un peu plus âgé qu'elle, plus distingué aussi, avec sa chemise de créateur, sa bière hors de prix et sa coupe de cheveux parfaite. Il lui avait souri, et elle avait aussitôt craqué. Elle était loin de se douter de la tournure que prendrait sa vie.

– Toc, toc, fit sa mère en frappant à la porte.

Elizabeth toussa pour cacher ses reniflements, puis se tourna vers elle.

– Tu dois mourir de faim. J'ai mis une pizza au four et rajouté quelques bûches dans le feu, dit Loretta en glissant une mèche de cheveux mouillés derrière son oreille, les plis aux coins de ses yeux montrant qu'elle avait eu une longue journée.

Elle scruta le visage de sa fille, mais ne lui posa pas de questions gênantes.

– Est-ce que tu veux venir t'asseoir un moment avec moi ?

Elizabeth se redressa, la tête lourde, puis suivit sa mère dans le salon, où elle s'assit sur le canapé en face de la cheminée. Deux bas de Noël étaient suspendus au manteau : le sien et celui de sa mère, vit-elle. Pour la première fois depuis son arrivée, elle remarqua que le troisième, celui de sa grand-mère, manquait. À cinq jours des festivités, elle se demanda comment se passerait Noël, maintenant qu'elles n'étaient plus que deux.

Loretta s'assit près d'elle, jouant avec ses cheveux mouillés. Aussi loin qu'Elizabeth s'en souvenait, sa mère s'était toujours douchée le soir : l'eau chaude et les crèmes qu'elle appliquait lui donnaient bonne mine. Or ce soir-là, elle semblait épuisée.

– Est-ce que tu veux me dire pourquoi tu m'as appelée la semaine dernière ? demanda Elizabeth, son instinct lui disant que cela n'était pas étranger à sa fatigue.

– Oh, je ne sais pas, répondit Loretta en secouant la tête, comme si ce n'était pas important, mais Elizabeth vit la peur dans ses yeux.

– Dis-moi, insista-t-elle.

– Et pourquoi on ne profiterait pas de notre soirée ensemble, plutôt ? répondit sa mère en se relevant. Je n'ai pas envie de gâcher le dîner.

– Gâcher ? s'étonna Elizabeth en la suivant dans la cuisine. Je veux savoir, maman. Il y a une semaine, tu m'as dit que ça ne pouvait pas attendre.

– Je sais, c'est juste que…

Elle poussa un soupir et se tourna vers le tiroir près du four pour en sortir une manique.

– Maman, la pizza est loin d'être cuite, dit-elle en lui prenant délicatement le bras. Dis-moi. Qu'est-ce qui se passe ?

Se mordillant la lèvre inférieure, sa mère sortit une lettre pliée en trois du tiroir où étaient rangés les vieux répertoires téléphoniques et la posa sur le plan de travail.

Elizabeth se pencha pour la voir.

– La semaine dernière, j'ai reçu un coup de fil... Et puis, hier, j'ai reçu cette lettre d'une avocate, qui me dit que la ferme n'est pas à nous et qu'on doit faire nos cartons.

– Quoi ?

Elizabeth prit le papier et le parcourut du regard.

– Ça n'a aucun sens..., dit-elle, levant les yeux vers sa mère. Ça dit que la ferme ne nous appartient pas.

Elle retourna la feuille, espérant trouver des informations supplémentaires, mais le verso était vierge.

– Tu crois que c'est une arnaque ?

– Je ne crois pas, non. J'étais en train de remplir les papiers pour la succession de maman et j'ai dû me procurer l'acte de propriété de la ferme. Quand je suis allée chez le notaire pour qu'il m'aide, on m'a dit que le titre de propriété était enregistré au nom de Worsham Enterprises. Puis j'ai reçu ça, expliqua-t-elle en tapotant le nom et l'adresse sur la lettre. Pierce and Hughes. C'est un cabinet d'avocats spécialisé en droit immobilier situé à Riverbend, pas loin d'ici. Worsham Enterprises a décidé de revendiquer nos terres.

– Mais qui est-ce ?

– Je n'en ai jamais entendu parler.

Elizabeth posa la lettre et sortit son téléphone pour chercher ce nom, faisant défiler les résultats jusqu'à ce qu'elle trouve un article intéressant. Elle en lut un extrait à sa mère :

« Worsham Enterprises se diversifie. À la suite du changement de direction, le groupe procède à une restructuration majeure, et les principaux actionnaires se demandent si cette nouvelle entité sera un succès. William Worsham, le fondateur de Worsham Enterprises, ne s'est pas prononcé à ce sujet. »

– C'est bel et bien une erreur, décréta-t-elle, profondément soulagée.

Sa grand-mère possédait forcément les terres. L'idée que quelqu'un d'autre puisse en être propriétaire était absurde.

– Il est impossible que le titre de propriété de Crestwood Farm soit au nom de quelqu'un d'autre que mamie. Ils se sont emmêlé les pinceaux et ont enregistré la mauvaise propriété.

Dieu merci, Elizabeth allait pouvoir régler au moins l'un des problèmes de Loretta.

– Je les appellerai demain matin à la première heure, on tirera ça au clair.

Tu crois ? demanda sa mère en relâchant les épaules, se déridant, l'air plus optimiste.

– Bien sûr, maman, lui garantit-elle. Papi et mamie ont passé toute leur vie de couple dans cette maison. Ils se sont mariés ici. Ils t'ont élevée ici. Comment quelqu'un pourrait-il prendre des terres qui sont dans notre famille depuis des générations ? Ne t'inquiète pas. Tout va s'arranger, dit-elle en lui caressant le bras pour la réconforter.

– C'est vrai que ça me semble délirant, maintenant.

Elle secoua la tête, un sourire aux lèvres, l'air rasséréné, en regardant la notification officielle.

– J'avais juste besoin d'être rassurée.

– Je suis heureuse d'avoir pu le faire, répondit Elizabeth, consciente que sa seule chance dans son malheur était de pouvoir passer du temps avec elle. Et si on ouvrait du vin ? suggéra-t-elle quand retentit la sonnerie du four, indiquant que la pizza était prête.

Elle se sentait d'humeur festive tout à coup, ayant surmonté un obstacle.

– Est-ce que tu en as au frais ? demanda-t-elle en enfilant une manique pour sortir la pizza et la poser sur un dessous-de-plat.

Les yeux de sa mère s'arrondirent, montrant son enthousiasme.

– Question idiote, répondit-elle malicieusement. Tu sais bien que oui.

Elle prit une bouteille de chardonnay dans le réfrigérateur et sortit le tire-bouchon du tiroir à ustensiles.

– Apporte la pizza sur la table pendant que je nous sers.

Avant de prendre deux verres dans le buffet, elle alluma la radio, et les notes enjouées de « Falalalala » emplirent l'air. Avec la neige qui tombait dehors, le feu qui crépitait dans la cheminée et les guirlandes de leur petit sapin qui scintillaient, Elizabeth se détendit un instant.

Sa mère leur servit un verre, puis lui en donna un en faisant une petite pirouette.

– Je suis si contente que tu sois à la maison, ma puce.

Cela faisait si longtemps qu'elle n'avait pas entendu sa mère l'appeler régulièrement « ma puce » que sa gorge se serra. Elle cacha son émotion en buvant une gorgée de vin frais, dont les notes de beurre, de vanille et d'épices lui flattèrent le palais.

– Moi aussi, répondit-elle, et elle était sincère.

Elle posa son verre à côté des assiettes que sa mère venait d'installer sur la table, puis alla dans la cuisine pour couper la pizza, qu'elle rapporta quand elle eut fini.

– Mamie remplissait toujours cette table de biscuits, à Noël, se rappela-t-elle en faisant glisser une part de pizza dans l'assiette de sa mère. Elle commençait à cuisiner des semaines à l'avance.

– Oui, elle aimait cuisiner, hein ? Elle faisait des biscuits pour tous les voisins, répondit Loretta en s'asseyant, avant de rapprocher sa chaise de la table et de poser une serviette en papier sur ses genoux.

– Elle écrivait une lettre à chacun d'eux, qu'elle leur donnait avec les biscuits, tu te rappelles ? Elle y racontait les bons souvenirs qu'elle avait avec eux pendant l'année qui venait de s'écouler. Elle attachait l'enveloppe à chaque sachet de biscuits avec un ruban rouge.

– Elle l'a toujours fait, du plus loin que je me souvienne, répondit sa mère en appuyant son visage sur sa main, un sourire nostalgique aux lèvres. Elle les appelait ses « lettres de Noël ». Elle m'a expliqué une fois qu'elle s'était fixé pour mission de répandre la joie autour d'elle à Noël et que le ruban rouge était un symbole d'amour.

Elizabeth mordit dans sa pizza, son regard se posant sur la chaise vide où s'asseyait sa grand-mère.

– Je me demande si ses lettres manquent à quelqu'un.

Loretta sourit, puis but une gorgée de vin.

– J'aimerais bien reprendre le flambeau, mais je n'aurais pas grand-chose à écrire.

Tripotant sa part de pizza, Elizabeth se demanda ce qu'elle écrirait à quelqu'un comme Casey, son amie de New York. Elle avait passé quasiment toutes ses journées avec elle cette année, elle aurait sûrement des tonnes de choses à dire… Elle pourrait mentionner leurs parties de squash ou les matchs de polo auxquels elles avaient assisté pendant l'été, mais, en réfléchissant à ce qu'elle se rappelait de Casey en particulier, elle ne trouva rien.

Quand elle pensa à Naomi en revanche, malgré tout ce qui s'était passé entre elles, des tas de choses lui vinrent. Comme le fait qu'elle aimait qu'elle soit toujours franche, au point de lui avoir révélé le but de sa visite, que Travis l'avait envoyée pour lui tirer les vers du nez. Ça la fit sourire. Naomi avait toujours été comme ça. Encore aujourd'hui, elle voulait les aider à aller chez Beatrice pour son anniversaire, leur proposant de les emmener avec son tracteur s'il le fallait, bien qu'elle soit manifestement toujours blessée qu'Elizabeth soit partie des années plus tôt.

Casey, elle, ne lui avait même pas passé un coup de fil pour savoir comment elle allait. Et, si elle était honnête avec elle-même, Richard non plus ne lui avait laissé aucun souvenir mémorable.

– À quoi tu penses ?

– Oh, rien d'important, répondit-elle, se demandant ce qu'elle retenait de ces sept dernières années. J'aimerais être comme mamie et avoir des tonnes de choses à dire sur les gens qui m'entourent, mais je n'ai plus d'amis aussi proches.

Sa mère haussa les sourcils, surprise.

– Je croyais que tu avais des tas d'amis à New York. Tu étais tout le temps de sortie.

– Je ne partageais pas grand-chose de personnel avec eux, quand j'y repense.

Elle inspira profondément, cette prise de conscience la bouleversant.

– Personne dans ma vie ne me connaît vraiment, *moi*, ajouta-t-elle, sa voix se brisant.

– Eh bien, il va falloir y remédier, on dirait, répondit sa mère en levant son verre. Trinquons à la recherche de vrais amis, qui seront comme notre famille.

Elizabeth trinqua avec sa mère, refoulant ses larmes d'un battement de paupières, pas certaine que ce soit si facile après avoir quitté Mason's Ridge comme elle l'avait fait.

Chapitre 5

Elizabeth roula sous les couvertures, puis chercha sa montre à tâtons sur la table de chevet. Quand elle mit la main dessus, elle la tira vers elle et ouvrit un œil pour regarder l'heure : presque neuf heures. Elle ne se rappelait pas la dernière fois qu'elle s'était réveillée après six heures. En général, elle était au club dès sept heures et, à huit heures, après son entraînement, elle buvait sa boisson protéinée avec les autres femmes.

Elle bâilla et s'assit dans son lit, qui grinça, comme à son habitude, pour lui rappeler où elle se trouvait. Elle ne se sentait pas vaseuse, étonnamment, mais revigorée, comme si le sommeil avait effacé les événements de la semaine précédente et qu'elle était sortie du brouillard.

Elle jeta un coup d'œil par la fenêtre. La neige tombait toujours : de gros flocons duveteux tourbillonnaient dans le ciel avant de se fondre dans le blanc des champs, qui semblaient s'étirer jusqu'aux montagnes grises à l'horizon. Le sapin de Noël sur le porche était toujours allumé, ses minuscules ampoules émettant une lumière jaune pâle incapable de rivaliser avec la blancheur éclatante de la neige. Avec ce blizzard dehors, toujours emmitouflée sous ses couvertures toutes douces, elle eut l'impression d'être dans un cocon, protégée du monde extérieur.

Elle sortit de son lit avec réticence et avança à pas feutrés jusqu'à la fenêtre pour mieux voir dehors. L'air froid se faufilait sous le joint d'étanchéité, et elle frissonna. Elle ne voyait personne, nulle part, et un profond sentiment de solitude l'envahit. À New York, elle était constamment entourée, mais elle aurait tout aussi bien pu être perdue en pleine tempête de neige – le silence était le même. Plus elle pensait à son isolement, plus elle se demandait comment sa grand-mère avait fait. Comment avait-elle noué des relations durables comme celles qu'elle entretenait avec Beatrice, Percy et tous les habitants de cette ville ? Serait-elle capable de faire pareil ? Il semblait peu probable que sa mère et elle lient des amitiés fortes au beau milieu de l'hiver. Au moins, elles allaient à l'anniversaire de Beatrice tout à l'heure. Ce serait un bon début.

Mais d'abord, elle voulait aider sa mère à s'occuper des bêtes afin qu'elle n'ait pas à le faire seule. Puis elle aurait besoin d'un petit déjeuner et d'une tasse de café pour s'éclaircir les idées avant d'appeler le cabinet d'avocats et de débrouiller le malentendu sur la ferme.

Elle enfila un jean et son pull en laine le plus épais, attacha ses cheveux avec une pince, puis ouvrit la porte de sa chambre et se dirigea vers le salon. Elle vit sa mère par la fenêtre de derrière : en bottes, vêtue d'un long manteau, elle était déjà en train de rentrer du foin dans la grange, dont les portes étaient grandes ouvertes, pour les chevaux et les chèvres. Elizabeth l'observa et se sentit coupable, comprenant qu'elle était sans doute dehors depuis des heures.

Elle enfila son manteau et une paire de bottes qui traînaient, prit ses gants et son écharpe, et sortit, faisant le tour de la maison jusqu'à la grange. Une couche de foin fraîchement coupé recouvrait le vieux plancher en bois, et d'autres bottes étaient empilées le long des murs. Cette douce odeur la ramena en enfance. En voyant sa mère manipuler sa fourche, elle aurait presque pu croire que sa grand-mère était revenue.

Elle s'approcha de Buttons, leur jument chocolat, et caressa son flanc. Buttons tourna la tête, posa ses yeux immenses sur elle et ouvrit grand la bouche, comme toujours quand elle était contente.

Elizabeth sourit.

– Tu es contente de me voir, ma belle ?

La jument frappa doucement le sol de son sabot et s'ébroua. Le rire joyeux d'Elizabeth attira l'attention de sa mère.

– Bonjour, lui dit-elle.

– Bonjour.

Elizabeth caressa une nouvelle fois le flanc de Buttons, puis se dirigea vers l'autre cheval dans le box, près de Loretta.

– Qui est-ce ? demanda-t-elle en se penchant vers un jeune poulain, qui la regardait en remuant la queue.

– C'est Buzz. Il est né il y a deux ans, il grandit à une vitesse folle.

– Il est adorable.

– C'est vrai.

Sa mère s'appuya sur sa fourche.

– Il faut qu'on sorte les deux chevaux pour les monter. Ils deviennent fous. Je leur ai fait faire des tours de grange et je leur ai parlé, mais je vois bien qu'ils sont agités et ont envie de sortir.

– Je me demande si le sol n'est pas trop dur, remarqua Elizabeth, la règle selon laquelle les chevaux avaient besoin d'une surface molle pour courir lui revenant en mémoire, comme un murmure du passé.

– On peut toujours enfoncer une pelle dedans, ça devrait aller. On pourrait peut-être juste leur faire faire quelques tours de manège au galop, pour qu'ils se défoulent sans qu'on meure de froid.

– Je m'en charge, proposa Elizabeth.

– Tu sais toujours monter, tu crois ?

Elle acquiesça.

– C'est comme le vélo, hein ? lança-t-elle d'un ton taquin.

Sa mère s'esclaffa.

– Un vélo qui se cabrera et lancera des ruades si tu ne fais pas attention.

Elizabeth adressa un grand sourire à sa mère avant de redevenir sérieuse.

– Tu aurais pu me demander de l'aide, dit-elle en tendant la main vers la fourche.

– Ça fait si longtemps que je le fais seule que je n'y ai même pas pensé, répondit Loretta en la lui donnant. Tu peux étaler ça ici, si tu veux, c'est tout ce qu'il reste à faire, ajouta-t-elle en montrant le tas de foin à leurs pieds. Quand tu auras fini, tu pourras seller les chevaux, et on les emmènera en balade. Je vais traire les chèvres.

Quand sa mère sortit du box, Elizabeth entreprit d'étaler le gros tas de foin, la tension dans ses épaules lui rappelant qu'elle était en vie. La ferme semblait si éloignée du reste du monde – comme un refuge, où elle pouvait souffler et se consacrer à sa famille, coupée de tout, dans l'environnement paisible de son enfance. Plus elle passait de temps ici, plus elle avait l'impression d'avoir renié son âme, de l'avoir étouffée jusqu'à ce qu'elle ne fasse plus partie de sa réalité.

Quand elle eut fini, elle posa la fourche contre le mur, prit la selle sur le porte-selle et l'apporta près de Buttons.

– Tu es partante pour une balade ?

La jument tapa ses sabots sur le sol, et ce bruit sonna comme une musique aux oreilles d'Elizabeth. Avant de poser le tapis de selle sur son dos, la jeune femme le frotta contre son flanc pour la prévenir. Elle fit de même avec la selle, avant de serrer la sangle. Buttons s'ébroua.

L'excitation de la jument la toucha. Jusqu'alors, elle n'avait même pas réalisé à quel point la monter lui avait manqué.

– Oui, on sort, comme dans le bon vieux temps, dit-elle en caressant ses joues. Je suis partie bien trop longtemps, je sais.

Buttons posa ses yeux d'un brun profond sur elle et s'ébroua à nouveau.

– Je ne le referai plus. Promis. Peu importe où je finis, je reviendrai toujours te voir.

Elle mit son pied dans l'étrier et attrapa les rênes pour se hisser sur son dos. Puis elle serra doucement ses flancs pour lui montrer qu'elle était prête.

– En route.

Buttons souffla et poussa un hennissement qui lui fit chaud au cœur. Puis elle s'élança en galopant vers le manège, la laissant la monter comme elle l'avait toujours fait, sans aucune hésitation. Comme si elle l'avait attendue pendant toutes ces années.

Frigorifiée, Elizabeth prit une autre bûche sous la cheminée et la jeta dans le feu. Les flammes protestèrent, mécontentes de cet ajout, et des étincelles s'élevèrent dans le conduit.

Elle s'était éternisée dans le froid, mais elle avait voulu laisser courir Buttons. Sa mère, qui avait sorti le poulain, n'avait pas tenu aussi longtemps.

Pendant que Loretta retournait dans la grange pour aller chercher les seaux de lait de chèvre, Elizabeth, qui avait les mains engourdies par le froid, se rendit dans la cuisine et leur prépara une tasse de chocolat chaud aux chamallows.

Toute guillerette, elle remplit les tasses, remua la mixture, puis les emporta dans le salon avec la lettre de l'avocate.

– Miam ! ça a l'air délicieux, commenta sa mère en rentrant avant d'enlever ses bottes pleines de neige et de fermer la porte du coude, un seau métallique plein de lait de chèvre dans chaque main. J'ai l'impression qu'il fait moins de zéro degré dehors. Je ne sais pas comment tu as pu monter Buttons aussi longtemps, mais elle a l'air ravie, poursuivit-elle en posant les seaux à ses pieds pour ôter son manteau et l'accrocher près de la porte.

– Ce ne sont pas les ouvriers agricoles qui traient les chèvres, normalement ? demanda Elizabeth en montrant les seaux de la tête.

Sa mère les apporta dans la cuisine, où elle les mit sur le comptoir, puis se rapprocha vite du feu et écarta les doigts devant les flammes, le corps toujours parcouru de frissons.

– Si, mais… ce n'est pas la question.

– Pourquoi ?

Les tasses fumantes dans les mains, elle rejoignit sa mère devant la cheminée et lui en tendit une, la chaleur des flammes lui chatouillant la peau.

Loretta emporta sa tasse dans la cuisine, et Elizabeth s'installa sur le canapé. Les jambes repliées sous elle, elle prit la couverture sur l'accoudoir et regarda sa mère accomplir le même rituel que sa grand-mère pour faire du fromage de chèvre.

– J'ai passé toute mon enfance à travailler dans cette ferme, expliqua Loretta en attrapant une marmite avant de verser le lait dedans pour le mettre à chauffer. Et, même si on avait des ouvriers, j'avais des tâches à effectuer, poursuivit-elle en allant poser les seaux vides dans l'évier, pendant que le lait commençait à frémir.

Elizabeth se pelotonna sous sa couverture, de bonne humeur : l'odeur puissante du lait de chèvre mêlée aux senteurs festives de cannelle et de vanille qui imprégnaient la maison n'était rien qu'à elles.

– Ta grand-mère disait tout le temps que son but dans la vie était d'être au service des autres et de tout ce qui nous entoure. Elle ne peut plus s'occuper des animaux, mais, moi, si. Je suis toujours là pour faire le travail.

– Mamie était si sage.

Il lui apparut alors que sa propre vie lui paraissait peut-être vide de sens parce qu'elle n'avait pas fait grand-chose pour les gens qu'elle aimait. Elle avait aidé sa mère ce matin et elle s'était sentie bien, elle l'avait remarqué.

– Je suis heureuse de voir Beatrice aujourd'hui. Elle nous racontera peut-être d'autres histoires sur mamie. Mais je ne veux vraiment pas y aller sans rien lui apporter.

– Tu viens tout juste d'arriver, répondit sa mère en retirant le lait du feu avant d'y ajouter un peu de jus de citron, envoyant un parfum d'agrumes dans l'air. Et je te l'ai déjà dit, Beatrice comprendra. Elle sera ravie de te voir.

– Mais ce n'est pas ça. Je veux lui montrer que je tiens à elle.

Sa mère se tourna vers elle et la regarda d'un air attendri.

– Ah, mais ce n'est pas la même chose. Tu n'es pas obligée d'acheter des cadeaux aux gens pour leur montrer que tu tiens à eux.

Elizabeth hocha la tête et réfléchit à ce que sa mère venait de lui dire. Cela faisait longtemps qu'on ne lui prouvait son amour qu'avec des cadeaux. Elle se remémora une journée, quand elle avait environ sept ans. Elle était tombée en courant dans un champ de boutons d'or et s'était éraflé un genou sur le sol rocailleux. Sa grand-mère s'était levée d'un bond de son rocking-chair et s'était précipitée vers elle. Elle l'avait prise dans ses bras et l'avait portée jusqu'à la maison. En chemin, elle s'était penchée pour ramasser une poignée de boutons d'or. Puis elle l'avait délicatement posée sur la dernière marche du porche.

⋆

– Fais-moi voir, avait dit sa grand-mère, les larmes striant les joues d'Elizabeth. J'ai ce qu'il faut. Mais, le temps que je revienne, sens ça. Ça va t'aider.

Elle lui avait tendu les petites fleurs jaunes.

Se laissant distraire par le parfum agréable des fleurs, Liz avait touché leurs pétales délicats, laissant des traces de doigts dessus. Elles étaient si vives, si jolies, qu'elles avaient retenu son attention jusqu'à ce que sa grand-mère revienne avec un bout de tissu mouillé et un pot de miel dans lequel trempait un petit bâtonnet de bois.

– C'est pour quoi faire ? avait demandé Liz, nerveuse à l'idée que sa grand-mère touche sa blessure.

– Tends un doigt.

La fillette avait obtempéré, et sa grand-mère avait remué le miel doré, puis sorti le bâtonnet et posé une goutte du nectar sur son doigt.

– Sens les fleurs tout en goûtant le miel et dis-moi ce qui se passe.

Liz avait mis son doigt dans sa bouche, le goût sucré du miel explosant sur sa langue, et humé la douce odeur de terre des fleurs, le soleil lui réchauffant le visage.

– Qu'est-ce que tu as ressenti ? lui avait demandé sa grand-mère en plongeant le bâtonnet dans le miel avant de faire tomber une goutte de la substance collante sur son genou et de la tapoter avec le doigt.

– J'ai eu l'impression d'être en été, avait répondu la fillette, ne trouvant pas les mots pour expliquer cette sensation indescriptible à son âge.

– Le miel va te guérir à l'intérieur et à l'extérieur. Et voilà ! avait conclu sa grand-mère en lui tapotant la jambe.

Entre le goût sucré et l'odeur parfumée, Liz n'avait même pas remarqué qu'elle lui avait nettoyé le genou.

★

Les seules choses que sa grand-mère lui avait données ce jour-là pour lui témoigner son amour avaient été du temps et de l'affection. Elle espérait être un jour capable de l'égaler.

Quand elle revint au moment présent, le caillé s'égouttait dans le coton à fromage, et sa mère examinait la lettre de l'avocate.

– J'allais les appeler, dit-elle en la montrant du doigt.

– Appelons-les maintenant, suggéra Loretta en la rejoignant sur le canapé. J'aimerais m'en occuper avant d'aller chez Beatrice, histoire de profiter de la journée.

Elizabeth sortit son téléphone de sa poche, puis but une gorgée de chocolat chaud avant de poser sa tasse sur la table basse.

– Oui, on saura une bonne fois pour toutes qu'il n'y a pas de quoi s'inquiéter.

Elle prit la lettre, composa le numéro et mit le haut-parleur pour que sa mère puisse entendre sa conversation. La sonnerie s'arrêta, il y eut un clic, et Elizabeth redressa les épaules, se préparant à parler, mais elle tomba sur un répondeur.

« Vous êtes bien sur le répondeur du cabinet d'avocats Pierce and Hughes. Nos bureaux sont actuellement fermés, mais laissez-nous un message détaillé et… »

Elizabeth jeta un coup d'œil à sa mère.

– Je parie que c'est à cause de la neige.

À la fin de l'annonce, elle laissa un message en donnant son numéro de téléphone et en leur demandant de bien vouloir la rappeler. Puis elle raccrocha et se tourna vers sa mère, qui se tordait les mains sur les genoux, une grimace aux lèvres.

– On va tirer ça au clair, je te le promets.

Loretta acquiesça, poussa un profond soupir et se leva.

– Je vais finir de faire le fromage et je nous préparerai un petit déjeuner. Ça te va ?

– Je vais t'aider, proposa Elizabeth en prenant sa tasse pour la suivre dans la cuisine.

Elle contempla les collines toutes blanches par la fenêtre.

– Je me demande si Ray a pu commencer à déneiger les routes.

– J'espère. Sinon, une longue marche nous attend pour aller chez Beatrice…, répondit Loretta en attrapant les œufs qu'elle avait ramassés dans le poulailler et en sortant un grand saladier du buffet. Pourquoi tu n'appelles pas Naomi pour savoir où il en est ?

– Je doute qu'elle ait envie que je la dérange.

– N'importe quoi. Elle t'a donné son numéro de son propre chef, rétorqua sa mère en se lavant les mains avant de les essuyer avec un torchon.

– Je crois qu'elle m'en veut. À cause de mon comportement ces dix dernières années, répondit-elle avec honnêteté.

– Sans doute, confirma Loretta en se tournant vers elle. Mais ce n'est pas en l'évitant que vous allez recoller les morceaux.

– Je n'ai pas envie de l'éviter. Plutôt le contraire, en fait. Mais je ne veux pas remuer inutilement le passé, attiser de vieilles rancœurs.

– Quand Travis lui a demandé de passer, elle n'était pas obligée d'accepter. Elle aurait pu refuser, répondit sa mère avec un regard entendu.

– J'ignorais que tu savais qu'il l'avait envoyée.

– Ce n'était pas difficile à deviner, dit-elle en plissant le nez. Envoie-lui un texto au moins.

Elizabeth s'exécuta.

– Qu'est-ce qu'on mange pour le petit déjeuner ? demanda-t-elle en reposant son téléphone.

– Je pensais faire une cassolette aux saucisses et aux œufs. C'était ta préférée, répondit sa mère en commençant à casser des œufs dans le saladier.

– Celle avec la pâte feuilletée et le cheddar ?

Ça la changerait de l'habituel matcha au lait d'amande qu'elle buvait en allant au club tous les matins.

– Oui, madame, répondit fièrement Loretta en battant les œufs, le saladier appuyé contre sa poitrine. J'ai fait revenir les saucisses hier, avant que tu n'arrives. On n'a plus qu'à préparer la pâte feuilletée. Tu peux t'en charger ? demanda-t-elle en montrant le placard au-dessus de sa tête.

– Si je me rappelle comment on fait, répondit-elle en sortant la farine.

Sa mère lui donna le beurre, et elle se lança dans la préparation avec hésitation.

Cela s'avéra plus facile qu'elle ne l'imaginait, même si l'absence de sa grand-mère se fit sentir tout du long. Mais ce qui la rendit vraiment heureuse fut le sourire qu'elle vit sur les lèvres de sa mère pendant qu'elles cuisinaient côte à côte. Avec les lumières qui scintillaient sur le sapin et les bas accrochés devant la cheminée, elle eut presque l'impression qu'elles passaient déjà un bon Noël.

Chapitre 6

– Ray a déjà déneigé le chemin derrière la ferme. Il m'emmène faire une petite course en ville, expliqua Naomi dans le haut-parleur du téléphone d'Elizabeth posé sur le comptoir à côté de la pâte feuilletée et couvert de farine.

– On aurait bien besoin de faire quelques courses, nous aussi. Je vais bientôt être à court de certains ingrédients pour les biscuits, et il nous faut plus de lait, dit Loretta en tendant le bras vers le rouleau à pâtisserie dans les mains de sa fille. Tu as fait le plus gros. Je peux prendre le relais, si tu veux aller avec Naomi.

– Tu es sûre ? demanda Elizabeth en faisant les gros yeux à sa mère, n'en revenant pas qu'elle ait proposé ça alors que Naomi était toujours en ligne.

– Bien sûr. Prends un petit encas pour tenir, et une bonne cassolette fumera dans ton assiette à ton retour.

– Il y en a pour moi ? demanda Naomi à l'autre bout du fil, faisant sourire Loretta.

– Il y en a toujours pour toi, Naomi.

– Ravie de l'entendre, madame Loretta, répondit la jeune femme en s'adressant à elle comme lorsqu'elle était enfant.

– Ça ne te dérange pas, si Liz t'accompagne ? demanda Loretta en se penchant vers le téléphone.

Il y eut un petit blanc, et Elizabeth retint son souffle.

– Liz, est-ce que tu peux être prête dans quinze minutes ? Ray passe me prendre, et on viendra chez toi.

– Ça marche.

Elizabeth tendit le rouleau à pâtisserie à sa mère, le soulagement de ne pas avoir froissé sa vieille copine vite éclipsé par le fait qu'elle allait devoir partager un tracteur avec elle.

– À tout de suite.

Elizabeth raccrocha et dévisagea sa mère.

– Et si elle n'avait pas envie que je vienne ?

– Dans ce cas, elle n'aurait pas mentionné qu'elle allait en ville.

Elizabeth hocha la tête, toujours pas convaincue.

– Tu as sans doute raison.

– J'ai toujours raison, répondit Loretta avec un clin d'œil.

– Bon, je ferais mieux de me préparer.

Elle s'élança dans le couloir, lui criant par-dessus son épaule de préparer une liste des choses dont elle avait besoin. Vu l'état des routes, elles n'auraient peut-être pas d'autre occasion de se rendre en ville avant plusieurs jours, alors il valait sans doute mieux qu'elle y aille, de toute façon.

Elizabeth fila dans sa chambre et enleva son pull plein de farine pour en passer un autre. Puis elle sortit la vieille casquette de base-ball qu'elle portait à l'université et inspecta une seconde son bord abîmé. Elle ne l'avait pas portée depuis longtemps… Peu disposée à faire beaucoup d'efforts pour son apparence, elle rassembla ses cheveux brillants et ondulés en queue de cheval, enfila la casquette, puis courut dans la salle de bains pour s'asperger le visage et se laver les dents.

Le bruit du tracteur de Ray attira son attention, et elle regarda par la fenêtre. L'énorme engin John Deere traversait lourdement le champ enneigé, ses pneus laissant d'énormes traces en forme de X sur le sol immaculé. Une couronne en branches de sapin ornée d'un nœud rouge était attachée à la grille avant, juste au-dessus du chasse-neige.

Elle se dirigea vers la porte d'entrée, mit son manteau et ses bottes, nouant son écharpe en laine autour de son cou.

– Voilà la liste d'ingrédients à prendre au supermarché, dit sa mère en se dépêchant de la rejoindre à la porte pour lui donner un bout de papier.

– Tu n'as besoin que de ça pour les biscuits ? la taquina Elizabeth en voyant sa petite liste.

– Tu sais que j'ai déjà presque tout, répondit Loretta avec un grand sourire. Je suis toujours prête pour Noël.

– Je vois, répondit Elizabeth en prenant la liste. Je ne serai pas longue.

Elle ouvrit la porte, et une bourrasque de neige d'un blanc éclatant pénétra dans la maison, les flocons scintillants se déposant sur le parquet à ses pieds. Elle referma derrière elle et sortit en courant dans le champ, la neige craquant sous ses pas, ses bottes s'enfonçant dedans jusqu'aux chevilles. Quand elle arriva au niveau du tracteur, la portière côté passager s'entrebâilla.

Ray, au volant, inclina la tête et la dévisagea d'un œil critique. Ses épaules se crispèrent, mais Naomi ouvrit plus grand la portière et lui fit signe de monter.

Elizabeth posa son pied sur la marche en métal pour se hisser à l'intérieur et s'installa dans la cabine à côté de Naomi et de Ray. Elle les salua, puis se pencha en avant.

– Contente de te voir Ray, dit-elle, décidant qu'il valait mieux partir du bon pied, même si elle voyait bien qu'il n'était pas franchement ravi de la voir.

– Bonjour, répondit-il avec un sourire forcé qui révéla ses dents du bonheur. Ça fait un bail…, ajouta-t-il, les yeux fixés sur le champ devant eux, avant de changer de vitesse.

Le moteur rugit, et le tracteur cahota, projetant Elizabeth en avant. Elle dut s'agripper à sa portière, mais Ray regardait toujours droit devant lui, comme si rien ne s'était passé. Ça l'agaça une seconde, puis elle réalisa qu'elle était la seule à avoir réagi à la secousse. Elle se cala dans son siège, se demandant s'il avait fait exprès de la ballotter ou si elle n'était tout simplement pas montée dans un tracteur depuis si longtemps qu'elle n'était plus habituée à ce rythme.

Une fois sur la route, Ray abaissa le chasse-neige pour dégager la voie jusqu'en ville, poussant de gros tas de poudreuse sur les bas-côtés. Elizabeth s'accrochait à l'arrière de son siège pour éviter de rebondir et de finir sur les genoux de Naomi. Le tracteur poursuivit son chemin en bringuebalant, la neige dévalant les flancs de la montagne. Elle ferma les yeux, les articulations toutes blanches à force de serrer le poing, comme si tenir son siège allait les empêcher de passer par-dessus le garde-fou.

– On fait un arrêt au *High Peak Coffee*, expliqua Naomi quand ils s'engagèrent dans le parking quasi vide entièrement recouvert de neige. Beatrice aime leur café, je vais lui en acheter un sachet pour son anniversaire.

Elizabeth hocha la tête, regrettant à nouveau de ne rien avoir à lui offrir.

Mais l'idée d'un latte fumant était tentante, et elle mourait d'envie de se réchauffer au coin du feu qui brûlait probablement à l'intérieur. Elle aurait dû mettre son bonnet au lieu de sa vieille casquette : elle avait les oreilles gelées et ne sentait plus ses doigts.

Ray arrêta le tracteur, et ils descendirent. Elizabeth, qui sauta en premier dans la neige, vacilla un peu sur le sol verglacé avant de retrouver l'équilibre. Naomi, elle, descendit sans peine. D'un pas lourd, en silence, ils traversèrent le parking couvert de neige avant d'entrer dans le café. Naomi se dirigea directement vers le rayon épicerie, pendant que Ray saluait un homme en salopette de travail.

– Je ne m'attendais pas à te voir dans ce genre d'endroit, Sid ! lança-t-il en lui donnant une petite tape dans le dos.

– Moi non plus, répondit cet homme en dévisageant Elizabeth. J'ai rendez-vous avec ma nièce. Elle adore ce café.

Ses lèvres se pincèrent, ne formant plus qu'un trait.

– Mais c'est le problème, pas vrai ? La jeune génération préfère avoir des cafés que s'accrocher à son patrimoine.

Il lança un regard noir à Elizabeth, comme si elle avait construit cet établissement de ses propres mains, et elle se tourna vers le comptoir et la carte des cafés pour éviter de les fixer d'un air ahuri.

– C'est la fille de Loretta, entendit-elle Ray expliquer tout bas. Ça fait des années qu'on ne l'a pas vue. Les terres commencent à se faire racheter, et elle réapparaît comme par magie…

Elle en eut le souffle coupé. *Tout le monde* pensait que c'était pour ça qu'elle était là, ou quoi ?

– Eh bien, les miennes ne sont pas à vendre, répondit Sid.

– Les miennes non plus. Et si elle croit qu'être sympa avec nous lui facilitera la tâche quand elle essaiera de nous piquer nos terres avec son compte en banque bien fourni de New-Yorkaise, elle se met le doigt dans l'œil.

Elizabeth serra les dents et se tourna vers eux, prête à se défendre. Mais ses émotions eurent raison d'elle, car la vérité la rattrapa : elle était l'unique responsable, c'était son comportement qui avait donné lieu à toutes ces conjectures. Ayant besoin d'une minute pour empêcher les larmes de monter, elle décida de se rapprocher de la cheminée.

Le café n'avait plus rien à voir avec le lieu qu'elle avait découvert avant que le blizzard ne s'abatte sur eux. Il n'y avait qu'un client dans la salle, assis près du feu, son ordinateur sur les genoux. Il tourna la tête quand Elizabeth s'approcha, et elle retint son souffle en voyant ces yeux bleus. Paul Dawson, l'homme de la veille.

– Je ne peux rien faire pour le moment, dit-il dans son téléphone, tâchant de parler à voix basse. Je rencontre quelques… problèmes et j'ai peur que ça ne soit réglé qu'après Noël.

Il cliqua sur les touches de son clavier et fixa son écran, sourcils froncés.

– J'ai parfaitement conscience du calendrier.

Il serra la mâchoire et prit une inspiration.

– Combien de temps est-ce qu'ils nous laissent ?… Tu plaisantes ? Tiens-moi au courant de leur réponse…

Il leva les yeux, momentanément distrait par Elizabeth, mais elle se tourna une nouvelle fois vers le menu accroché au-dessus de la caisse pour qu'il ne s'imagine pas qu'elle l'espionnait. Quand elle lui fit de nouveau face, il avait raccroché. Il lui adressa un grand sourire et se leva, posant son téléphone sur la table.

– Eh bien, on se retrouve, finalement, lança-t-il en se rapprochant d'elle, poussant Ray à les surveiller du coin de l'œil.

S'efforçant de ne pas lui prêter attention, Elizabeth concentra toute son attention sur Paul. Ses lèvres se contractèrent quand il remarqua sa casquette de base-ball, et elle regretta encore plus de ne pas avoir mis son bonnet : elle aurait pu se l'enfoncer sur la tête et s'affaler dans un fauteuil.

– C'était inespéré. Vous qui disiez ne pas venir souvent ici.

– On est venus acheter un cadeau pour quelqu'un, expliqua-t-elle en montrant Naomi, qui parcourait toujours les étagères.

Elle s'assit dans l'autre fauteuil près du feu, son cœur se mettant à palpiter en voyant l'expression bienveillante de Paul. À la lumière du jour, après une bonne nuit de sommeil, elle le trouva encore plus beau. Il la regardait avec une étincelle dans les yeux et, autrefois, elle n'aurait pas hésité à flirter avec lui, mais elle n'avait plus confiance en elle. L'univers ne mettait pas cet homme charmant sur son chemin au bon moment.

Elle fixa la petite carte encadrée de Mason's Ridge accrochée à côté de la cheminée.

– J'ai toujours aimé cette carte, confia-t-elle. On peut les acheter au bazar… Enfin, on pouvait, avant.

Elle se rappela le jour où elle avait trouvé Crestwood Farm dessus, la première fois qu'elle l'avait vue au magasin avec sa grand-mère.

– Ils devraient en vendre ici, répondit Paul en s'approchant pour l'examiner de plus près.

Il se tourna, posant ses yeux bleus sur elle, et elle en resta sans voix.

– Alors comme ça, vous achetez un cadeau en pleine tempête de neige ?

– Mmh, fit-elle sans donner plus de détails. Vous étiez en train de travailler ?

Il s'assit en face d'elle, posant ses coudes sur ses genoux avec désinvolture.

– Oui.

Elle aurait juré avoir vu ses épaules se crisper quand il répondit.

– J'essaie pourtant de prendre des vacances.

– Tout va bien ?

– Oui, répondit-il en soufflant. Je suis épuisé, c'est tout. Et il y a toujours quelque chose à faire.

Il se frotta l'épaule, puis baissa la tête et effectua un mouvement circulaire avant de la redresser.

– C'est sans doute l'appel des fêtes. Elles me supplient de faire une pause.

Elle sourit, s'évertuant à ne pas penser à Richard et à son besoin permanent de décrocher de nouveaux marchés.

– Comment est-ce que ça s'est passé avec votre mère ? demanda-t-il avec un regard attendri, comme quand elle l'avait rencontré, ce qui lui fit à nouveau battre le cœur.

C'était la première fois que quelqu'un s'intéressait à ce qu'elle vivait. Paul réagissait si différemment de Richard qu'elle ne pouvait s'empêcher d'être troublée. Elle se pinça discrètement la jambe pour se ressaisir.

– Bien, répondit-elle, gênée de lui avoir confié autant d'informations personnelles, mais en même temps soulagée que quelqu'un la *voie*.

À cause de la fatigue, elle avait baissé sa garde et, maintenant, elle devait accepter de s'être livrée ainsi à un parfait inconnu. Paul avait beau paraître gentil, elle ne connaissait pas ses intentions. Assise en face de lui, elle avait l'impression de pouvoir tout lui dire, et ça la terrifiait.

Ray traversa la salle pour aller chercher une bouteille d'eau et s'installa à une table, le temps que Sid accueille sa nièce et la prenne dans ses bras. Naomi, elle, lisait le dos d'un sachet de café, qu'elle remit en rayon avant d'en prendre un autre.

– Vraiment ?

– Hum ? fit-elle en détournant les yeux de son amie.

– Vous semblez mal à l'aise.

Sa gorge se serra et son pouls s'emballa : il lisait à nouveau en elle comme dans un livre ouvert.

– Je ne suis pas mal à l'aise. Ma mère est géniale.

Paul inclina la tête, l'air si gentil qu'elle eut du mal à le regarder : elle craignait de lui raconter sa vie, et elle était quasiment certaine qu'il n'avait pas envie d'entendre une histoire aussi dramatique pendant ses vacances.

– Qu'est-ce qui vous rend nerveuse, alors ?

Elle pria pour qu'il ne voie pas le rouge lui monter aux joues, comme elle envisageait de lui dire que c'était *lui* qui la rendait nerveuse, avec son attention et sa compassion.

– Rien, finit-elle par répondre. Et vous alors, pourquoi est-ce que vous travaillez dans un café en pleine tempête de neige ?

– Je loue la maison d'à côté. Le wi-fi marche mieux ici. Et c'était soit leur *breakfast sandwich*, soit des spaghettis surgelés au micro-ondes : c'est tout ce que j'avais chez moi quand la neige a commencé à tomber. Ma voiture était coincée dans l'allée bien avant que vous n'arriviez, hier soir.

Sa raison lui disait le contraire, mais Elizabeth ne pouvait pas le laisser avec ses spaghettis. Excepté sa mère, il était le seul à ne pas l'avoir jugée jusque-là.

– On va au supermarché après. Est-ce que vous voulez que je demande à Ray si on peut vous emmener ?

– Vraiment ? fit-il, ses grands yeux trahissant son étonnement.

– Bien sûr. Ray, est-ce qu'on peut prendre un passager de plus dans le tracteur ? demanda-t-elle en se tournant vers sa table.

À l'autre bout de la pièce, Ray leva la tête, les regarda, puis opina du chef d'un air méfiant. Naomi, qui était en train de payer, leur jeta un coup d'œil par-dessus son épaule, et Elizabeth secoua légèrement la tête pour essayer de lui faire comprendre que son offre n'était rien de plus : elle lui avait simplement proposé de l'emmener.

– Merci, mais, dans ce cas, on pourrait peut-être se tutoyer, non ? dit-il en sortant son portefeuille de sa poche. Laisse-moi t'offrir un café, tu n'en as pas bu.

Il la considéra, les yeux plissés.

– Laisse-moi deviner… Latte ? ajouta-t-il avant qu'elle n'ait le temps de répondre.

Elle se racla la gorge pour cacher le petit frisson qui la parcourut, surprise qu'il ait vu juste.

– Tu n'es pas obligé…

– Je sais.

– Un cappuccino, alors.

Elle ne voulait pas le laisser s'en sortir si facilement, penser qu'il l'avait parfaitement cernée.

– Merci. Est-ce que tu peux le prendre à emporter, s'il te plaît ? demanda-t-elle, ne souhaitant pas faire attendre Ray trop longtemps.

Pendant que Paul lui commandait son cappuccino, Naomi la rejoignit. Elle serrait son sachet de café contre sa poitrine, comme un bébé.

– Tu t'es fait un *ami*, à ce que je vois ? lança-t-elle en désignant Paul de la tête avec un regard suggestif.

– J'ai eu de la peine pour lui, c'est tout, murmura Elizabeth. Il n'est pas d'ici et, avec la neige, il ne peut pas sortir. Il a besoin de faire des courses.

– Appelle ça comme tu veux, mais il n'est pas du coin. Et il est tout seul. Je me méfierais, à ta place. Les gens vont commencer à jaser.

– Commencer ? Je crois que c'est déjà le cas.

Elle contempla les épaules larges de Paul, remarquant sa carrure masculine, tandis qu'il attendait au comptoir.

– Et puis, j'ai mieux à faire que faire naître des rumeurs avec un étranger.

– Tu en es sûre ? demanda Naomi au moment où Paul revenait, la saluant cordialement de la tête.

– Et voilà, dit-il en tendant son gobelet à Elizabeth.

Leurs doigts se frôlèrent, et elle regarda Naomi, l'air gêné.

Pendant que Paul prenait son ordinateur et son téléphone, Ray se leva et jeta sa bouteille d'eau à la poubelle.

– Vous êtes prêts ?

Ils se regroupèrent au milieu de la pièce.

– Vous êtes ici pour le travail ou pour le plaisir ? demanda Ray à Paul sans s'être présenté.

– Les deux.

Ray le toisa.

– Vous êtes dans l'immobilier ?

– En quelque sorte..., répondit Paul en fronçant les sourcils.

– Je te présente Ray, dit Elizabeth, lui coupant la parole. Il déneige les rues et il se chargera certainement de ton allée, si tu veux.

Elle supplia Ray du regard, pour lui demander d'être gentil, comme s'il allait l'écouter.

– Aucun problème, répondit-il entre ses dents en serrant la main de Paul.

– Et voici Naomi.

Naomi fit glisser son paquet de café sous son autre bras et tendit la main. Plein de bonne volonté, Paul la serra chaleureusement.

– Je vous présente Paul Dawson.

– Eh bien, Paul Dawson, vous voulez déposer ça quelque part, peut-être ? demanda Ray en montrant son ordinateur. Vous n'en aurez pas besoin avec nous, je vous le garantis.

– Je vais le poser en vitesse à la maison.

– Je ne ferais rien en vitesse avec cette neige, si j'étais vous. On vous attend.

Une fois dehors, Ray monta en premier dans le tracteur et démarra, le ronflement du moteur résonnant dans les oreilles d'Elizabeth.

– On va être un peu à l'étroit, murmura Naomi en ouvrant la portière côté passager avant de se glisser à l'intérieur.

Elizabeth avait omis ce petit détail quand elle avait proposé à Paul de l'emmener. Elle monta et se décala vers Naomi, son cappuccino serré dans sa main, laissant le plus de place possible à Paul, qui arriva et s'installa à côté d'elle. Sa jambe effleura la sienne lorsqu'il ferma la portière. N'ayant nulle part où mettre son bras, il l'étendit derrière elle, et elle se retrouva tout contre lui. Elle prit des respirations courtes pour éviter de sentir son odeur boisée.

– Eh ben dites donc, c'est intime, ici ! lança Ray avec un petit rire ironique en passant une vitesse et en appuyant sur l'accélérateur, avant de traverser tant bien que mal le parking.

Lorsqu'ils atteignirent la route, Paul l'orienta vers le petit pavillon voisin, dont Ray déneigea l'allée, dégageant un passage pour la Mercedes garée au bout. Elizabeth fixa la voiture de location, s'interrogeant au sujet de Paul.

Au même moment, son téléphone se mit à sonner.

– Je suis sincèrement désolé, dit-il en se tournant pour le sortir de la poche arrière de son jean, se penchant dangereusement vers elle, ses lèvres se retrouvant tout près de son visage.

Elle retint sa respiration.

– Ça ne te dérange pas- si je réponds ? J'attends un coup de fil pour le travail.

Il toucha l'écran avant qu'elle n'ait le temps de répondre et porta le téléphone à son oreille.

– Salut, Jake. Alors, quelles sont les nouvelles ?

Pendant qu'il écoutait son interlocuteur, ils poursuivirent leur chemin sur la route principale, secoués par les cahots, et ses doigts effleurèrent l'épaule d'Elizabeth, qui sentit un frisson dans tout son bras.

– Il me faut au moins trois semaines, lança-t-il d'un ton sec avant de se remettre à écouter. C'est Noël, je ne peux rien faire. Essaie de gagner du temps.

Sur ce, il raccrocha, posa son téléphone sur ses genoux et regarda droit devant lui : quelque chose le rongeait, à l'évidence.

Elizabeth fut soulagée que Ray se mette à parler.

– Vous savez, j'ai rencontré ma femme dans ce tracteur, dit-il en serrant le volant comme ils descendaient une route enneigée.

– C'est vrai ? fit-elle, heureuse d'apprendre qu'il ne s'était pas mis à genoux cette fois-ci.

– Oui. Elle vivait dans une ville voisine et était venue passer son diplôme d'agent immobilier. Il pleuvait des cordes et, en rentrant chez elle après son examen, elle a perdu le contrôle de son véhicule. Sa voiture s'est retrouvée coincée dans le fossé. Je traversais les champs et je l'ai vue pleurer sur le bord de la route, alors je me suis arrêté et j'ai attelé sa voiture au tracteur. C'est ce qu'on fait, à la campagne, quand quelqu'un est dans le pétrin, ajouta-t-il avec un sourire à l'intention de Paul, révélant ses dents écartées. J'ai su que c'était la bonne à la minute où elle est montée et qu'elle s'est assise à côté de moi pour que je la remorque jusque chez moi. Elle n'est pas repartie tout de suite, et je me suis dit que c'était ma chance. On ne s'est jamais quittés depuis.

– Je ne savais pas comment vous vous étiez rencontrés, Ray, remarqua Naomi. Ce tracteur doit porter chance.

– J'espère bien, répondit-il, la mâchoire crispée, en regardant Paul et Elizabeth.

Ils passèrent alors sur une bosse, et Elizabeth sursauta. En se penchant vers Paul pour ne pas renverser son cappuccino, elle sentit son souffle sur son oreille et se redressa, serrant les dents. Mais, du coin de l'œil, elle aperçut l'esquisse d'un sourire sur ses lèvres et fut heureuse de lui avoir changé les idées. Puis elle s'immobilisa pour regarder la route blanche devant elle.

Quand Ray gara le tracteur devant le supermarché, Paul descendit le premier et tendit la main pour aider Elizabeth. Elle n'avait pas envie de la prendre (elle avait eu son lot de contacts physiques en chemin), mais, si elle ne le faisait pas, elle était certaine de s'étaler de tout son long dans la neige avec son cappuccino, ce qui pourrait être encore plus gênant que les contacts physiques. *Pourrait.*

Avec une profonde inspiration, tenant bien son gobelet, elle prit sa main, et il l'aida à descendre d'une poigne douce, mais ferme. Elle le lâcha dès que ses pieds touchèrent le sol.

Puis Paul tendit de nouveau la main, proposant aussi son aide à Naomi, qui la déclina.

– Je fais ça tous les jours, expliqua-t-elle en s'agrippant au côté de l'engin pour sauter dans la neige. C'est moi qui aurais dû vous aider, Monsieur le *Citadin*, plaisanta-t-elle en lui lançant un regard oblique, non sans cynisme.

Paul sembla interroger Elizabeth des yeux, se demandant pourquoi Ray et Naomi se comportaient ainsi, mais elle secoua la tête, ne sachant pas comment lui expliquer. Par où commencer ?

– Je vais voir si le gérant veut que je déneige son parking, les informa Ray en partant devant d'un pas décidé, à grandes enjambées, ses bottes fendant sans mal la neige.

Les trois autres se dirigèrent vers le supermarché illuminé. En entrant, Elizabeth se figea. *Ford's Corner Market* était entièrement décoré pour les fêtes : des sapins scintillaient près de la caisse, des couronnes étaient accrochées au bout de chaque allée et des chants de Noël sortaient des haut-parleurs.

Qu'est-il arrivé à la vieille cafétéria ? s'étonna-t-elle, n'en revenant pas que le supermarché soit devenu aussi chic.

– Nouveaux propriétaires, répondit Naomi avec un regard lourd de sous-entendus, et Elizabeth repensa à la promesse de Travis de garder ses terres.

Sa vieille copine attrapa un panier et se dirigea vers le rayon fruits et légumes, laissant Paul et Elizabeth fixer le seul chariot qui restait.

– Les autres sont dehors, sous la neige, les informa la caissière. Personne ne les a rentrés avant de partir, hier soir.

Elizabeth ne put s'empêcher de penser à Rodney Ford, l'ancien propriétaire, qui n'aurait jamais laissé passer ça.

– Ça ira, répondit Paul en prenant le caddie avant de se tourner vers Elizabeth. On peut le partager. C'est très bien… tu pourras boire ton cappuccino et discuter avec moi pendant que je pousse le chariot.

– Merci, répondit-elle en réchauffant ses doigts froids sur son gobelet avant de boire une gorgée.

– Par où je commence ?

Toujours ébahie par les présentoirs à vin reluisants et le superbe arc-en-ciel de produits frais, elle sortit la liste de sa mère de sa poche.

– Il me faut du lait.

– Non, je parlais de la conversation, précisa-t-il en empoignant le chariot et en le positionnant devant eux. Est-ce que Ray et Naomi sont tes *amis* ?

Elizabeth regarda son gobelet, cherchant comment répondre à cette question.

– Ils l'étaient, avant.

– Je vois, dit-il en se dirigeant vers le rayon produits laitiers. Et maintenant ?

– Ils croient que je suis une personne différente de celle que je suis vraiment. Et je dois leur prouver qu'ils ont tort, expliqua-t-elle en parcourant des yeux le nom des rayons pour voir si elle pourrait trouver un cadeau pour Beatrice dans l'un d'eux. Ne t'en fais pas. Ils sont sympas.

Il hocha la tête, mais ne parut pas convaincu.

– Il faut que je trouve un cadeau d'anniversaire, dit-elle pour changer de sujet.

– Ça doit être quelqu'un d'important. Naomi aussi lui a acheté un cadeau.

– C'est pour la meilleure amie de ma grand-mère. Elle fête ses quatre-vingt-dix-neuf ans.

Paul haussa les sourcils.

– J'espère que j'atteindrai mon quatre-vingt-dix-neuvième anniversaire, dit-il en tendant la main devant elle pour attraper une boîte de céréales – un mélange de céréales complètes. Où seras-tu à quatre-vingt-dix-neuf ans, d'après toi ?

Elle resta plantée là, tâchant de trouver une bonne réponse à sa question, mais rien ne lui vint, ce qui la rendit anxieuse, subitement. Elle n'avait aucune idée d'où elle serait à quatre-vingt-dix-neuf ans, parce qu'elle ne savait même pas où elle serait le lendemain. Elle avait planifié tout son avenir, quand elle était petite. Elle s'était imaginé voyager dans le monde entier avec le Corps de la paix, puis se marier et vivre dans une maison sur une colline, comme sa grand-mère… Tout cela était inaccessible à présent.

– Je ne sais pas, répondit-elle avec un haussement d'épaules pour éluder la question avant de se remettre à avancer dans l'allée, mais Paul ne bougea pas.

Elle se retourna et le vit l'observer, les yeux plissés, comme lorsqu'il avait deviné le café qu'elle voulait.

– C'était quoi, ça ?

– Quoi ? fit-elle en regardant autour d'elle.

– La façon dont tu as répondu à ma question. C'était une question anodine, mais tu t'es aussitôt assombrie.

Il s'avança d'un pas.

– Je pensais que les retrouvailles avec ta mère s'étaient bien passées. Est-ce que ça va ?

– Bien sûr que ça va, mentit-elle, mais elle vit à ses yeux qu'il ne la croyait pas et rougit.

Le fait qu'il la cerne si facilement la désarçonnait et, soudain, ses émotions la submergèrent. Elle se détourna pour se diriger vers le fond du magasin.

Paul ne dit rien, mais poussa le caddie derrière elle, la laissant prendre l'initiative. Elle progressa dans l'allée étincelante, puis ses épaules tombèrent. Elle capitula. Rien de tout cela n'était la faute de Paul. Il essayait juste de faire la conversation.

– Je suis désolée. Je suis dans un entre-deux en ce moment, et c'est un sujet sensible.

– Quoi, exactement ?

– Ce que je vais faire de ma vie.

Elle prit un sachet de café moulu « spécial fêtes » qui prétendait avoir des notes de cannelle et de muscade et le mit dans le chariot.

– Tu as démissionné ou quelque chose comme ça ? demanda-t-il avec un grand sourire en tendant le bras vers une conserve de soupe.

Mais elle ne prenait pas ce sujet à la légère. Elle sirota une gorgée de cappuccino pour gagner du temps, mais il était froid à présent et elle dut se forcer à l'avaler. Paul était gentil et voulait juste l'aider, mais elle n'était pas certaine de vouloir le mêler à ses problèmes. Pourtant, chaque fois qu'il la regardait avec cette étincelle adorable dans les yeux, elle avait malgré elle le sentiment qu'il comprendrait.

– Je n'ai jamais travaillé, admit-elle.

Elle se sentit encore plus mal en le disant à voix haute.

Il la dévisagea, sa soupe toujours dans la main.

– Jamais ? demanda-t-il en la mettant dans le caddie.

Elle ne décela aucune critique dans sa voix, simplement de la curiosité, ce qui apaisa un peu ses craintes.

– Sauf si on compte l'été où j'ai travaillé chez *Tasty Treat*, en deuxième année de fac. Je servais des glaces.

– Mais tu as dit que tu étais dans un *entre-deux*, insista-t-il avant de prendre un bocal de sauce tomate, de le retourner pour examiner l'étiquette, puis de changer d'avis et d'en prendre un autre.

– Oui, entre deux vies très différentes, répondit-elle, se demandant une nouvelle fois comment il réussissait à lui soutirer des informations sans même le vouloir.

Elle avait peut-être juste envie de lui raconter ses problèmes. Cela faisait longtemps qu'on ne l'avait pas écoutée comme ça. Même si elle doutait qu'il ait envie de les entendre.

– Un instant, j'étais sur mon trente et un, espérant danser une valse, et celui d'après, j'étais dans un avion, en route pour Mason's Ridge.

Il la regarda, l'air de penser quelque chose sans le dire, mais peu importe, avoir son attention lui faisait du bien.

– Je sors juste d'une relation de sept ans. Ça a été difficile, confia-t-elle.

Il écarquilla les yeux, l'air intéressé.

– Pourquoi est-ce que je te raconte tout ça au milieu du rayon conserves, moi ? demanda-t-elle en secouant la tête, se rendant compte de la situation.

Il eut un petit rire et la regarda avec curiosité, comme s'il avait envie qu'elle lui raconte toute son histoire ici, au supermarché du coin.

– Des fois, j'ai l'impression d'être la seule à ne rien comprendre à la vie, avoua-t-elle.

Ses yeux se remirent à pétiller.

– On a tous des problèmes à régler. Et laisse-moi te dire un secret : la vie n'est facile pour personne.

– Qu'est-ce que tu as comme problème, toi ? demanda-t-elle d'un ton de défi.

– Eh bien, pour commencer, si on omet que je suis célibataire depuis déjà un an et que je dois encore apprendre à me préparer à manger, il reste un petit détail : ma femme m'a quitté pour quelqu'un qui, d'après elle, faisait « des choses plus exaltantes », répondit-il en mimant des guillemets avec ses doigts.

– Plus exaltantes que comparer des sauces tomate au milieu de nulle part en pleine tempête de neige ?

Sa petite blague le fit rire, et son cœur s'emballa. Cela lui procurait tant de joie. Elle était si à l'aise avec lui que, pendant une seconde, elle avait oublié ses problèmes et dit quelque chose de drôle. Elle ne se rappelait pas la dernière fois qu'elle avait fait rire quelqu'un. Puis, songeant que Richard devait penser la même chose d'elle, elle redevint sérieuse.

– Les choses exaltantes, ce n'est pas aussi génial qu'on veut bien nous le faire croire, reprit-elle.

– Pas besoin de le préciser, répondit-il avec ardeur. Ce n'est pas moi qui le pense.

– Je sais. Je me le disais plus à moi-même.

Elle le regarda. Son petit sourire commençait à devenir familier.

– Bon. *Pas* exaltant, alors… Donc, tu aimes aussi faire des trucs barbants, dit-il en tournant dans l'allée voisine. C'est un bon début pour décider de ce que tu vas faire dans la vie, non ?

Elle lui sourit, pour lui faire plaisir, puis attrapa une bougie de Noël rouge sur une étagère, envisageant de l'offrir à Beatrice.

– J'imagine.

Elle ouvrit le couvercle et huma la bonne odeur de cannelle et de sucre.

– Tu n'es pas dans un entre-deux. On va te trouver un coin tranquille où tu pourras regarder l'herbe pousser. Ton avenir est assuré.

Ses plaisanteries apaisaient ses inquiétudes, elle se sentait plus dans l'instant présent et aimait ce sentiment. Retenant un sourire, elle referma la bougie et la posa dans le caddie pour Beatrice.

– Je dois avouer que je voulais faire quelque chose d'exaltant en venant à Mason's Ridge… en m'aventurant dans l'inconnu sauvage, en comptant sur mon instinct pour survivre, dit-il, provoquant un nouveau sourire. Sérieusement, à la base, je suis venu pour le travail, mais j'espérais avoir des vacances et décompresser. Puis la neige a commencé à tomber, et je me suis retrouvé coincé entre ma petite maison de location et le café. Alors, merci de me laisser t'accompagner. C'est une distraction bienvenue.

Naomi, qui était en train de mettre une grosse bouteille de lait dans son panier, les aperçut et les observa avec un intérêt manifeste, mais Elizabeth continua à avancer, attrapant une plaquette de beurre pour sa mère. Elle examina le cadeau qu'elle avait pris pour Beatrice pour éviter le regard curieux de son amie, qui semblait penser qu'ils complotaient en vue du prochain rachat de terres. L'idée de se retrouver face à tout le monde à l'anniversaire de Beatrice la tétanisa tout à coup : elle ne savait pas si elle était prête à affronter leurs regards scrutateurs seule.

– Je suis sûre que ça ne dérangerait pas Beatrice si tu venais avec nous à son anniversaire, dit-elle, se demandant si c'était vrai.

Ce qui l'*était*, c'était qu'elle se sentirait beaucoup mieux s'il était là. C'était un tiers innocent, qui la détendrait à coup sûr.

– Oh non, fit-il, rejetant sa proposition d'un geste. Je ne voudrais pas m'imposer.

Elle hocha la tête ; il avait sans doute raison.

– Mais j'aimerais beaucoup te revoir. Peut-être dans un endroit avec moins de néons ? ajouta-t-il d'un ton taquin. On pourrait aller boire un verre ?

Un rendez-vous, ce n'était pas la même chose qu'accompagner quelqu'un au supermarché ou à un anniversaire. Elle avait beau aimer être en sa présence, elle n'était pas sûre d'être prête pour ça. Dans son état, elle ne pouvait pas être de bonne compagnie, pour personne : il n'était pas utile de lui donner de faux espoirs, même si elle le trouvait incroyablement séduisant.

– Je comprends, dit-il, se méprenant manifestement sur son silence. Je ne reste que quelques jours, de toute façon. Je repars bientôt à Chicago.

– Tu viens de Chicago ?

Elle ne prit pas la peine de le détromper. Il était plus simple de le laisser penser ce qu'il voulait.

– Oui, répondit-il, prêt à développer, mais son téléphone sonna, mettant fin à leur discussion. Désolé, s'excusa-t-il en regardant l'écran, sourcils froncés. Ça ne te dérange pas que je réponde ?

– Pas du tout, répondit-elle, ravie de ce répit.

Il s'éloigna de quelques pas.

– Allô ?... Je te le promets, c'est en cours, dit-il, deux rides barrant son front. Je t'ai dit que j'étais tombé sur un os, mais on va arranger ça au plus vite. Fais-les patienter. Ils doivent bien fermer pendant les fêtes, non ?

Il croisa son regard, et elle lui demanda discrètement si tout allait bien.

Il se força à sourire et acquiesça, mais elle s'interrogea sur cet appel et feignit de regarder des articles en rayon pendant qu'il poursuivait sa discussion.

– On ne peut rien faire pour l'instant, de toute façon. On ne pourra même pas commencer les travaux avant le printemps. Je ne comprends pas pourquoi ils nous forcent la main. Je n'ai besoin que de quelques semaines. Mais je rentre bientôt de toute façon, je leur parlerai en personne…

– Vous avez fini ? demanda Naomi en s'arrêtant à côté d'Elizabeth. Ray a déneigé tout le parking, le moteur tourne.

Elizabeth jeta un coup d'œil à sa liste.

– Il me reste juste quelques petits trucs à prendre.

Elle fit signe à Paul pour lui signifier qu'elle partait avec le chariot, et il hocha à nouveau la tête, avant d'articuler silencieusement qu'il la rattraperait.

En allant chercher ce dont elle avait besoin avec Naomi, elle ne put s'empêcher de penser à la facilité avec laquelle Paul avait réussi à la réconforter, ne serait-ce qu'un instant. Même si elle ne le devrait pas, elle espérait le recroiser avant son départ.

Chapitre 7

En arrivant à Crestwood Farm, Elizabeth trouva trois jeunes hommes assis à la table de la cuisine, en pleine conversation, la tête penchée au-dessus des cassolettes de sa mère. Un labrador jaune se rua sur elle en remuant la queue comme un fou, et elle passa la main dans son pelage tout doux.

Sa mère lui fit signe de s'approcher. Elle accrocha son manteau, puis se dirigea vers la cuisine, les sacs de courses dans les mains. Les trois hommes se turent quand elle traversa la pièce, se tournant vers elle avec curiosité. À chacun de ses pas, elle avait l'impression qu'ils la jaugeaient, qu'ils essayaient de déterminer si ce qu'on disait à son sujet était vrai, si elle était revenue pour racheter les terres. Elle aurait voulu tuer cette rumeur dans l'œuf, mais ce n'était pas le moment. Sa mère n'avait pas besoin qu'elle mette ses invités mal à l'aise.

– Je me suis dit que les garçons devaient avoir faim, alors je les ai invités pour un petit déjeuner de fête, expliqua sa mère quand elle la rejoignit.

Elizabeth plongea une main dans le sac de courses, en sortit la plaquette de beurre et la posa sur le plan de travail.

– Laisse-moi faire les présentations, poursuivit Loretta en se dirigeant vers un jeune homme avec des taches de rousseur et des cheveux châtain clair qui semblait avoir à peine plus de dix-huit ans. Je te présente Lenny. Et voici Sabastian.

Le jeune homme brun à la mâchoire carrée assis à côté de Lenny la salua de la tête.

– Et celui qui a englouti son assiette, c'est Harvey, ajouta sa mère en faisant un clin d'œil au jeune homme aux joues rouges et au large sourire.

– Et ça, c'est qui ? s'enquit Elizabeth en caressant la tête du chien, qui se frottait affectueusement contre sa jambe, comme s'il la connaissait depuis des années.

Lenny claqua des doigts, et le chien alla s'asseoir à côté de lui.

– C'est mon chien, madame. Il s'appelle Rosco.

Elizabeth sourit, plissant le nez de façon ludique en regardant le chien, puis rangea une bouteille de lait dans le réfrigérateur.

– Vous travaillez tous à la ferme, c'est ça ?

– Oui, madame, répondit Harvey. À plein temps.

– Vous n'êtes que trois ? Il y avait plus d'ouvriers agricoles avant, non ?

Lenny jeta un petit coup d'œil à Loretta.

– On est six, si on compte les saisonniers.

– Ah. Et quelles cultures prévoyez-vous pour la saison prochaine ? demanda-t-elle en continuant à vider le sac de courses.

Elle se rappelait que sa grand-mère complétait les revenus de la pommeraie en alternant les cultures dans deux des quatre champs.

– Eh bien, on a planté des cacahuètes et du coton l'année dernière. Donc, en avril, on sèmera du coton et du foin, répondit Sabastian, le jeune homme brun.

– Les récoltes ont-elles été bonnes l'an dernier ? se renseigna-t-elle en pliant le sac en papier, ayant fini de déballer les courses.

– Oui, mais on n'arrive toujours pas à cultiver le coin est de l'exploitation. On n'y avait jamais touché, mais votre mère espérait y faire pousser un potager.

– Ça ferait de bons produits à vendre au bord de la route, expliqua Loretta en remplissant à nouveau leurs verres de jus d'orange, sans prendre la peine de leur demander s'ils en voulaient. J'y suis allée plusieurs fois, et je n'arrive absolument pas à comprendre pourquoi rien ne pousse dans ce coin. Tu te rappelles, Liz ? Ça a toujours été un carré de terre.

Elizabeth se rappelait. Elle y jouait quand elle était petite, comme dans un immense bac à sable : elle prenait de la terre pour former de petits tas autour des fleurs qu'elle cueillait près du ruisseau, persuadée de pouvoir les faire pousser.

– Je pourrai y jeter un œil quand la neige aura fondu, suggéra-t-elle. On pourra peut-être prélever quelques échantillons de sol et les faire tester.

Le visage de Loretta s'illumina.

– Ça me semble être une excellente idée. Et ça t'occupera sainement.

Plus elle passait de temps à la ferme, plus l'idée de donner un coup de main lui semblait naturelle. Elle comprenait que sa mère et sa grand-mère se soient réalisées pleinement ici.

– Eh bien, je suis ravie d'avoir fait votre connaissance, dit-elle aux garçons, pleine d'espoir en voyant leurs visages avenants, réalisant que tout le monde ne parlait peut-être pas d'elle en ville. Je ne voulais pas vous interrompre. Je vous en prie, finissez votre petit déjeuner.

Les trois jeunes hommes se remirent à discuter, et elle continua à ranger les provisions. Quand elle eut fini, elle prit le rouleau de papier de soie rouge et la bobine de ruban pailleté qu'elle avait achetés au supermarché et les posa sur le plan de travail. Elle déplia le papier, puis sortit une paire de ciseaux du tiroir.

– Qu'est-ce que c'est ? l'interrogea sa mère en se penchant sur son épaule.

– Un petit cadeau pour Beatrice, expliqua-t-elle en plaçant la bougie au centre du papier avant de l'envelopper et de découper un bout de ruban pour faire un nœud.

– C'est gentil de ta part, commenta Loretta en lui tapotant le bras. Tu peux le mettre sous le sapin en attendant.

Elizabeth regarda le petit sapin de Noël dans le salon, réalisant subitement qu'il n'y avait pas de cadeaux dessous. Elle avait quitté New York avec une telle précipitation qu'elle n'en avait apporté aucun et, à moins d'acheter à sa mère la même bougie que celle qu'elle avait à la main, elle n'aurait pas beaucoup de choix en ville. Voyant le temps et les efforts que sa mère consacrait à la ferme, et la manière dont elle avait préparé son arrivée, elle aurait aimé pouvoir faire plus.

Puis elle repensa à leur conversation. Elle pourrait peut-être lui faire plaisir au lieu de lui acheter quelque chose. Elle pourrait garder la maison en ordre ou trouver un des travaux agricoles qu'elle n'aimait pas et s'en charger à sa place. Elle avait une certitude : elle ne voulait rien de plus qu'être là avec sa mère. Être ensemble était déjà un beau cadeau.

Plus tard dans la journée, Elizabeth et Loretta se rendirent chez Beatrice pour son anniversaire. Quand la porte s'ouvrit, au lieu de l'accueil chaleureux et des bras tendus qui l'attendaient enfant, Elizabeth se trouva face à une femme entre deux âges. Cette dame avait des cheveux châtain clair relevés en chignon, des yeux qui se fendaient quand elle souriait et une robe en velours côtelé vert foncé brodée de sapins de Noël. Elle regarda Elizabeth en battant des cils, puis les invita à entrer.

– Je m'appelle Ella, je suis la femme de Ray, lui apprit-elle.

– Ravie de vous rencontrer.

Ella lui fit un grand sourire par-dessus son épaule, les précédant dans le couloir étroit, Loretta balançant la pochette cadeau qui contenait son plat à four et son torchon au bout de son bras.

Elle les conduisit jusqu'à la cuisine, qui sentait le sucre et le beurre. Des cupcakes de Noël posés sur des présentoirs, tous décorés de glaçages rouges et verts de formes différentes, des biscuits de fête et des plats de nourriture recouvraient la longue table rectangulaire. Ray examinait le buffet, une assiette en carton dans sa main tannée, se servant en fromage et en biscuits salés. Lenny, Sabastian et Harvey s'étaient regroupés dans un coin : des assiettes pleines à craquer sur les genoux, ils discutaient avec Travis du calendrier des récoltes. Et plusieurs personnes qu'elle ne reconnaissait pas bavardaient avec Percy. Ils se turent tous quand elle entra.

Elle chercha désespérément Beatrice du regard, se demandant quand la vieille dame allait faire son apparition et atténuer la tension.

– Est-ce que vous voulez des œufs mimosa ? J'en ai fait des tonnes, leur proposa Ella en versant du cidre chaud dans une tasse en porcelaine à motifs de houx, qu'elle tendit à Loretta, avant d'en attraper une autre pour la remplir à son tour.

Elizabeth aperçut alors Naomi, appuyée contre le plan de travail en formica vert olive. Pour la première fois, son amie lui fit un grand sourire. Elle leva la main, une moitié d'œuf mimosa entre les doigts, et la regarda d'un air complice. Ce minuscule geste suffit à faire monter les larmes aux yeux d'Elizabeth.

– Peut-être plus tard, répondit-elle avant de tendre sa bougie emballée. J'ai un cadeau pour Beatrice.

– Oh, comme c'est gentil, commenta Ella en posant la tasse de cidre sur le plan de travail pour prendre la bougie et aller la mettre à côté d'une poignée d'autres cadeaux dans un coin de la cuisine.

Loretta la suivit, posa elle aussi sa pochette cadeau, puis se mit à discuter avec Ray.

Pendant ce temps, Elizabeth balaya la pièce des yeux et croisa le regard soupçonneux de Travis. Elle lui sourit, espérant détendre l'atmosphère, et il se dérida un peu, avant de se tourner à nouveau vers les ouvriers agricoles.

– Où est Beatrice ? finit-elle par demander à Ella. J'aimerais beaucoup la voir.

– Elle est dans le salon. Tu peux y aller.

Elizabeth la suivit dans la petite pièce. Beatrice était assise dans l'un des deux fauteuils inclinables bleus, dont les accoudoirs étaient ornés de napperons au crochet. Ses mains noueuses étaient posées sur ses genoux, et un jeté recouvrait ses jambes, croisées au niveau des chevilles. Elle avait rapetissé : elle était plus voûtée, plus tassée.

La gorge d'Elizabeth se serra devant cette vision surprenante. Cela n'avait pourtant rien de surprenant : aux funérailles de sa grand-mère, on avait dû l'aider à marcher jusqu'au premier banc de l'église, et elle ne s'était pas attardée à la réception. Même une étoile aussi brillante que

Beatrice finissait par pâlir au fil des ans, Elizabeth ne pouvait pas s'attendre au contraire.

Elle fit un pas vers elle, et le visage de la vieille dame s'illumina.

– Je retourne en cuisine, les informa Ella avant de sortir de la pièce avec désinvolture.

– Liz, ma chérie, dit Beatrice en tendant les bras vers elle.

La jeune femme s'approcha et se pencha pour l'étreindre. Beatrice sourit, et les rides de ses joues se creusèrent. Puis elle se recula pour la regarder, et ses yeux s'embuèrent.

– Ta mamie *savait* que tu reviendrais. Elle disait toujours : « Je connais Elizabeth. Un jour, elle se rendra compte que ce qu'elle veut vraiment, c'est s'asseoir sur le porche avec sa mère, pieds nus, un verre de limonade à la main, et contempler les champs. »

Ses mots frappèrent Elizabeth en plein cœur. Était-ce ce que sa grand-mère voulait pour elle ? Elle ne le lui avait jamais dit… Était-ce pour cela qu'elle se sentait si bien à la ferme avec sa mère ?

Sa vieille amie resserra doucement son étreinte ; ses bras n'étaient plus aussi forts qu'avant. En sentant son odeur de lavande, Elizabeth se remémora ces journées d'été qui semblaient s'éterniser, quand elle grignotait de la tarte aux pommes maison sur le porche pendant que Beatrice et sa grand-mère se rappelaient le bon vieux temps en riant.

– Je pensais que je ne reverrais jamais ton joli minois après l'enterrement, murmura la vieille dame à son oreille avant de relâcher son étreinte.

Elizabeth s'assit dans le second fauteuil, à côté de Beatrice, s'efforçant de ne pas se laisser submerger par le remords lancinant qui la rongeait.

– Joyeux anniversaire.

La vieille dame attrapa un mouchoir pour se tamponner les yeux.

– Merci.

Puis elle prit une profonde inspiration, comme si elle s'imprégnait de l'odeur d'Elizabeth.

– Raconte-moi tout ce que tu as fait depuis ton départ.

– Oh là là, répondit-elle en secouant la tête. On n'est pas sortis de l'auberge.

Elle ne voulait pas dire par là qu'elle avait fait beaucoup de choses. Plutôt le contraire, en réalité, et lui raconter allait être fastidieux.

– Je suis sûre que Harriet serait fière de toi, commenta Beatrice en prenant sa main.

L'entendre parler de sa grand-mère et de ce qu'elle aurait pensé de sa vie d'adulte ratée la bouleversa. Les larmes perlèrent sous ses paupières. Mortifiée à l'idée d'attirer l'attention sur elle avec ses problèmes le jour de l'anniversaire de Beatrice, elle se recula, feignant de tousser dans sa manche, mais la bouche de la vieille dame se rida, montrant que cela ne lui avait pas échappé. Elizabeth ne voulait surtout pas contrarier l'une des personnes qu'elle préférait quand elle était enfant. Beatrice était la star du jour, et elle ne pouvait s'empêcher de tout gâcher au bout de quelques minutes.

– De quoi est-ce que vous parlez, toutes les deux ? demanda Naomi en entrant dans la pièce.

Elizabeth afficha un sourire chaleureux, refoulant ses larmes, heureuse de cette distraction, même si Beatrice la scrutait toujours.

– Je viens juste de m'asseoir.

– On parlait de Harriet, ajouta Beatrice.

Le visage de Naomi s'égaya.

– Elle me manque. Vous vous rappelez qu'elle nous offrait toujours des biscuits à Noël ? Et qu'elle nous écrivait une lettre ?

Savoir qu'elles s'en souvenaient fit chaud au cœur à Elizabeth.

– On en parlait avec maman, justement, dit-elle.

Évoquer les traditions de Noël de sa grand-mère apaisait un peu ses tourments.

– Oh oui, acquiesça Beatrice, l'air nostalgique. Je me souviens de vous deux, debout sur les chaises de la cuisine, en train de l'aider à préparer ses biscuits sur le plan de travail. Naomi, tu voulais toujours te charger des formes et, toi, Elizabeth, tu voulais les décorer. Vous formiez une équipe de choc, ajouta-t-elle avec un regard entendu.

– Oui, c'est vrai, abonda Elizabeth.

Naomi détourna les yeux et contempla le sapin dans le coin de la pièce, l'air pensif.

– J'ai encore certaines de ses lettres. Je me demande où je les ai mises, reprit la vieille dame en pinçant les lèvres et en les tapotant d'un doigt ridé. Ce serait bien d'entendre à nouveau sa voix, même dans ma tête.

– Je pourrai te les trouver, si tu me dis où chercher, proposa Naomi.

Beatrice lui adressa un sourire reconnaissant et continua à parler :

– Vous savez, quand on était jeunes, on avait le sentiment que la vie n'expirerait jamais. On croyait que nos jours étaient comme les grains de sable sur une plage infinie. Mais j'ai vite pris conscience des parois transparentes qui entouraient mon existence, compris que le sablier se vidait et qu'il restait des non-dits et des histoires inachevées…

– Comme quoi ? demanda Elizabeth.

Beatrice porta son attention sur elle, l'air sérieux, comme si elle voulait lui dire quelque chose d'important, mais Ella fit irruption dans la pièce, l'air enjoué, en tapant dans ses mains.

– Que les festivités commencent ! C'est l'heure du gâteau !

Elle s'approcha de Beatrice d'un pas léger et se pencha pour lui parler.

– Est-ce que tu préfères que tout le monde vienne ici ou que je t'aide à te lever pour aller souffler tes bougies dans la cuisine ?

– Je peux me lever, répondit Beatrice en s'accrochant aux accoudoirs de son fauteuil, peinant à se mettre debout.

Elizabeth se précipita vers elle, mais la vieille dame refusa son aide. Néanmoins, quand elle la vit vaciller, elle passa un bras autour de son dos et l'aida à garder l'équilibre jusqu'à ce qu'elle y parvienne seule.

Beatrice se pencha vers elle.

– Promets-moi de revenir demain, il faut que je te parle, murmura-t-elle avec une certaine urgence.

– Bien sûr, répondit-elle tout bas, sa curiosité piquée.

La vieille dame releva la tête, sourit et avança laborieusement vers la cuisine.

– Où est le gâteau d'anniversaire dont tu m'as parlé ? demanda-t-elle à Ella. Je meurs d'envie d'en manger une grosse part bien sucrée.

Une fois dans la cuisine, Ella tira une chaise pour que Beatrice s'asseye au milieu de la pièce, tandis que Ray allumait les bougies pourpres sur l'énorme gâteau recouvert d'un glaçage blanc et ceint de petits pois rouges. Loretta et Naomi vinrent se placer à côté d'Elizabeth.

Quand ils entonnèrent « Joyeux anniversaire », Elizabeth se demanda ce que Beatrice voulait lui dire. Quoi qu'il en soit, c'était l'occasion de revoir la meilleure amie de sa grand-mère, et cette idée la réjouissait.

– Beatrice avait l'air très contente de ses cadeaux, dit Loretta en glissant dans le réfrigérateur l'assiette en carton remplie de gâteaux qu'Ella avait tenu à leur donner.

– Oui, ça m'a fait plaisir de la voir.

Elizabeth enleva ses bottes, puis se hâta d'aller mettre quelques bûches dans l'âtre pendant que sa mère attrapait les allumettes dans le tiroir de la cuisine pour allumer le feu.

– Elle veut que j'y retourne demain.

– Ah oui ? fit Loretta en craquant l'allumette avant de se baisser pour enflammer un petit bout de papier sous les bûches. Pourquoi ? Juste pour discuter ?

– Je ne sais pas trop. J'ai eu l'impression qu'elle voulait me dire quelque chose. Mais je n'ai aucune idée de ce dont il s'agit.

– Elle a peut-être juste envie de te voir, répondit sa mère en attisant la flamme. Elle t'a toujours beaucoup aimée.

– Elle m'a dit que mamie aurait été fière de moi, et j'ai failli craquer, au beau milieu de sa fête d'anniversaire, confia Elizabeth en s'asseyant à côté d'elle sur le rebord en brique de la cheminée, sentant la chaleur du feu dans son dos. J'ai tellement honte.

– Honte ? Pourquoi ? demanda sa mère en lui prenant la main.

– Mamie et toi, vous vous êtes occupées d'une ferme *tout* en élevant des enfants, et moi, je n'ai jamais rien fait. Mamie ne serait pas fière…

Elle n'acheva pas sa phrase, une boule se formant dans sa gorge.

– Et tout le travail de charité que tu as effectué ? C'est important, dit Loretta, ses grands yeux verts emplis d'un amour inconditionnel.

Bien réchauffée, Elizabeth alla s'affaler dans le canapé.

– Je l'ai fait avec l'argent de Richard.

Cette idée lui donnait l'impression d'être un imposteur. Elle préférait ne pas mentionner que les motivations cachées de Richard avaient dévalorisé son travail à ses yeux, de toute façon.

– Mais ça reste du travail, lui opposa sa mère en la suivant sur le canapé. Tu as donné de ton temps.

– Remplir un chèque avec l'argent de quelqu'un d'autre autour d'un bon dîner, ça ne me semble pas vraiment être du *travail*. J'aimerais que mamie soit fière de moi, mais, surtout, j'aimerais savoir que j'apporte ma contribution au monde. J'ai perdu de vue mes objectifs pendant un moment.

– Je vois, répondit sa mère en se blottissant contre elle sous la couverture. Quels sont tes objectifs ?

Elizabeth glissa ses pieds sous ses jambes.

– Rester en pyjama et manger des pots de glace ? répondit-elle, s'appliquant à cacher le tremblement dans sa voix avant de grimacer. Je crois que je ne l'ai pas encore découvert.

– Avant de rencontrer Richard, tu voulais travailler pour le Corps de la paix, pour aider les autres. Et tu adorais la botanique. Est-ce que ça t'intéresse toujours ?

– J'aime toujours rencontrer des gens et aider les personnes dans le besoin, mais j'ai quitté l'université il y a des années. Qu'est-ce que je mettrais sur mon CV ? « J'ai emménagé avec un homme et je n'ai jamais travaillé ? »

Elle baissa la tête.

– Mais qu'est-ce qui m'a pris ?

Sa mère se pencha pour la regarder dans les yeux.

– Tu étais amoureuse. Éperdument amoureuse, comme dans les films. Tu n'es pas la première à qui ça arrive ; ça arrive à tout le monde.

– Mais ça ne s'est pas fini comme dans un film.

– Ça signifie juste que Dieu a d'autres projets pour toi.

Elizabeth lui sourit.

– On dirait mamie.

– J'ai l'impression de lui ressembler de plus en plus chaque jour, s'esclaffa Loretta avant de se caler dans le canapé et de poser ses pieds sur la table basse. À la mort de ton père, il m'a fallu du temps pour me trouver, moi aussi. Je ne savais plus qui j'étais sans lui.

Elizabeth se tourna vers elle, lui accordant toute son attention. Sa mère ne semblait plus aussi fatiguée, mais elle paraissait triste.

– J'ai longuement réfléchi à ce qui me rendait heureuse et je me suis rendu compte que ce qui me manquait, c'était d'être *ici*, de travailler dans les champs et de m'occuper des bêtes. Quelque chose ici fait oublier tout le reste, expliqua-t-elle en regardant vers la fenêtre qui se teintait de violet, comme la nuit tombait. La vie s'écoule plus lentement, les autres font attention à toi…

– Je vois ce que tu veux dire.

– Ah oui ?

– Plus je passe de temps à la ferme, plus ça me semble naturel. L'idée de rester m'a traversé l'esprit. Mais je ne sais pas quelle serait ma place.

– Fais ce qui te rend heureuse, Liz. Suis ton intuition. Elle te guidera, et tu trouveras ta place.

Soudain, Elizabeth vit les yeux de Paul et la manière qu'ils avaient de se plisser quand il souriait. Son instinct lui disait de s'éprendre de lui, mais elle ne le voulait pas. Si elle laissait son intuition la guider, elle risquait à nouveau de faire de mauvais choix de vie, tout ça parce qu'elle avait décidé de suivre un homme. Il fallait qu'elle soit capable de se débrouiller seule, pour la première fois.

Sa mère agita les mains, comme si elle brassait l'air.

– Et si on mettait notre pyjama le plus chaud, qu'on faisait du popcorn et qu'on se pelotonnait sur le canapé pour regarder un film de Noël toutes les deux ce soir ? Il y a plein de DVD dans le placard. Ça te dit ?

Quelques heures de répit, histoire de ne plus penser à ses problèmes ?

– J'aime beaucoup cette idée.

Chapitre 8

Le lendemain matin, avant même qu'Elizabeth n'ait goûté au café de fête qu'elle avait acheté la veille sur un coup de tête, sa mère la rejoignit dans le salon et lui tendit son manteau.

– C'est pour quoi faire ?

Trouver ta place.

La jeune femme, qui venait juste de se réveiller et avait encore l'esprit confus, bâilla, tentant de comprendre ce que sa mère voulait dire, sans y parvenir.

– Tu veux reprendre ta vie en main ? La seule façon d'élaborer un plan, c'est de commencer à t'activer, expliqua-t-elle en laissant pendre son manteau au bout de son index. Va enfiler un jean et mets une écharpe. Il fait froid, ce matin. Et puis Travis passera peut-être tout à l'heure pour vérifier le thermostat, le travail doit être fait avant.

Quelques instants plus tard, Elizabeth se retrouva derrière la maison, dans le froid, à mettre des copeaux de bois dans un seau de foin. Le soleil commençait à poindre derrière les montagnes, parant les sommets de pourpre ; ses rayons jaunes faisaient scintiller les champs saupoudrés de givre, comme s'ils étaient couverts de diamants. La neige avait un peu fondu au soleil, mais, avec les températures glaciales de la nuit, elle avait regelé pour former une surface dure et compacte qui craquait sous ses pieds.

– Apporte-moi le seau, demanda sa mère en lui faisant signe de la rejoindre près du poulailler en bois blanc et vert.

Les mains gantées, Elizabeth s'empara du gros seau puis le traîna dans la neige avant de le poser avec un bruit sourd.

– En quoi ça m'aide à reprendre ma vie en main, ça ?

– À toi de trouver la réponse. Mais je te promets que tu ne la trouveras pas en restant affalée sur le canapé, ajouta-t-elle en s'assurant qu'il faisait assez chaud dans le poulailler et en s'extasiant devant Miss Maisy, qui répondit d'un gloussement.

Elizabeth considéra le foin et les copeaux de bois, intégrant ce que sa mère venait de lui dire, cherchant à comprendre ce que cette activité avait à voir avec sa vie.

– Étale ça sur le sol du poulailler pendant que je vais voir les chevaux et les chèvres dans la grange, lui dit sa mère. Je reviens dans une minute.

Elizabeth souleva le seau avec difficulté puis l'inclina, et son contenu dévala sur le sol du poulailler. Mais le seau était trop lourd pour sa silhouette fluette, elle ne parvenait pas à le maintenir stable. Elle le changea de bras pour essayer de mieux le maîtriser, glissant sur la glace. Les poules caquetaient de mécontentement tandis qu'elle luttait avec le seau, déversant toujours son contenu. Puis, sans pouvoir réagir, elle sentit le sol se dérober sous ses pieds et tomba en arrière dans la neige, s'enfonçant dans le foin et les copeaux de bois sous le regard des poules qui gloussaient et battaient des ailes. Le seau roula sur le sol dur.

– Oh, ma chérie ! s'écria sa mère en accourant.

Elle lui attrapa les mains pour l'aider à se relever, et elles chancelèrent toutes les deux sur la glace avant de trouver leur équilibre.

– Je te laisse une seconde et je te retrouve étalée dans le foin.

– Désolée, je ne suis pas très douée.

Loretta éclata de rire.

– Douée pour quoi ? Le patin à glace ? Tu as glissé.

– Tu ne glisses pas, *toi*, répondit Elizabeth en époussetant son manteau et en redressant les épaules, tâchant de ne pas s'apitoyer sur son sort, mais échouant lamentablement.

– Non, mais je laisse ma fille le faire, apparemment, répondit sa mère en secouant la tête, l'air amusé. Ramasse le foin et mets-le dans le poulailler avec les mains au lieu de te servir du seau.

Se reprenant, Elizabeth se pencha et ramassa le mélange de foin et de copeaux. Puis elle tendit le bras dans la structure en bois et lâcha le paillage par poignées avant de le lisser pour que les poules aient un lit douillet en cette matinée glaciale. L'odeur du foin et du cèdre qui embaumait l'air lui fit oublier qu'elle ne parvenait même pas à effectuer une tâche agricole toute bête. Elle passa à nouveau la tête dans le poulailler pour s'assurer qu'elle avait bien recouvert tout le sol et constata qu'il y faisait bien chaud.

Elle se demanda à quoi ressemblerait sa vie si elle se réveillait tous les matins à la ferme, si elle avait une famille comme sa mère et sa grand-mère… Mais cela semblait être un rêve impossible, inatteignable.

Puis, comme si l'univers avait voulu lui remonter le moral, elle aperçut une chose adorable.

– Oh, regarde, dit-elle en passant les mains sous le petit corps fragile d'un poussin qui venait de naître pour le sortir du poulailler.

Elle le glissa dans son manteau, et la petite boule jaune duveteuse se blottit contre elle, pépiant doucement.

– Eh ben, dis donc. On a un nouveau poussin, répondit sa mère avec fierté avant de tendre la main pour caresser sa tête d'un doigt ganté. Le panneau chauffant doit avoir fonctionné, sa chaleur a permis à ce petit d'éclore. Comment allons-nous l'appeler ?

– Appelons-le Holly[1]… comme c'est Noël.

– Bonjour, Holly, dit sa mère, se pâmant devant cette minuscule bête.

Elizabeth ôta un de ses gants pour poser sa main sur le duvet du poussin : elle le sentit respirer, ses flancs se gonflant et se dégonflant sous ses doigts. Une nouvelle vie venait de commencer, mine de rien, tel un merveilleux cadeau de Noël.

Sa mère avait raison. Quand elle était dehors, au grand air, tous ses problèmes semblaient si lointains…

– Tu n'as jamais été un garçon manqué jusque-là, lança sa mère en la croisant dans le couloir.

Elizabeth glissa ses cheveux mouillés derrière ses oreilles.

---

1. *Holly* signifie « houx » en anglais (N.d.T.).

– Tu as porté des robes par choix dès que tu as su parler. Mais tu n'as pas bouclé tes cheveux, ni mis de maquillage une seule fois depuis que tu es là. Comment ça se fait ?

Cette question la prit au dépourvu.

– Je ne me sens plus très sexy, répondit-elle honnêtement.

– Tu es une jeune femme magnifique, dans tous les cas. Et tu as tout à fait le droit d'être plus naturelle, si c'est ce dont tu as envie. Mais si c'est ton état d'esprit qui parle, il vaudrait mieux que tu te reprennes en main, ajouta-t-elle en lui caressant chaleureusement le bras.

– Donc, d'après toi, si je me boucle les cheveux, j'aurais l'impression d'être une meilleure personne.

– Si commencer par l'extérieur t'aide à aller mieux, fonce. C'est un premier pas.

Elle fit bouffer ses cheveux gris.

– Et j'espérais que tu me montrerais tous les secrets de beauté que tu as appris à New York. Est-ce que tu as des trucs pour me faire perdre vingt ans ?

Ça fit rire Elizabeth.

– Qui essaies-tu d'impressionner ? Travis ?

Loretta s'empourpra.

– J'aimerais juste voir ce que tu es capable de faire avec cette toile, dit-elle en se tapotant malicieusement le dessous du menton.

– Tu n'as pas répondu à ma question, insista Elizabeth, à moitié pour plaisanter.

Mais, voyant que sa mère ne répondait pas et qu'elle rougissait, Elizabeth poussa une exclamation et écarquilla les yeux.

– Il vient aujourd'hui, en plus. Est-ce qu'il se passe quelque chose entre vous ?

Loretta croisa ses mains et se tordit nerveusement les doigts.

– Il ne m'a jamais donné aucune raison de penser que…

Sa mère avait le béguin pour Travis. Qui l'aurait cru…

– Est-ce que tu veux que je te maquille et que je te coiffe ? lui demanda-t-elle d'une voix douce.

Loretta eut un sourire timide.

– Tu te souviens quand tu me mettais du vernis à ongles brillant à l'école primaire ?

La jeune femme avait presque oublié.

– Oui, répondit-elle, se rappelant ses kits de beauté de petite fille.

Une fois, sa mère et sa grand-mère l'avaient laissée leur mettre du vernis pailleté d'un rose différent à chaque doigt. Elles l'avaient gardé pendant des semaines.

Elle se rendit dans sa chambre, ouvrit les portes pliantes de sa penderie et passa ses cartons en revue pour trouver celui qui contenait ses produits de beauté. Elle le traîna dans la chambre, plongea la main dedans et sortit tout un tas de crèmes et de soins pour la peau. Avec tous ces produits dans les mains, elle en fit tomber un sur le tapis et le ramassa, le voyant sous un nouveau jour.

Ce flacon en verre gravé, avec son bouchon doré, trônait sur le plan de travail de la salle de bains de son penthouse. Le matin, elle se tartinait machinalement la peau de ce lait, tout en consultant son emploi du temps sur son téléphone et en sirotant son smoothie au collagène, mais il paraissait incongru dans son nouvel environnement : il coûtait plus que ce que sa mère gagnait en un mois en vendant les produits de la ferme.

Elle emporta toutes ces lotions dans la salle de bains et les aligna au bord du lavabo.

– Ouah, c'est chic ici ! s'exclama Loretta en entrant et en prenant l'un des flacons. On se croirait dans un salon de beauté.

Elle reposa le flacon, le manipulant comme si elle avait peur de le casser en le touchant.

Avec un grand sourire, Elizabeth lui nettoya le visage, puis lui montra comment appliquer chaque soin. Quand elle eut fini, elle retourna dans sa chambre pour aller chercher son maquillage.

– Tu faisais ça tous les matins ? s'étonna Loretta alors qu'elle lui mettait du fond de teint et de la poudre avant d'appliquer du fard sur ses joues, les rendant toutes roses.

– Ça me paraît bien vain, maintenant. Je veux dire, qui va me regarder ? Miss Maisy ?

Sa mère éclata de rire.

– Ça ne te dérangeait pas quand tu étais plus jeune. Tu étais toi-même, pour toi et pour personne d'autre.

Elizabeth marqua une pause, le bout de son pinceau saupoudré de sa teinte d'ombre à paupières préférée : Metallic Cashmere.

– Je n'ai pas l'impression d'être moi-même, reconnut-elle. Je crois que c'est le problème. Ferme les yeux.

Elle passa son pinceau sur ses paupières et le contour de ses yeux.

– Qu'est-ce qui te fait te sentir vivante ? demanda Loretta en rouvrant les yeux.

La façon dont Paul l'écoutait lui traversa l'esprit. Elle réalisa alors qu'elle n'avait été qu'un accessoire pour Richard, un moyen de faire avancer son entreprise, et que, si elle ne se connaissait pas, c'était parce qu'il ne la voyait pas vraiment. Mais Paul, lui, la voyait. Il voulait savoir comment s'était passée *sa* journée et qui *elle* était. Il l'avait fait rire en lui disant qu'elle pourrait regarder l'herbe pousser, leur vie banale ne semblant plus si banale quand ils étaient tous les deux.

– Être entourée de gens bien.

– Cette réponse me plaît.

– Je crois que j'aimerais revoir Paul Dawson. Je me sens vivante avec lui.

Le visage fraîchement maquillé de sa mère s'illumina.

– Je suis ravie de l'entendre.

– Enfin, on verra bien ce que ça donne, ajouta-t-elle, toujours prudente. Mais c'est un premier pas, non ?

– Oui, ça ne fait aucun doute, répondit sa mère avec un sourire.

Elizabeth la tourna vers le miroir.

– Ça alors ! s'exclama Loretta en se penchant en avant, comme pour s'assurer que ce reflet était bien le sien. J'ai l'air d'une autre femme.

Elle regarda sa fille.

– Tu vois des choses que tout le monde ne voit pas. Tu devrais mettre ce talent à profit, lui conseilla-t-elle en lui tapotant le bras. Bon, je te laisse tranquille, maintenant, histoire que *tu* puisses te préparer.

Une fois seule, Elizabeth prit l'un des flacons hors de prix, réfléchissant à ce que sa mère venait de lui dire. Il était peut-être temps de changer de perspective, sur elle-même et sur son avenir.

Naomi et Travis se tenaient sur le porche, le soleil de l'après-midi qui avait réussi à percer la couverture nuageuse hivernale projetant une longue ombre sur les planches à leurs pieds. L'énorme tout-terrain Chevrolet Silverado orné de plaques d'immatriculation à usage agricole était garé dans l'allée enneigée derrière eux.

– Je suis venu vérifier le thermostat pour ta mère, l'informa Travis.

– Oui, entrez.

Elizabeth les fit entrer puis ferma la porte derrière eux, surprise, mais sincèrement ravie de revoir Naomi.

– Et je t'ai apporté ça, dit cette dernière en lui tendant une enveloppe jaunie entourée d'un vieux ruban rouge, dont les bouts s'effilochaient.

– Qu'est-ce que c'est ? demanda Loretta en entrant dans le salon pour les saluer, jetant le torchon dont elle s'était servie pour essuyer la vaisselle du petit déjeuner sur son épaule.

Travis marqua un temps d'arrêt en voyant son visage maquillé, et Elizabeth rentra les joues pour ne pas sourire.

– Beatrice m'a demandé de la donner à Liz.

– On dirait l'écriture de mamie, dit Elizabeth en passant un doigt sur le prénom « Beatrice » inscrit sur l'enveloppe en lettres rondes.

– Je devenais folle, coincée à la maison, poursuivit Naomi en enlevant son manteau pour le poser sur le dossier d'un des fauteuils près de la cheminée pendant que Travis se mettait au travail, bricolant le thermostat, soulevant le couvercle pour examiner les fils. Du coup, je suis allée à pied chez Beatrice pour voir si elle avait besoin de quelque chose, et elle m'a dit de sortir ça du tiroir de sa table de chevet et de l'apporter à Liz.

– Assieds-toi, dit Loretta en tapotant le canapé. Je vais nous chercher quelque chose à grignoter.

– Je suis censée la voir, aujourd'hui, expliqua Elizabeth en s'asseyant à côté de sa vieille copine. Elle m'a demandé de passer.

– Oui, je sais. Elle m'a dit que tu devrais lire ça avant.

– Ça te dérange si je le fais maintenant ? demanda Elizabeth, intriguée.

– Comme tu veux. Je ne suis que la messagère, répondit Naomi, mais sa curiosité était à l'évidence piquée.

Elizabeth interrogea sa mère du regard. Loretta, qui était en train d'enlever la cellophane sur les plats de biscuits pour les poser sur la table, ouvrit de grands yeux et opina du chef, la poussant à découvrir ce qu'il y avait à l'intérieur, puis elle attrapa les biscuits salés qu'elles mangeaient toujours avec leur fromage de chèvre maison.

Non sans hésitation, Elizabeth tira sur l'un des bouts du nœud, et le ruban se desserra. Elle le retira, puis passa un doigt sous le rabat de l'enveloppe pour le soulever, sa mère lui tournant autour.

– Et si on se décalait pour pouvoir lire toutes ensemble ? proposa-t-elle, se préparant mentalement à lire ce que sa grand-mère avait écrit.

Ses mains tremblaient rien qu'à cette idée. Elle avait bien besoin de leur soutien.

Naomi se rapprocha d'elle, et Loretta s'assit de l'autre côté, puis elles la regardèrent sortir la lettre de l'enveloppe et la mettre à plat sur ses genoux. En voyant la signature de sa grand-mère en bas, elle retint son souffle. Elle prit une profonde inspiration et commença à lire :

Le murmure des copeaux de bois givrés

Le 24 décembre 1940,

Joyeux Noël, my darling,

Le simple fait de t'appeler « darling » *me fait fredonner* « Yes, My Darling Daughter », *de Dinah Shore. Je ne peux me sortir cette chanson de la tête depuis que je l'ai entendue à la radio dans l'émission d'Eddie Cantor. J'imagine le jour où j'aurai une fille à dorloter. Est-ce que je vais plus vite que la musique ? C'est facile, quand on est amoureuse.*

Comme j'ai aimé cette année passée avec toi, ma Beatrice. Je dois dire que cela a été l'une des meilleures de ma vie. Nous sommes vite devenues si bonnes amies, et tu as rencontré Tony, et moi, Jimmy… Quelle rigolade !

Nous sommes de sacrées chanceuses… J'adore la façon dont Jimmy me regarde. J'ai l'impression d'être une princesse quand il me prend la main pour m'aider à descendre de sa voiture. Et quand il m'a embrassée sur la joue l'autre jour, j'ai failli défaillir au beau milieu du parc. Je n'imaginais pas que l'amour faisait cet effet-là. Cette lettre ne parle donc que d'amour – la seule chose encore pure dans ce monde.

Elizabeth leva les yeux et regarda sa mère.

– Qui est Jimmy ?

– Je n'en ai aucune idée, répondit Loretta en se penchant pour mieux voir la lettre.

– C'est peut-être un ami de Beatrice ? avança Naomi. Son mari s'appelait Tony, ce serait logique.

– Est-ce que tu as déjà entendu parler d'un certain Jimmy, Travis ? demanda Loretta.

Il se tourna vers elle et la dévisagea, bouche bée.

– Non, répondit-il avant de se remettre à la tâche.

Visiblement toujours en train de cogiter, Loretta compta vite sur ses doigts.

– Maman était adolescente quand elle a écrit cette lettre. Un petit copain, peut-être ?

– Oooh, ça ne plairait pas à papi, ça, j'en suis sûre, commenta Elizabeth en remuant les sourcils, l'air espiègle.

Loretta sourit, l'air attendri.

– Elle avait bien une vingtaine d'années quand elle a épousé ton grand-père.

– Comment l'a-t-elle rencontré ?

– Elle m'a raconté un jour qu'elle l'avait rencontré quand il était revenu de la guerre. Il s'était installé ici pour avoir une vie plus tranquille.

– Oh, mon petit papi.

Elle se rappelait quand il allumait la radio dans la cuisine, la prenait par les mains et la mettait sur ses pieds pour danser. Elle riait tant qu'elle finissait toujours par trébucher.

– Hé ho ? fit Naomi en agitant une main entre elles. J'attends, moi. Lis !

– Oh, oui ! Bien sûr.

Elizabeth se racla la gorge, redressa la feuille et reprit sa lecture, la voix de sa grand-mère résonnant dans sa tête, comme de la musique à ses oreilles :

Alors, qu'est-ce que j'ai aimé – non, adoré – faire avec toi cette année, ma merveilleuse amie ? J'ai aimé quand on est allées en ville et qu'on est sorties en douce du cinéma pour aller manger une glace, se dépêchant d'y retourner avant que papa ne passe nous prendre.

Je n'oublierai jamais notre balade à cheval, quand tu es descendue d'un bond pour imiter Greta Garbo, les cheveux au vent. J'en ris encore.

Je chérirai toute ma vie la soirée où nous nous sommes promenées dans la montagne avec Jimmy et Tony et que nous avons fait le pacte de vieillir ensemble et de ne jamais nous quitter. Oh, ma chérie, quelle chance nous avons !

Je t'ai préparé un assortiment de petits gâteaux cette année : des gaufrettes aux cacahuètes, des biscuits au chocolat et au caramel et un gâteau Lazy Daisy coupé en petits dés, parfaits pour Noël. J'espère que tu les aimeras.

Avec tout mon amour,
Harriet

– C'est mignon que Beatrice ait gardé cette lettre, commenta Loretta en prenant l'enveloppe sur la table et en la retournant dans sa main, comme un diamant rare.

– Je me demande pourquoi elle voulait que je la lise avant d'aller la voir au lieu d'attendre et de me la donner à ce moment-là, dit Elizabeth en la parcourant rapidement pour y trouver un indice, sans succès.

Sa mère secoua la tête.

– Aucune idée. Elle espère peut-être que tu lui feras un Lazy Daisy, la taquina-t-elle.

– Je suis en train de chercher la recette pour savoir ce qu'il y a dedans, dit Naomi en tapotant sur son téléphone avant de faire défiler la page et de pousser une exclamation. C'est un gâteau à la vanille avec du sucre roux caramélisé et un glaçage à la noix de coco. Oh bon sang. Ça a l'air délicieux.

– On pourrait peut-être essayer d'en préparer un pour Noël, suggéra Elizabeth.

Elle n'avait jamais entendu parler de ce gâteau, elle non plus, et n'avait jamais vu sa grand-mère en préparer.

Naomi la regarda, et les coins de sa bouche se relevèrent en un petit sourire qui suffit à lui donner un peu d'espoir.

– Il faudrait organiser une fête pour le manger. Ce serait formidable que la maison soit pleine à craquer, non ? dit Loretta en regardant le plafond d'un air songeur, comme si elle s'y voyait déjà.

Travis referma alors le thermostat d'un coup sec, attirant leur attention.

– Il faut que je coupe l'électricité une seconde, leur annonça-t-il.

Au même moment, le téléphone d'Elizabeth sonna dans sa poche arrière. Se demandant si cela pouvait être Casey qui la rappelait enfin, ou si Paul avait réussi à se procurer son numéro, elle le sortit pour vérifier. Mais c'était un numéro local, constata-t-elle, un peu déçue, mais pas surprise.

– Ça vous dérange si je réponds ? demanda-t-elle, curieuse de savoir qui pouvait bien l'appeler.

Sa mère et Naomi secouèrent toutes les deux la tête, et elle répondit, posant la lettre sur la table.

– Allô ?

– Bonjour, Shirley Clark, du cabinet Pierce and Hughes. Désolée d'avoir tardé à vous rappeler. Je vous recontacte au sujet de notre avis d'expulsion.

– L'avocate, articula silencieusement Elizabeth.

– Mets-la sur haut-parleur, murmura sa mère.

Elizabeth regarda Naomi, mais sa mère insista.

Elle appuya sur l'écran, posa le téléphone sur la table basse, et sa mère se rapprocha d'elle, pendant que Naomi les observait.

– Oui, merci de me rappeler. Il semble y avoir un malentendu au sujet du propriétaire de notre ferme, et nous souhaiterions le dissiper de façon à pouvoir transférer la propriété à ma mère, Loretta Holloway, qui y vit actuellement.

– Vous parlez bien de Crestwood Farm, dans le comté de Polk ?

– Oui, tout à fait, répondit-elle en se penchant en avant pour parler dans le téléphone.

– Notre client, le propriétaire des terres, exige que vous vidiez les lieux… immédiatement, poursuivit cette dame d'une voix plus douce que le message qu'elle transmettait.

La mâchoire de Loretta se décrocha, et Elizabeth lui prit la main pour la rassurer, tandis que Naomi fronçait les sourcils, déconcertée.

– Mais nous *sommes* les propriétaires. C'est la raison de mon appel. Cette ferme est dans notre famille depuis des générations.

– Je suis désolée, mais les archives publiques disent qu'elle appartient à Worsham Enterprises, qui demande qu'elle soit libérée.

– Oui, je comprends, mais je suis en train de vous dire que l'acte de propriété a été mal enregistré, répondit Elizabeth en tapotant la main de sa mère. Nous souhaitons le mettre au nom de la fille des propriétaires d'origine qui devraient figurer sur l'acte : Roger et Harriet Sloan.

– Auriez-vous un moment pour venir en discuter au bureau ? demanda Shirley. Je m'apprête à rentrer chez moi, il faudrait donc venir demain. Après, les bureaux fermeront pour Noël.

Loretta se tourna vers Naomi, couvrant le téléphone.

– Est-ce que tu pourrais emmener Liz en pick-up à Riverbend demain ? murmura-t-elle.

Naomi acquiesça.

– Je peux être là à la première heure, confirma Elizabeth.

– Disons dix heures ?

Elle jeta un coup d'œil à Naomi, qui leva le pouce.

– Oui, parfait.

– À demain, alors, conclut Mme Clark.

– D'accord, à demain. Merci d'avoir appelé.

Et elles se dirent au revoir.

– C'est quoi, cette histoire ? demanda Naomi.

Loretta la mit au courant de tout, pendant qu'Elizabeth posait la lettre de sa grand-mère sur ses genoux. Il était hors de question qu'elle laisse quelqu'un s'emparer de l'endroit préféré de sa grand-mère. Elle ferait tout pour que sa mère puisse organiser de grands repas de Noël à la ferme, avec toutes les personnes qu'elle voudrait inviter, pendant encore de nombreuses années.

Travis revint armé d'une pince coupante, toucha quelques fils derrière le thermostat, coupa le bout de l'un d'eux et le refixa à l'une des vis à l'intérieur.

– Papa, ça te dit quelque chose, Worsham Enterprises ?

Il se retourna.

– Non, pourquoi ?

– Une avocate dit que cette entreprise est propriétaire de Crestwood Farm.

– Qu'est-ce qu'elle raconte ? demanda-t-il à Loretta en glissant sa pince coupante dans sa poche.

Loretta lui apporta l'avis d'expulsion, et il referma le thermostat avant de le lui prendre des mains. Quand il eut fini de le lire, il le lui rendit.

– Je ne vois pas comment ils pourraient posséder une ferme qui est dans ta famille depuis que tu es toute petite.

– On va tirer ça au clair, dit Elizabeth.

Il y avait forcément un problème avec l'acte de propriété. Elle allait démêler ce malentendu, puis, pendant qu'elles seraient à Riverbend, elle pourrait peut-être convaincre Naomi de l'emmener faire du shopping, afin qu'elle puisse mettre des cadeaux au pied du sapin. Ce voyage serait une excellente couverture pour faire une surprise à sa mère.

Chapitre 9

Elizabeth frappa à la porte et resserra son manteau. Elle tremblait et regrettait d'avoir décidé de venir à pied chez Beatrice. Pendant qu'elle attendait, elle fit quelques pas sur le porche pour faire circuler son sang, admirant les bouquets de houx qui décoraient chaque fenêtre.

Ray vint lui ouvrir, vêtu de son habituelle salopette.

– Tu es venue voir maman ?

– Oui.

Il s'écarta pour la laisser entrer, et la chaleur qui régnait à l'intérieur lui fit l'effet d'une douce étreinte.

– Elle m'a demandé de venir, expliqua-t-elle en dénouant son écharpe et en enlevant son bonnet d'une main, serrant la lettre de sa grand-mère dans l'autre.

– Oui, elle m'a prévenu que tu passerais peut-être, répondit-il par-dessus son épaule en lui faisant signe de le suivre dans le long couloir qui menait à la cuisine, dans le fond de la maison, où ils s'étaient réunis pour l'anniversaire de Beatrice la veille. Elle ne peut plus aller ouvrir la porte, alors on se charge d'accueillir les invités avec Ella. Heureusement, on n'a pas trop de visiteurs.

Il la conduisit dans le salon, où Beatrice était assise dans le même fauteuil que la veille, la tête en arrière, les yeux fermés, en train de somnoler près du feu.

– Maman, dit-il en lui secouant doucement le bras.

La vieille dame poussa un grognement puis s'éveilla.

– Liz est là pour te voir.

– Ah, oui. Bonjour, ma chérie, dit-elle en battant des paupières et en se tortillant dans son fauteuil, comme Ray les laissait seules.

Elle voulut se lever, mais chancela, ne tenant pas sur ses pieds parés de chaussettes.

– Tu n'as pas besoin de te lever. Je vais m'asseoir à côté de toi, lui dit Elizabeth en s'approchant d'elle, et elle se rassit.

Sans l'effervescence de la fête pour lui donner de l'énergie, elle semblait encore plus chétive. Les mains tremblantes, elle agrippa l'accoudoir de son fauteuil, ses veines bleues transparaissant sous sa peau diaphane.

– Je t'ai rapporté la lettre, dit Elizabeth en lui tendant l'enveloppe.

Le visage de Beatrice s'anima.

– Est-ce que tu l'as lue ?

– Oui.

La vieille dame serra la lettre contre son cœur.

– Quand tu es partie hier, je me suis rappelé que je gardais cette lettre dans le tiroir de ma table de chevet, parce que les souvenirs que ta grand-mère évoque dedans sont parmi mes préférés. Quand Naomi est passée me voir, je lui ai demandé d'aller la chercher pour toi.

– Merci, dit Elizabeth, très heureuse d'en savoir un peu plus sur qui était sa grand-mère quand elle était jeune. Alors, qui est Jimmy ?

Cette question la taraudait depuis qu'elle avait lu la lettre.

Beatrice poussa un soupir plein de tendresse, et ses yeux emplis de sagesse se perdirent dans le vague : il était évident que Jimmy avait été une personne importante dans la vie de sa grand-mère.

– C'est pour ça que je voulais que tu lises cette lettre. Je voulais que ta grand-mère te le présente elle-même. Il fallait que tu entendes avec quel enthousiasme elle parlait de lui.

– Elle avait l'air de l'aimer.

Beatrice opina lentement du chef.

– Oui, elle l'aimait. Beaucoup. Et il l'aimait, lui aussi. Ça a été le coup de foudre entre eux, expliqua-t-elle avant de s'assombrir. Puis il est parti à la guerre.

Elizabeth pencha la tête sur le côté, captivée, mais elle s'attendait déjà au pire.

– Il n'est jamais revenu.

Dans le silence qui suivit cette déclaration, un mélange d'émotions s'empara d'Elizabeth : si cet homme était rentré à la maison, elle ne serait peut-être pas assise à côté de Beatrice en ce moment. Et sa grand-mère avait perdu un être si cher, elle se demandait pourquoi elle n'avait jamais entendu parler de lui.

– Quel était le nom de famille de Jimmy ? demanda-t-elle, souhaitant rendre hommage à ce soldat mort au combat qui faisait partie de la vie de sa grand-mère avant de donner la sienne pour leur pays.

Les rides entre les yeux de Beatrice se creusèrent, et elle secoua la tête.

– Je ne m'en souviens pas. Ça fait presque quatre-vingts ans, et je ne l'ai connu que brièvement, en fin de compte. Je venais juste d'emménager dans la région quand il est parti à la guerre.

Ses yeux vagabondèrent vers la couverture sur ses genoux, qu'elle essayait de remettre en place.

– Je peux peut-être faire des recherches pour le découvrir, dit Elizabeth, déçue.

Beatrice leva les yeux.

– Sans doute. Mais son nom n'est pas l'important à mes yeux. C'est sa présence dans la vie de ta grand-mère qui était importante. Elle l'a changée, et j'espère qu'en te le montrant, je pourrai t'aider à résoudre le problème qui a rembruni la jeune fille pleine de vie qui a quitté cette ville, promise à un grand avenir.

Les joues d'Elizabeth s'empourprèrent. Malgré ses efforts pour le cacher, la vieille dame avait remarqué son désarroi.

Elle se rappela le dernier jour qu'elle avait passé à Mason's Ridge avant de partir à l'université. Elle voulait accomplir de grandes choses, changer des vies et, pour ce faire, elle avait senti qu'elle devait élargir son horizon, découvrir le monde. Et New York lui avait semblé être l'endroit idéal. Ce jour-là, sa grand-mère lui avait préparé un gâteau, et ils l'avaient dégusté tous ensemble en sirotant une bonne tasse de thé, assis autour d'un feu de camp, jusqu'à ce que les lucioles sortent.

– J'ai donné une enveloppe avec de l'argent à Liz en cas d'urgence, avait dit sa mère à sa grand-mère en s'assurant qu'ils avaient tous des serviettes pour s'occuper l'esprit. Liz, tu sais que tu peux rentrer quand tu veux à la maison.

– Tu la couves trop, avait remarqué Harriet avec tendresse.

– C'est une si grande ville. J'ai juste peur d'envoyer ma fille là-bas et qu'elle ne soit pas préparée, avait répliqué Loretta en se tordant les mains.

– Qu'est-ce que tu veux dire ? avait demandé Elizabeth.

– Tu n'as jamais vécu dans un endroit comme ça… aucun de nous ne l'a fait.

– Je suis forte, maman. Ça va aller, avait asséné Liz avec force.

Elle n'était assurément plus que l'ombre de cette jeune fille à présent. Et elle ne pensait plus qu'à une chose : si Beatrice le voyait, était-ce évident pour tout le monde ?

– Ta mamie a écrit des lettres à Jimmy pendant la courte période où il était en Europe, reprit Beatrice, et Elizabeth porta de nouveau son attention sur elle. Je les ai ici, ajouta-t-elle en touchant un paquet d'enveloppes, elles aussi entourées d'un nœud rouge, posé sur la console à côté d'elle.

– Pourquoi est-ce que mamie t'a donné ces lettres ? demanda Elizabeth, tâchant de ne pas penser à son enfance, cette époque merveilleuse où elle ne connaissait que la vie dans une petite ville.

– Elle me les a confiées quand elle les a reçues, juste après la guerre, parce qu'elle savait que j'étais la seule de ses amies qui savait combien elle avait aimé Jimmy. Elle ne savait pas quoi en faire, parce qu'elles lui rappelaient des jours trop difficiles, mais elle ne pouvait se résoudre à les jeter.

– J'aimerais beaucoup les lire.

– Tu peux les prendre.

– Est-ce que tu crois que mamie serait d'accord ? se demanda-t-elle tout haut.

Après tout, elle ne lui en avait jamais parlé.

Beatrice hocha la tête.

– Si c'est pour t'aider, je pense que oui.

Elle tendit le bras et prit la main d'Elizabeth dans ses doigts froids.

– Est-ce que tu veux me raconter ce qui t'arrive ?

Elizabeth inspira profondément, ne souhaitant pas accabler la vieille dame de quatre-vingt-dix-neuf ans avec ses problèmes.

Comme elle ne répondait pas, Beatrice poursuivit, l'esprit toujours aussi clair.

– Je ne sais pas ce qui t'arrive, mais j'ai vu la détresse dans tes yeux quand je t'ai demandé comment tu allais hier.

Elle pinça les lèvres et considéra Elizabeth un moment.

– Dis-moi.

À nouveau, Elizabeth inspira profondément.

– Toute ma vie, j'ai voulu quitter cette ville, pour voir le monde et aider les autres, confia-t-elle. Mais j'étais la seule à avoir ce genre d'ambition, apparemment. Je me suis toujours sentie différente, parce que j'avais l'impression que ma ville natale m'enfermait. Je ne m'y sentais pas libre, comme Naomi.

– Et tu es partie.

– Oui. Et malgré tout, ma vie ne ressemblait toujours pas à ce que j'imaginais. Je n'ai réalisé aucun de mes rêves. À la place, je me suis fait vampiriser par mon ex. Je viens de rompre avec lui, au bout de sept ans, et j'ai l'impression de m'être perdue.

Elle déglutit, incapable d'en dire plus, craignant que les larmes ne commencent à couler.

Beatrice opina du chef et l'observa, les yeux plissés.

– C'est bien ce que je me suis dit, répondit-elle en lui caressant le dos de la main.

– Pourquoi ?

– Il arrive que la vie tourne mal… souvent à cause de l'amour. Mais tout se passe là-dedans, expliqua-t-elle en se tapotant la tempe. Peu importe où on en est. J'ai entendu parler de ta rupture. Et c'est exactement pour ça que je t'ai fait venir aujourd'hui. Pour te dire que tu n'es pas la seule à avoir perdu un amoureux. À un moment de sa vie, ta mamie ne savait plus si elle était capable de continuer.

– Vraiment ? fit Elizabeth, surprise.

Sa grand-mère avait toujours semblé être la personne de son entourage la plus équilibrée, la plus solide, sans faille.

– Oui. Tout est dans les lettres.

– Tu as dit qu'elle les avait reçues après la guerre. Ce sont les lettres qu'elle a envoyées à Jimmy ?

– Mmh mmh, répondit Beatrice en prenant le paquet d'enveloppes.

Mais il était trop gros et elle l'échappa : les lettres tombèrent sur ses genoux avec un bruit sourd.

– Si elles ont été envoyées à ce Jimmy, comment mamie les a-t-elle récupérées ? Ont-elles été renvoyées à l'expéditeur ?

Beatrice esquissa un sourire et regarda le paquet de lettres, l'affection qu'elle portait à Harriet évidente dans ses yeux.

– Toutes les réponses sont là-dedans, dit-elle en les tendant à Elizabeth. Joyeux Noël.

La jeune femme les prit, sentant que sa grand-mère avait quelque chose à dire. Et si ses mots pouvaient lui apporter des réponses à elle aussi, il lui tardait de les découvrir.

Son paquet de lettres serré contre sa poitrine, Elizabeth rentra à la ferme, progressant prudemment dans les traces de voitures qui avaient fondu sur la route verglacée. Elle tourna son visage vers le soleil qui était sorti après la tempête, savourant sa chaleur et sa lumière orangée entre les rafales de vent glaciales. Les prochaines chutes de neige étaient prévues pour le lendemain. Ses rayons dorés brillaient sur la glace, qui les réfléchissait de manière presque aveuglante.

Je ne sais plus où j'en suis, mamie, songea-t-elle en marchant, espérant qu'avoir ses lettres dans les mains l'aiderait à communiquer avec elle. *Je suis perdue. Dis-moi quoi faire.* Mais ses pensées furent bientôt interrompues par un bruit étouffé de pneus. Elle se mit sur le côté, ses bottes s'enfonçant dans le fossé rempli de neige.

Une voiture ralentit dans son dos et s'arrêta. En se retournant, elle vit une Mercedes, dont la fenêtre côté passager s'ouvrit, les yeux bleus qu'elle reconnaîtrait entre tous se posant sur elle.

– Je ne m'attendais pas à te trouver là, dit Paul.

– On est dans une petite ville, répondit-elle, s'efforçant de trouver une explication logique au fait que Paul soit apparu pile au moment où elle demandait quoi faire à sa grand-mère.

Il tendit le bras pour ouvrir la portière.

– Monte. Il gèle.

– Ce n'est pas prudent de rouler sur ces routes avec ce genre de voiture, dit-elle en montrant du doigt la Mercedes avant d'attraper la portière et de l'ouvrir plus grand. Qu'est-ce que tu fais là ?

Elle s'assit dans le fauteuil en cuir tout chaud, puis tapa la neige de ses bottes pour mettre ses pieds à l'intérieur.

– Je ne tenais plus en place, expliqua-t-il en lui adressant son sourire chaleureux. Et je suis venu à Mason's Ridge pour découvrir les environs, mais la neige a commencé à tomber.

Elle ferma la portière, les isolant dans le cocon feutré du véhicule ronronnant, et posa les lettres sur ses genoux.

– Et toi ? demanda-t-il en partant dans la direction de la ferme, son regard vagabondant sur les lettres avant de se porter à nouveau sur la route.

– Je rendais visite à Beatrice, la dame pour laquelle j'ai acheté la bougie.

– Ah. Et qu'est-ce que c'est, ça ? s'enquit-il en montrant le tas d'enveloppes de la tête.

– Ce sont des lettres de ma grand-mère. Beatrice tenait à ce que je les aie.

Les yeux de Paul ne quittèrent pas la route, mais se plissèrent aux coins, la gentillesse émanant d'eux. Quand ils passèrent devant la ferme, il la regarda rapidement, à plusieurs reprises, et elle envisagea de lui dire qu'elle s'arrêtait là, avant de se raviser. Elle avait confié à sa mère avoir envie de le revoir, mais il valait sans doute mieux éviter de lui dire où la trouver pour le moment, histoire de garder la balle dans son camp. Elle ne voulait pas le voir débarquer alors qu'elle était en pleine crise de larmes ou quelque chose comme ça. Elle n'était même plus certaine de savoir pourquoi elle était montée dans sa voiture, excepté le fait qu'il y faisait chaud et qu'il était très séduisant. Avait-elle pris la bonne décision ?

– Alors, où est-ce qu'on va ? demanda-t-elle quand ils dépassèrent le coin est de la ferme.

– J'étais juste sorti faire un tour, répondit-il, l'intérêt se lisant sur son visage. Mais, maintenant que *tu* es là, si on allait boire ce verre ?

Elle se mordilla la lèvre, hésitante. Elle avait envie de boire un verre avec lui, mais suivre ses envies ne lui avait pas vraiment réussi par le passé et elle ne faisait pas confiance à son intuition.

– Pas de pression. Juste un verre.

Chapitre 10

En réfléchissant à la réponse qu'elle allait donner à Paul, Elizabeth se dit qu'un verre ne pouvait pas lui faire de mal. Et elle avait déjà bu un café avec lui, ce n'était pas si différent.

– Je connais un endroit. Mais c'est plus du genre sucre et cannelle que martini et chardonnay.

– C'est parfait, répondit-il avec un petit rire.

Ils poursuivirent leur route en silence, et elle se tourna vers la fenêtre pour admirer le paysage, un souvenir de Richard lui revenant en mémoire. L'année précédente, ils avaient décidé d'aller à pied à son restaurant italien préféré, quelques rues plus loin. Il n'avait pas envie de marcher, mais il avait voulu lui faire plaisir.

– C'est si festif, s'était-elle réjouie en prenant son bras, tandis qu'ils arpentaient le trottoir d'un pas tranquille dans le froid de l'hiver new-yorkais, admirant les vitrines illuminées des boutiques.

– J'aurai bien mérité mon dîner, avait-il marmonné.

– Notre table ne sera prête que dans vingt minutes, de toute façon, avait-elle remarqué, humant l'odeur exquise de popcorn et de beignets qui émanait des stands des vendeurs de rue. Oh, regarde ! s'était-elle exclamée en montrant un magasin éphémère. Si on prenait un chocolat chaud ?

– J'espérais plutôt boire un brandy au chaud, chez *Francesco's.*

Sa bonne humeur s'était aussitôt envolée.

– On n'est pas obligés de s'arrêter, avait-elle répondu, espérant qu'il changerait d'avis, lui sourirait, s'excuserait de râler et lui dirait que, oui, bien sûr, ils pouvaient boire un chocolat chaud, c'étaient les fêtes, après tout.

– Ouf, avait-il lâché à la place en passant devant le magasin.

– Prends à droite à la prochaine intersection, dit-elle à Paul en envoyant un texto à sa mère pour qu'elle ne s'inquiète pas.

Ils continuèrent à rouler, jusqu'à ce que Paul s'arrête devant une cabane en rondins pittoresque nichée à flanc de montagne. Les plantes grimpantes qui couraient au-dessus de la porte, généralement ornées de fleurs d'un mauve éclatant, étaient décorées d'une guirlande lumineuse blanche. *Mama Jane's* était le seul restaurant de la région où l'on pouvait manger des spécialités culinaires du vieux Sud. Sa grand-mère les y emmenait chaque fois qu'ils avaient quelque chose à fêter. Ils y étaient allés pour des anniversaires, des anniversaires de mariage, et quand Elizabeth avait eu son bac. En plein après-midi, à seize heures, il n'y avait pas grand monde, mais à l'heure du dîner, cette charmante cabane serait pleine à craquer.

Les pneus de la Mercedes tournèrent dans le vide quand Paul essaya de se garer dans la neige fondue. Il repassa en marche arrière et accéléra, l'arrière de la voiture chassant un peu, jusqu'à ce qu'il parvienne à la redresser.

– Ne bouge pas.

Il descendit et fit le tour du véhicule pour ouvrir sa portière. Sa galanterie la toucha.

Elle prit ses lettres et sortit à son tour, puis se dirigea vers l'entrée avec Paul, se réjouissant à l'avance en apercevant l'ambiance chaleureuse par la fenêtre aux carreaux biseautés ornée de branches de sapin. Paul lui tint la porte, et elle pénétra à l'intérieur, où des chants de Noël traditionnels passaient en arrière-fond.

L'endroit était presque désert, mais tel que dans son souvenir, avec ses chaises colorées dépareillées, son parquet patiné, ses tables décorées de bougies chauffe-plat et de petits pots de romarin en fleurs. Une odeur subtile de cannelle et de tarte aux pommes, mêlée à celle du pacanier qui brûlait dans la cheminée, embaumait l'air, lui rappelant l'époque où toute sa famille se réunissait autour d'une des plus grandes tables, son ventre grondant, leur poulet accompagné de ravioles et leur tourte aux myrtilles la faisant saliver.

Paul tira une chaise à l'une des tables qui donnaient sur les collines enneigées, et Elizabeth s'installa, posant les lettres sur la table, à côté de la fenêtre givrée.

Paul, assis en face d'elle, les considéra.

– Tu ne voulais pas les laisser dans la voiture ?

Elle secoua la tête.

– Je ne veux pas les quitter des yeux. C'est la dernière occasion que j'ai d'entendre ma grand-mère.

– Vous étiez proches ?

– Oui.

Paul voulait connaître ses pensées, et elle devait admettre que ça lui plaisait. Et, si elle était honnête avec elle-même, elle désirait en savoir plus sur lui, elle aussi. Quelle était son histoire ?

La serveuse s'approcha d'eux, leur tendit la carte et remplit leurs verres d'eau tout en leur proposant les suggestions du jour. Mais Elizabeth n'avait qu'une chose en tête : la facilité avec laquelle elle s'était retrouvée là, assise en face de cet homme. Elle venait à peine de le rencontrer, et pourtant, elle était montée dans sa voiture sans même réfléchir. Avait-elle l'esprit embrouillé ? Cherchait-elle à se consoler ?

– À quoi tu penses ? demanda-t-il quand la serveuse partit pour les laisser faire leur choix.

– Que tu pourrais être un kidnappeur ou un meurtrier.

– Quoi ? s'esclaffa-t-il, le coude sur la table, son poing étouffant le rire incrédule qui s'échappa de ses lèvres en entendant cette remarque.

– Je suis montée dans ta voiture alors que je ne sais rien de toi. Dis-moi quelque chose d'intéressant sur toi.

Il réfléchit, une moue aux lèvres. Puis il posa ses yeux bleu saphir sur elle.

– Tu m'as dit hier que tu espérais danser une valse.

– Oui, répondit-elle, stupéfaite qu'il s'en souvienne.

– Et tu n'en as pas eu l'occasion ?

– Non. J'ai rompu avec mon petit ami à la place.

Elle renversa la tête en arrière avec nostalgie, se rappelant la robe de soirée rouge vif qu'elle portait.

– J'espérais danser ce soir-là.

Elle redressa la tête.

– Mais pourquoi est-ce que je parle encore de moi ? Je t'ai demandé de me parler de *toi*.

– Eh bien, je sais danser la valse.

Elle fit un grand sourire, surprise de cet aveu.

– Vraiment ? Je ne te crois pas.

– Si, c'est vrai, insista-t-il.

– Ah, vraiment ? fit-elle en le regardant d'un air sceptique. Alors comme ça, tu sais danser la valse… qui se trouve être ma danse préférée.

– Oui, dit-il en balayant la salle du regard avant de se lever et de lui présenter sa main. Je vais te le prouver. Tu danses ?

La spontanéité de sa proposition la fit rire.

– Au milieu de la salle de *Mama Jane's* ? répondit-elle avant de regarder la salle vide.

– Tu as un autre endroit à proposer ?

Il lui fit un grand sourire, parfaitement à l'aise avec sa proposition.

– Pas à Mason's Ridge, répondit-elle en riant à nouveau.

Il resta là, la main tendue, et plusieurs serveuses s'approchèrent pour voir ce qui se passait. Elle ne pouvait pas le laisser comme ça… Elle prit sa main et le suivit jusqu'à un espace libre entre les tables. « Silver Bells » passait à la radio.

– On va commencer avec le pas en carré, un des pas de base, pour que je puisse m'échauffer, dit-il d'un ton dégagé avant de la prendre dans ses bras.

Elle avait du mal à respirer, sentant sa main puissante posée sur son dos, tandis qu'il la guidait avec grâce, glissant entre les tables. Il la fit tourner dans un sens, puis dans l'autre, sous les applaudissements des serveuses. Ils flottaient presque tous les deux, et il la faisait pivoter sur elle-même chaque fois qu'ils avaient suffisamment d'espace.

Il l'attira à nouveau contre lui, son odeur boisée lui titillant les narines, et la regarda dans les yeux. Son pouls s'accéléra. Dans ses bras, elle se sentait profondément vulnérable et, en même temps, libre, comme si l'intimité de cette danse avait débloqué quelque chose en elle, la faisant se sentir à nouveau vivante. Puis il la renversa en arrière, la prenant au dépourvu, et elle éclata de rire, tandis que les serveuses applaudissaient et poussaient des acclamations. Il la redressa, fit un petit salut dans leur direction et la raccompagna à leur table.

– Qu'est-ce que tu veux savoir d'autre ? demanda-t-il quand ils furent tous les deux rassis.

Toujours étourdie par la danse, elle s'évertua à faire le vide dans son esprit pour réfléchir à sa question. Elle s'éclaircit la voix, tentant de calmer son pouls.

– Est-ce que tu as toujours vécu à Chicago ?

– Oui, répondit-il avant de boire une gorgée d'eau. J'ai grandi à une cinquantaine de kilomètres à l'ouest, dans une petite ville du nom de Naperville, mais j'ai déménagé à Chicago après l'université pour travailler dans l'aménagement urbain.

– C'est toujours ton métier ?

– En quelque sorte. Je dirige l'entreprise familiale.

Elle tressaillit intérieurement, l'entreprise familiale de Richard ne lui ayant pas réussi, mais c'étaient de vieilles blessures, se rappela-t-elle. Paul était incontestablement très différent.

– Et quelle est votre activité ?

– Évaluation foncière et promotion immobilière des entreprises.

– Es-tu l'une des personnes qui rachètent toutes les terres dans la région ?

Il secoua la tête.

– Au vu de la croissance dans le coin, cette idée m'a traversé l'esprit. Je dois admettre que je me suis penché sur la question, mais non, je ne rachète rien.

Il remua les glaçons dans son verre, et ses pensées semblèrent vagabonder.

– Qu'est-ce qu'il y a ? demanda-t-elle.

Il la regarda, comme s'il hésitait à lui dire ce qu'il avait à l'esprit.

– Cette conversation au sujet de mon travail me rappelle que mon grand-père m'en veut.

– Pourquoi ?

– Il ne voulait pas diversifier les activités de l'entreprise, mais le conseil d'administration pensait que c'était pour le mieux.

Elle joignit les mains sur la table.

– Et toi, est-ce que tu voulais diversifier vos activités ?

– J'adore mon grand-père, mais il était devenu trop vieux pour diriger l'entreprise. Il ne prenait plus de décisions optimales. Les membres du conseil d'administration voulaient le forcer à prendre sa retraite pour maintenir la société à flot et éviter de se retrouver au chômage si elle coulait. Ils voulaient que je prenne le relais. Je lui en ai parlé, et il était si en colère contre eux, et contre moi, qu'il s'est retiré de lui-même.

Il prit une profonde inspiration, preuve que cette décision lui avait pesé.

– Il ne m'adresse plus la parole depuis, et je me suis mis beaucoup de pression pour réussir et lui prouver que je n'avais pas l'intention de le blesser, que j'avais à cœur les intérêts de l'entreprise.

Il semblait si sincère. Cela la frappa.

– Je me suis tant investi dans l'entreprise les premières années que ma femme a fini par me quitter. Je tenais à faire mes preuves et je travaillais bien trop. Après son départ, j'ai mis du temps à m'habituer à être à nouveau *moi*.

Sa franchise l'amenait à penser que tout finirait par s'arranger, d'une manière ou d'une autre. Il avait un regard si honnête qu'elle le croyait sur parole.

– Je comprends.

– Comment ça ?

– La relation de sept ans dont je t'ai parlé au supermarché... J'ai rencontré un homme quand j'étais à l'université et j'ai emménagé avec lui juste après mon diplôme. Quand on a rompu, j'ai eu du mal à m'en remettre. C'est comme si ma vie à New York avait disparu sans laisser de traces. Mes amies ne m'ont pas appelée. Ma vie est totalement différente ici et, plus je passe de temps à Mason's Ridge, plus je prends conscience que ma vie à New York n'était qu'une façade. Le rythme est plus lent ici, c'est salvateur en un sens. Il faut juste que je découvre qui je suis. C'est difficile à savoir.

– C'est difficile, oui, acquiesça-t-il en fronçant les sourcils, l'air empathique. Mais ça signifie aussi que tu peux choisir ta vie.

– J'y ai beaucoup réfléchi, dit-elle en posant un coude sur la table, pensant au petit poussin dans le poulailler et à sa balade avec Buttons. Il y a quelque chose ici... Toute ma vie, j'ai voulu partir, mais, maintenant, j'ai l'impression que c'est ici que je suis le plus moi-même.

– Je comprends parfaitement ce que tu veux dire, répondit-il avec un sourire tendre.

Il planta ses yeux dans les siens, et elle se rendit compte qu'elle n'aurait voulu être nulle part ailleurs qu'ici, plongée dans son regard. Le destin les avait réunis, et ils se remontaient le moral l'un l'autre. Aucun d'eux n'aurait dû être chez *Mama Jane's* ce jour-là, mais c'était ainsi, et elle n'aurait pu être plus heureuse.

– Vous avez fait votre choix ? les interrompit la serveuse.

– Je n'ai même pas regardé, reconnut Paul en se raclant la gorge avant de jeter un œil à la carte. On s'était mis d'accord pour boire un verre, mais j'ai un peu faim, en fait. Ça te dérange si je grignote quelque chose ?

– Ça me va. Est-ce que vous servez toujours votre poulet accompagné de ravioles ? demanda Elizabeth à la serveuse en parcourant rapidement le menu.

– Oui, madame.

– Mettez-m'en un, dit-elle en lui rendant la carte. Si j'étais toi, j'en prendrais aussi, conseilla-t-elle à Paul. C'est délicieux.

– Entendu, dit-il en tendant à son tour sa carte à la serveuse.

– Ils sont aussi réputés pour leur chocolat chaud, poursuivit Elizabeth, se rappelant leur consistance épaisse et sucrée et la quantité impressionnante de chocolat sur le dessus. Tu en veux un, pour commencer ?

– Bien sûr, répondit-il en remuant les sourcils, l'air emballé.

– Parfait. C'est noté, conclut la serveuse avant de les laisser à nouveau seuls.

– J'ai décidé de prolonger mon séjour, lança subitement Paul, toute son attention sur elle, comme s'il attendait son verdict.

Tout à coup, elle se mit à espérer qu'il était resté pour elle et dut se forcer à penser de façon rationnelle, mais la manière dont il la regardait ne lui facilitait pas la tâche.

– Il est presque impossible de quitter la ville avec cette neige, et de nouvelles chutes sont prévues, il m'a paru plus judicieux d'attendre, ajouta-t-il. Et Mason's Ridge est très agréable.

Son regard s'attarda sur elle, comme s'il essayait de déchiffrer un code invisible pour qu'elle s'ouvre à lui.

– C'est l'endroit idéal pour des vacances.

– Ça ne te dérange pas de passer Noël tout seul ?

Il haussa les épaules, puis bougea la salière et la poivrière sur la table, les déplaçant comme des pièces d'échecs.

– Ça a toujours été prévu comme ça.

– Qu'est-ce que tu vas faire tout seul ? Est-ce que tu as des décorations ? Des cadeaux ?

Quand elle vivait à New York, la fin d'année représentait une formidable opportunité pour ses associations caritatives, et elle ne pouvait pas rentrer à Noël. Mais elle comprenait ce qu'elle avait manqué à présent et ne pouvait imaginer passer les fêtes seule.

– Je m'achèterai peut-être un petit sapin au stand en ville.

L'idée qu'il aille au stand de Percy la mit en joie.

– Et avec quoi est-ce que tu vas le décorer ?

– Je ne sais pas, répondit-il en posant la poivrière. Où est-ce qu'on peut acheter des décorations ici ?

– Sans doute au bazar à la sortie de la ville.

– Bonne idée. J'aimerais aller y faire un tour de toute façon, pour découvrir un peu plus Mason's Ridge.

– Il n'y a pas grand-chose à voir, le prévint-elle.

Il promena son regard dans la salle, et son attention se porta sur la cheminée en pierre.

– J'ai à peine vu la ville. Tout est à l'arrêt, à cause de la tempête.

Il posa à nouveau les yeux sur elle.

– Je ne sais pas pourquoi, mais j'ai l'impression d'être chez moi ici, même si ça ne ressemble à aucun endroit où j'ai vécu.

La voix de sa grand-mère résonna dans la tête d'Elizabeth. Elle la revoyait debout dans la cour, en train de la pousser sur la balançoire. *Je n'ai connu l'amour qu'ici. Il n'y a aucun autre endroit où je voudrais être…*

– Je comprends ce que tu veux dire, répondit-elle en regardant les lettres posées à côté d'elle.

– Alors, dis-m'en plus à ce sujet, dit Paul en suivant son regard.

Elle tripota le nœud rouge qui les entourait.

– Beatrice, la meilleure amie de mamie, pensait que je devais les lire, répondit-elle avant de lui raconter qu'elle venait d'apprendre que sa grand-mère avait eu un amoureux secret mort à la guerre et que Beatrice croyait que ces lettres pouvaient l'aider.

Il leur jeta un nouveau coup d'œil, l'air clairement intéressé.

Les mots de sa grand-mère étaient très personnels, et Paul était un quasi-inconnu, mais il avait été si facile de lui parler qu'elle avait envie de les partager avec lui, pour le tester, même si cela allait à l'encontre de sa décision. Et puis, ces lettres pourraient peut-être l'aider, lui aussi.

– Est-ce que tu veux en lire une avec moi ?

Il écarquilla les yeux, son petit sourire se dessinant aux coins de ses lèvres.

– J'aimerais beaucoup.

Avec hésitation, elle prit la première enveloppe de la pile, l'ouvrit, sortit l'unique feuille à l'intérieur et la posa à plat sur la table, entre eux, de façon qu'ils puissent lire tous les deux.

4 mai 1942,

Mon Jimmy chéri,

J'ai parfois l'impression de me noyer dans mes larmes. Je n'en reviens pas que tu sois parti au combat. Quelle absurdité, cette guerre. Elle nous anéantit tous. Je souffre à l'idée que tu ne sois pas en sécurité. Je ne sais pas ce que je vais faire de moi jusqu'à ton retour. Je me ronge les sangs toute la journée. Pendant que je joue au bridge avec les autres filles en ville, quand on achète un soda à l'épicerie, quand je dîne le soir – je ne fais que m'inquiéter. Mais il ne faut pas se laisser abattre, hein ?

Demain soir, Beatrice m'emmène au cinéma pour fêter le week-end. J'espère que ça m'évitera de me demander où tu es et ce que tu fais pendant quelques heures. Je sais que tu m'as promis de faire attention à toi, mais cela n'apaise pas mes craintes, j'ai peur qu'il ne t'arrive du mal.

Mes nuits sont très longues sans toi.

Tu es toute ma vie. Tu me manques, mon amour.

Dans l'attente de t'enlacer à nouveau,
Harriet

Quand Elizabeth leva les yeux, Paul semblait perdu dans ses pensées : deux rides barraient son front, et ses lèvres tombaient.

– C'est incroyable. Elle aimait vraiment ton grand-père.

– Oui. Sauf que Jimmy n'est pas mon grand-père.

– Ah ? Je suis désolé. J'ai supposé…

– J'ignorais que ma grand-mère avait aimé un autre homme avant mon grand-père, confia-t-elle en repliant lentement la lettre avant de la remettre dans son enveloppe, qu'elle glissa sous le ruban. C'est si étrange d'apprendre ça.

– Je dois avouer que je n'ai jamais ressenti un tel amour. Ni une telle peur, d'ailleurs. Et elle l'a ressenti deux fois, j'imagine, si elle a épousé ton grand-père par la suite.

Elizabeth repensa au début de sa relation avec Richard, consciente de ne pas avoir ressenti un tel amour, elle non plus.

– Mais est-ce que tu crois que *tout le monde* trouve ce genre de connexion émotionnelle ?

– Je n'en sais rien. Mais tout le monde le mérite.

Ils se regardèrent, comme s'ils se demandaient ce qui pourrait advenir entre eux. L'intensité de ce moment l'effraya un peu. Elle ne voulait pas gâcher la belle relation qu'ils avaient commencé à nouer. La vie pouvait-elle s'immiscer entre eux et tout gâcher ? Paul allait-il retourner à Chicago et l'oublier ? Mais elle s'emballait sans doute un peu…

La serveuse revint et posa deux tasses rouges bien remplies devant eux. Leur rebord était décoré de petits sapins de Noël, qui disparaissaient presque sous la montagne de crème fouettée surmontée de vermicelles rouges et verts et d'un nappage de chocolat, d'où dépassait un gros bâtonnet de chocolat.

– Je comprends pourquoi ce chocolat chaud est si populaire, commenta Paul en se raclant la gorge avant d'attraper la paille rayée pour remuer sa boisson. Ça a l'air délicieux.

Ravie de cette distraction, Elizabeth ramena sa tasse vers elle.

– Tu n'as pas le droit de boire à la paille, dit-elle, récitant la règle de sa grand-mère.

– Ah bon ?

Elle rentra les joues pour se retenir de sourire.

– Non. Tu dois lever ton verre et avaler la crème fouettée, le nappage et le chocolat chaud en même temps.

– D'accord…

Il passa un doigt autour de sa tasse pour essuyer la crème fouettée qui commençait à goutter sur le côté, puis le lécha.

– Miam.

Elizabeth porta la sienne à ses lèvres, l'odeur de sucre et de noisette lui chatouillant les narines.

– Si tu bois correctement, il doit y avoir un trou dans la crème fouettée, après. Tu es prêt ?

Il passa son doigt dans l'anse.

– Prêt.

Elle plongea les lèvres dans la montagne de crème fouettée pour boire une gorgée, le chocolat épais infusé à la noisette se mélangeant à la crème onctueuse, le bâtonnet de chocolat glissant vers l'avant, se cognant contre sa bouche. Elle avala.

Paul posa sa tasse.

– Comment est-ce que je m'en suis sorti ?

Elle éclata de rire.

– Je n'en sais rien. D'après toi ? demanda-t-elle, sans le prévenir qu'il avait de la crème au bout du nez. Est-ce que tu en as bu une bonne gorgée ?

– Oui. C'était très chocolaté.

– Approche-toi, dit-elle en enroulant une serviette autour de son doigt.

Il posa ses mains sur la table et se pencha vers elle, et elle remarqua les petites mouchetures argentées dans ses yeux bleus.

– Tu as de la crème fouettée sur le nez, dit-elle en l'essuyant avec sa serviette.

Ils se retrouvèrent face à face, à quelques centimètres l'un de l'autre. Il aurait été si facile de s'approcher et de l'embrasser, vu la manière dont il la regardait. Cette pensée la prit au dépourvu. Avec tout ce qu'elle venait de traverser, elle ne s'attendait pas à ça. Elle se recula, fébrile.

Paul attrapa la serviette sur ses genoux, la roula en boule dans sa main et la lui montra pour lui signifier qu'il était prêt à recommencer. Il cherchait manifestement à la tirer de ce mauvais pas, parce qu'elle était certaine qu'il avait ressenti la même chose. Il but une autre gorgée et s'en remit sur le nez.

L'électricité entre eux la rendait très nerveuse, mais, étonnamment, elle laissa échapper un autre rire. Elle ne se rappelait pas la dernière fois qu'elle avait autant apprécié la compagnie de quelqu'un.

– J'ai recommencé, hein ?

Il se tamponna le nez, puis examina la serviette pour voir s'il avait bien essuyé la crème.

– Je ne suis pas très doué, visiblement. Comment est-ce que tu bois ça ?

Elle ne put cacher son plaisir, l'ambiance était si légère.

– Penche un peu la tête en arrière quand tu bois.

– Ou je peux faire ça, sinon.

Il enleva le bâtonnet de chocolat, baissa la tête et prit une énorme bouchée de crème fouettée, n'en laissant qu'une minuscule couche à la surface.

Elizabeth, surprise, porta une main à sa bouche pour retenir un cri amusé.

Il essuya la crème qui était sortie aux coins de sa bouche et avala.

– Et voilà !

– Comment vas-tu sentir toutes les saveurs, maintenant que tu as englouti la garniture ? le taquina-t-elle, s'efforçant toujours de ne pas le laisser la troubler de la sorte, mais échouant lamentablement.

Il redevint sérieux.

– Ah, mais parfois, il vaut mieux se concentrer sur une chose à la fois pour en faire pleinement l'expérience.

Elle réfléchit à cette réponse et, en le regardant dans les yeux, se demanda si elle devait y voir un sous-entendu, si ce raisonnement ne s'appliquait pas qu'au chocolat. Au même moment, le téléphone de Paul se mit à sonner. Son visage se fit grave et sa mâchoire se serra, comme s'il se demandait s'il devait décrocher.

– Tu peux répondre, lui dit-elle.

Après tout, ils étaient censés prendre un simple verre, mais cela avait déjà pris une autre tournure.

– Salut, Jake, répondit-il de mauvaise grâce.

Il haussa les épaules en la regardant, avant de détourner les yeux et de les écarquiller.

– Comment ça, il veut se retirer ?

Il recula sa chaise et se leva.

– Les entrepreneurs ont déjà été payés. Je ne peux pas me permettre de perdre cet investisseur.

Il lui lança un regard contrit, puis traversa la salle et sortit, la laissant se demander si une intervention divine venait de se produire, mettant fin à ce moment avant que les choses n'aillent trop loin.

Chapitre 11

– Désolé, s'excusa Paul en revenant à la table. Est-ce que les plats sont arrivés depuis longtemps ?

– Non, ils viennent juste d'arriver, répondit-elle en posant sa serviette sur ses genoux. Tout va bien ?

– Oh, le travail, expliqua-t-il en secouant la tête. L'un de mes investisseurs me donne du fil à retordre. Il veut que j'accélère et menace de se retirer, mais c'est Noël et je ne maîtrise pas le calendrier.

– Est-ce que ce serait la fin du monde, s'il se retirait ?

Il prit une inspiration, l'air anxieux, lui donnant sa réponse avant même qu'il n'ouvre la bouche.

– Oui. Tout un tas de gens perdraient leur emploi, et l'entreprise familiale ferait sans doute faillite. C'est notre meilleure chance de tenir bon.

– Oh bon sang, fit-elle, se sentant mal pour lui.

– Mais pourquoi est-ce que je t'embête avec ça ? lança-t-il avec un sourire en prenant son couteau et sa fourchette. Ce sont les fêtes, et j'ai la chance de dîner avec une femme merveilleuse que je viens tout juste de rencontrer.

Elizabeth ne put nier le plaisir exquis que lui procura ce compliment.

– Je suis contente qu'on se soit croisés aujourd'hui.

Il sourit.

– Est-ce que tu habites près d'ici ?

– Pas très loin, répondit-elle, l'idée de le ramener à la ferme ne la gênant plus autant.

– La campagne est magnifique, par ici.

– Oui, c'est vrai.

Et, assise dans la petite salle de *Mama Jane's* avec les lettres de sa grand-mère et cet homme tombé du ciel, elle sentit que, d'une manière ou d'une autre, elle finirait par trouver les réponses qu'elle cherchait.

– Comment a-t-on pu avoir de l'appétit après ces deux énormes chocolats chauds ? lança Paul en se tapotant le ventre avant de lui ouvrir sa portière.

De gros flocons cotonneux s'étaient mis à tomber du ciel gris au-dessus d'eux et le vent glacial la transperçait, son manteau n'étant pas du tout assez chaud. Elle se glissa sur le siège froid de la Mercedes, ses lettres à la main.

– Pas besoin d'appétit. C'est si bon chez *Mama Jane's* qu'on aurait mangé de toute façon… qu'on ait faim ou non.

Paul ferma sa portière, passa de son côté, monta et alluma le moteur, la voiture se mettant à ronronner doucement.

Le chauffage envoya de l'air froid au visage d'Elizabeth, qui frissonna. Elle souffla dans ses mains, puis enfila ses gants.

– La tempête arrive, remarqua-t-elle, regrettant de ne pas pouvoir faire une longue balade et passer plus de temps avec lui.

– Je ferais mieux de te ramener, dit-il en activant les essuie-glaces pour dégager la neige fraîchement tombée sur le pare-brise.

Il passa la marche arrière, régla son rétroviseur et appuya sur l'accélérateur pour sortir de sa place de parking. La voiture resta immobile, les roues patinant dans le vide. Il jeta un coup d'œil à Elizabeth. Ils avaient tous les deux vécu dans des climats froids et savaient exactement ce qui se passait.

Il tourna le volant et essaya à nouveau ; la voiture grondait en signe de protestation. Il tourna le volant dans l'autre sens, passa son pied de l'accélérateur au frein, mais la voiture ne bougea pas d'un pouce.

– On est coincés, constata-t-elle.

– La neige fondue s'est transformée en glace pendant qu'on mangeait.

Il mit la voiture au point mort, descendit, fit le tour et remonta.

– Les roues avant sont prises dans la glace, mais on peut peut-être réussir à les dégager. Est-ce que tu peux prendre le volant et passer la marche arrière pendant que je pousse ?

Elle sortit, laissant les lettres sur le siège passager, et s'installa côté conducteur. Puis elle baissa la vitre pour pouvoir parler avec Paul et mit son pied sur le frein, les deux mains sur le volant.

Paul enfila ses gants en cuir et posa ses doigts écartés sur le capot enneigé de la Mercedes.

– Bien, fit-il. Passe la marche arrière, je vais compter jusqu'à trois. Prête ?

Elle s'exécuta.

– Prête.

– Un, deux, trois, compta-t-il, avant de grogner, le visage rouge, les roues tournant à toute vitesse comme elle appuyait sur l'accélérateur.

La voiture ne bougea pas.

Elizabeth retira son pied de l'accélérateur.

– Essayons encore, dit-il. Accélère.

Elle appuya une nouvelle fois sur la pédale, avec le même résultat. Paul poussa un soupir et secoua la tête, les yeux rivés sur les roues immobiles.

Elle passa la tête à la fenêtre.

– Ray pourra nous sortir de là avec le tracteur et te remorquer jusque chez toi, dit-elle en prenant son téléphone dans sa poche. Naomi a son numéro. Je vais lui envoyer un texto.

Elle rédigea un court message, mais ne réussit pas à l'envoyer. Le réseau n'était pas très bon. Elle passa donc son bras par la fenêtre et fit une nouvelle tentative. Comme ça ne passait toujours pas, elle sortit de la voiture et se mit à gigoter autour, frissonnant, en vain. Elle voulut téléphoner, mais l'appel n'aboutit pas, lui non plus.

Quand elle leva les yeux de son téléphone, Paul la regardait en souriant.

– Tu as froid.

Elle serra son manteau contre elle.

– Je suis gelée.

Elle lui tourna le dos et appuya une nouvelle fois sur « envoyer ». Tentant de capter, elle avança d'un pas, mais rien n'y faisait : elle n'avait pas de barres de réseau. Elle recula, comme si ça allait l'aider, glissa sur le sol gelé et rentra dans Paul, qui l'attrapa par le haut des bras et les stabilisa tous les deux.

Une fois d'aplomb, il ne la lâcha pas. Elle sentait sa poigne ferme, mais douce, et son souffle à son oreille ; son dos lui effleurait le torse, et elle eut du mal à reprendre sa respiration. Elle eut l'impression d'avoir attendu ses mains toute sa vie, que l'univers les lui avait cachées. Elle se retourna lentement pour lui faire face et contempla son beau visage.

Il déglutit, comme s'il percevait lui aussi l'électricité indéniable entre eux, et lui frotta doucement le haut des bras pour la réchauffer, mais le froid l'indifférait, à présent. Elle cherchait à répondre aux questions dans ses yeux quand son téléphone bipa, indiquant que son message avait été envoyé.

Puis son téléphone sonna, et le charme fut rompu.

Résigné, rattrapé par le réel, Paul se recula sans rien dire, et elle porta son téléphone à son oreille.

– Allô.

– Qu'est-ce qui se passe ? demanda Naomi, tandis que Paul retournait près de la Mercedes.

– Notre voiture est coincée dans la neige sur le parking de *Mama Jane's*, expliqua-t-elle en suivant Paul, le voyant différemment à présent, se demandant si la magie serait passée quand elle raccrocherait. Est-ce que tu pourrais me donner le numéro de Ray pour que je voie s'il peut nous remorquer ?

Paul lui ouvrit la portière, puis s'assit du côté conducteur. Aussitôt à l'intérieur, il remonta sa vitre pour empêcher le froid d'entrer.

– Je pourrais, mais Ray est parti en ville pour aider à déneiger les petites rues. Avec la tempête qui arrive plus vite que prévu, tous les hommes sont sur le pont. Le comté n'a pas assez de personnel pour le faire à temps...

Elizabeth se mordilla l'intérieur de la lèvre en croisant les yeux pleins d'espoir de Paul.

– ... Mais je me dirige dans cette direction, ajouta Naomi. Je peux passer vous prendre en pick-up.

– Oh, Naomi, ce serait super, répondit Elizabeth, soulagée. Merci.

Elle raccrocha, et Paul la regarda, impatient de savoir.

– Ray est occupé, mais Naomi va venir nous chercher. On laissera ta voiture ici, pour l'instant. J'essaierai de joindre Ray pour qu'on vienne la dégager ce soir, mais, avec la tempête, ce ne sera peut-être que demain. Il est sorti déneiger les routes.

– D'accord.

Ils attendirent Naomi dans la voiture allumée, tous les deux silencieux, en effervescence. La neige, qui tombait plus dru que jamais, recouvrait le paysage d'un épais manteau blanc.

– Je n'arrête pas de me dire qu'on devrait retourner à l'intérieur pendant qu'on attend ton amie et que je devrais t'offrir un autre chocolat chaud, mais je ne suis pas sûr qu'on ait encore de la place après tout ce qu'on a mangé.

– Ça ne risque pas, répondit-elle avec un petit rire, croisant son regard.

Il était évident qu'ils se demandaient tous les deux ce qu'ils ressentaient. Paul devait bientôt repartir à Chicago, et il était hors de question qu'elle coure après un homme dans un autre État. Mais elle ne pouvait nier que son cœur se serrait à l'idée qu'il s'en aille.

– Est-ce que ça te dit qu'on lise une autre lettre pour passer le temps ? demanda-t-elle en agitant le paquet d'enveloppes, tâchant de penser à quelque chose de plus léger.

– Si tu veux, répondit-il avec intérêt.

Elle sortit la deuxième lettre du paquet.

– Oh, fit-elle en découvrant l'écriture inconnue, en pattes de mouche. Celle-ci est de Jimmy.

Elle lissa la feuille et lut à voix haute, avec un frisson d'excitation :

Le murmure des copeaux de bois givrés

5 juin 1944

Mon Harriet chérie,

Je t'ai demandé de m'épouser avant mon départ, parce que...

– Attends, quoi ? s'exclama Elizabeth avant de regarder Paul, abasourdie. *L'épouser ?*

– Beatrice ne te l'avait pas dit ? demanda-t-il en se penchant pour voir la lettre.

– Non.

Tout ce qu'elle avait toujours cru savoir sur sa grand-mère lui traversa l'esprit.

– Ça doit être un sacré choc d'apprendre ça, remarqua-t-il, le visage plein d'empathie, et elle fut heureuse tout à coup qu'il soit à ses côtés au moment où elle faisait cette découverte.

– Je me demande pourquoi elle ne nous a jamais dit qu'il l'avait demandée en mariage.

Elle lut à nouveau la phrase pour s'assurer qu'elle ne s'était pas trompée, tout en sachant que ce n'était pas le cas.

– C'était peut-être trop difficile. On sait comment ça s'est fini, n'est-ce pas ?

– Oui...

Toujours sonnée, elle tint la lettre dans ses mains, éclairée par la lumière grise de l'extérieur. Sa grand-mère n'avait jamais fait allusion au fait qu'elle avait été fiancée. Elle avait toujours semblé si comblée, ne laissant jamais paraître la moindre faille.

– Désolée, dit-elle en revenant au moment présent. Tu veux que je continue à lire ?

– Si tu te sens prête.

L'esprit toujours en ébullition, elle respira un grand coup pour se calmer et reprit sa lecture :

Je t'ai demandé de m'épouser avant mon départ, parce que je veux que nous soyons ensemble pour toujours. Ne t'en fais pas pour cette guerre. Ce n'est qu'une saison de notre vie ensemble. Bientôt, tu seras à nouveau dans mes bras.

Je conserve ta photo dans la poche intérieure de mon manteau. Comme ça, tu es avec moi à chaque minute de ce conflit.

Je dois te dire que nous embarquons demain pour traverser la Manche, dès que cette terrible tempête qui s'abat sur nous sera passée. Si mes lettres ont du retard, ne te tracasse pas. Je pourrai te répondre dès que je reprendrai mon poste en Grande-Bretagne.

Je t'envoie tout mon amour de l'autre côté de l'océan,
Jimmy

Elizabeth fixa ces mots, intégrant qu'un avenir avait été brisé en un instant. Tous les désirs, tous les rêves et sentiments exprimés dans cette lettre s'étaient… évanouis. Elle comprenait parfaitement ce qu'on ressentait en voyant son avenir chamboulé.

Un petit coup à la fenêtre de la voiture la fit sursauter. Naomi était dehors, bras croisés, tremblante.

– Notre chauffeur est arrivé, on dirait, commenta Paul en coupant le moteur.

Elizabeth fit un signe à son amie, plia la lettre, la glissa sous le ruban et ouvrit la portière.

– Merci d'être venue nous chercher, dit-elle mécaniquement, s'efforçant toujours de sortir de ses pensées.

– Quand tu m'as dit « notre voiture », j'ai supposé que tu étais avec ta mère, répondit Naomi avec circonspection, ses sourcils se rapprochant.

– Avec Paul, on a grignoté un morceau, expliqua-t-elle avec une fausse désinvolture.

– Ben voyons, fit Naomi dans sa barbe avant de rentrer les joues et de les emmener vers la Silverado. Je devais passer au *Feed 'n' Seed* avant la fermeture, pour chercher à manger pour les poules. Salut, Paul, ajouta-t-elle.

Paul répondit d'un signe de main amical, pendant qu'Elizabeth ouvrait la porte et montait dans la cabine du pick-up. Il la suivit, se rapprochant doucement d'elle sur la banquette arrière.

– Est-ce que ta mère a besoin de nourriture pour ses bêtes ? demanda Naomi en faisant sans peine une marche arrière sur la neige.

– Je pense qu'elle a ce qu'il faut, mais je vais lui envoyer un texto pour vérifier, répondit Elizabeth en se tortillant, tentant de sortir son téléphone de sa poche arrière tout en empêchant les lettres de tomber de ses genoux.

Naomi les observait dans le rétroviseur, l'air de douter de leurs intentions. Puis elle se dirigea vers une bosse et fit exprès de rouler dessus. Elizabeth, qui rebondit sur son siège, lui jeta un regard interrogateur.

– La neige est traître, pas vrai ?

– Je ne te le fais pas dire, répondit Elizabeth entre ses dents.

Une nouvelle bosse.

Elle s'évertua à se concentrer sur autre chose que le peu de confiance que lui témoignait son amie en lisant la réponse de sa mère, qui n'avait besoin de rien. Puis elle rangea son téléphone dans sa poche et regarda la route enneigée entre les deux sièges avant pendant tout le trajet.

– Vous pouvez me laisser là, je ferai le reste à pied, proposa Paul quand ils approchèrent du café.

Naomi se rangea sur le côté et arrêta le pick-up.

– Enregistre ton numéro pour que je puisse t'envoyer un message demain, quand Ray pourra venir chercher ta voiture, dit Elizabeth en lui tendant son portable.

Il s'exécuta, puis lui rendit son téléphone.

– À bientôt, alors, dit-il avant de sortir du pick-up.

Son regard s'attarda sur elle, une ébauche de sourire naissant sur ses lèvres.

– Merci de m'avoir raccompagné, Naomi.

– Aucun problème, répondit-elle en jetant un regard en coin à Elizabeth.

Elles passèrent la fin du trajet sans rien dire. Si Naomi ne lui demandait pas ouvertement pourquoi elle était avec Paul, elle n'allait certainement pas le lui expliquer.

Quand elle arriva à la ferme, sa mère, assise à la table de la cuisine, griffonnait dans un bloc-notes pendant que la bouilloire chauffait sur la cuisinière.

– Quand la terre dégèlera, je me pencherai sérieusement sur ce lopin de terre en bordure de propriété.

Elizabeth enleva son manteau.

– Je veux comprendre pourquoi rien n'y pousse, poursuivit Loretta. On pourrait gagner plus d'argent en cultivant ce champ. On se maintient tout juste à flot, je dois trouver une solution pour augmenter nos revenus.

Elizabeth alla s'asseoir en face d'elle et posa son paquet de lettres sur la table.

– Je vais t'aider à trouver une solution.

– Qu'est-ce que c'est ? demanda sa mère en remarquant les lettres.

– Beatrice me les a données.

– Ah ?

– Elle pense qu'elles peuvent m'aider.

Loretta poussa son bloc-notes, posa son visage dans sa main, le front plissé, l'air intéressé, un crayon toujours entre les doigts.

– J'imagine que tu veux savoir ce que j'y ai lu jusqu'à présent.

– Dis-moi, répondit sa mère en posant son crayon, lui accordant la plus grande attention.

– Et si on se préparait du thé et des biscuits ? suggéra Elizabeth dans l'espoir d'amortir le choc de la révélation.

Loretta ouvrit de grands yeux, se leva, puis mélangea de la cannelle, des clous de girofle et des feuilles de thé à l'orange.

– Ça doit être sacrément intéressant, si on a besoin de thé et de biscuits, remarqua-t-elle, ne comprenant pas que le sujet était grave, de toute évidence.

Elle sortit une assiette du buffet, la remplit de biscuits et l'apporta sur la table. Puis elle regagna le plan de travail pour verser l'eau sur les feuilles de thé, et une odeur de fête parfuma l'air.

– Alors, que disent les lettres ?

– Eh bien, pour commencer, il semblerait que mamie ait été fiancée avant papi.

L'incrédulité déforma les traits de sa mère.

– Quoi ? C'est impossible, répondit-elle en apportant les deux tasses sur la table, avant d'en tendre une à Elizabeth.

– Oh, si, c'est possible.

Elle sortit les deux premières lettres et les poussa vers elle.

Pendant qu'Elizabeth mordait dans un bonhomme en pain d'épices, Loretta ouvrit les lettres et les lut rapidement, écarquillant davantage les yeux à chaque phrase.

– Ça n'a aucun sens, dit-elle quand elle eut fini.

– Ce n'est pas le fait qu'elle ait aimé quelqu'un d'autre avant papi qui m'inquiète. C'est qu'elle ne nous en ait jamais parlé. A-t-elle déjà mentionné ce Jimmy ? Ça te rappelle quelque chose ? *N'importe quoi ?*

Sa mère secoua la tête.

– Non. Je n'en ai jamais entendu parler.

– Tu ne trouves pas ça bizarre ? Puisqu'elle l'aimait, c'est évident. Elle l'aimait au point de vouloir *l'épouser*.

– Si, bien sûr, dit sa mère, fixant toujours les lettres, sourcils froncés, son trouble transparaissant dans les rides qui se formèrent entre ses yeux. Est-ce que Beatrice est au courant ? Elle n'a jamais rien dit.

– Oui, elle est au courant.

Loretta plissa le front, l'air décontenancé.

– Que disent les autres lettres ?

– Je n'ai lu que les deux premières.

– Ouvre la suivante, l'exhorta sa mère en prenant sa tasse fumante.

Elizabeth sortit la troisième lettre, écrite de la main de sa grand-mère, se cala dans sa chaise et commença à lire :

Le murmure des copeaux de bois givrés

8 juillet 1944

Mon chéri,

Je n'ai pas eu de tes nouvelles depuis que tu m'as annoncé ton départ pour la France, mais je sais que tes jours et tes nuits sont chargés et je ne te reproche pas ton silence. Je sais que tu apaiseras mon esprit tourmenté dès que tu le pourras.

Je m'étais mise à écouter les informations à la radio le soir, mais j'ai arrêté quand la bataille de Normandie a commencé, le 6 juin, le jour où tu m'as dit que tu partais en bateau. Près de 30 000 soldats ont péri lors de cette bataille, et je ne peux imaginer ce que tu vis. Si je le fais, je me réveille en sursaut la nuit, terrorisée.

Je veux que tu saches que je t'aime follement, que je t'attends et que j'espère de tout mon cœur que tu reviendras vite.

Avec tout mon amour,
Harriet

– Que lui est-il arrivé ? murmura Loretta, son ton indiquant qu'elle ne se demandait pas vraiment s'il était mort, mais plutôt comment.

Elle fixait le manteau de la cheminée recouvert de décorations, mais pensait visiblement à des événements qui s'étaient produits quatre-vingts ans plus tôt, de l'autre côté de l'océan, se demandant ce qui avait pu entraîner la mort de Jimmy.

– On ne peut que faire des suppositions à ce stade.

Le cœur lourd, Elizabeth but une gorgée de son thé brûlant ; son goût sucré et épicé lui fit un bien fou.

– Il reste tant de lettres, remarqua Loretta en laissant courir son doigt au bord des enveloppes. Combien en a-t-elle écrit avant de savoir ?

Elizabeth ne pouvait imaginer ce que sa grand-mère avait dû ressentir, seule à la ferme, sans nouvelles de l'homme qu'elle aimait, se demandant s'il était mort ou vivant, jour après jour. Cela avait dû être une torture.

– Lis la suivante, l'exhorta Loretta.

Brûlant de curiosité, Elizabeth prit une autre enveloppe et l'ouvrit. En voyant la signature, les poils sur ses bras se hérissèrent. Le souffle coupé, elle tourna la feuille pour la montrer à sa mère.

– Celle-ci est de papi.

20 septembre 1944

Chère Harriet,

Je m'appelle Roger Sloan. J'ai eu l'immense plaisir de servir dans le même peloton que Jimmy ces derniers mois, avant que son escouade ne parte pour une nouvelle mission. Je dois vous dire qu'il imite Donald Duck à la perfection ! Quand nous étions au Havre, nous avons croisé des enfants bouleversés par les bombardements. Nous leur faisions peur dans nos uniformes, alors Jimmy s'est penché vers eux pour leur faire son imitation, et ils ont éclaté de rire. Quel ravissement – les rires, pas Jimmy.

Elizabeth s'esclaffa.

– « Les rires, pas Jimmy. » Papi a toujours été si marrant, dit-elle, le cœur serré en reconnaissant son humour.

Elle se rappelait encore son étreinte forte et tendre à la fois, et la façon qu'il avait de se pencher pour être à sa hauteur quand elle allait le retrouver dans les champs. Un jour, quand elle avait environ six ans, elle avait couru vers lui au milieu des fleurs sauvages. Elle était en short, et les hautes herbes chatouillaient ses jambes nues.

– L'herbe est haute, avait-il remarqué en la prenant dans ses bras. Et si on la coupait ?

Il l'avait mise la tête en bas, la tenant par les chevilles, et l'avait balancée, tandis qu'elle poussait des cris de joie.

– Je vais courir, et tu mangeras les pissenlits. Tu penses pouvoir tous les manger ?

Il avait commencé à courir en rond, à toute vitesse, et elle s'était crue dans un manège de fête foraine. Puis il s'était baissé, avait glissé un bras fort sous son dos et l'avait redressée, et elle avait passé ses bras autour de son cou, riant toujours aux éclats.

Quand elle sortit de sa rêverie, elle vit sa mère en train de hocher la tête en signe d'acquiescement.

– C'était le meilleur des pères et des grands-pères. Je n'ai que de bons souvenirs de lui. Je ne me rappelle pas l'avoir vu s'énerver une seule fois. Ce n'est pas rien, vu ce que la vie peut réserver.

– Je sais.

– Que dit-il d'autre ?

Elizabeth reprit sa lecture :

Jimmy m'a beaucoup parlé de vous. Il est fou de vous. Il m'a confié votre photo en me disant qu'en me la laissant, il s'assurait de revenir la chercher, puisqu'il vous avait promis de la garder avec lui. Il était convaincu que le fait de savoir que je l'avais lui donnerait du courage au combat et qu'il rentrerait plus vite.

Je tenais à vous écrire, car je vois vos lettres s'empiler et je ne veux pas que vous vous inquiétiez. Jimmy est au front et ne peut pas vous répondre. Néanmoins, sachez qu'il est l'incarnation même du courage et qu'il vous représente bien, ainsi que notre pays.

J'espère que vous accueillerez bien mon initiative et, si vous avez des questions ou si vous vous inquiétez au sujet de Jimmy, n'hésitez pas à m'écrire. Je ferai mon possible pour vous aider.

Cordialement,
Roger

– *Voilà* comment papi et mamie se sont rencontrés ! s'exclama Elizabeth en posant la lettre sur la table.

– Mais ça n'explique toujours pas pourquoi nous n'avons jamais entendu parler de Jimmy. Surtout si papa le connaissait.

Sa mère avait raison : pourquoi sa grand-mère n'avait-elle pas donné une place à Jimmy dans leur famille et honoré sa mémoire en leur parlant de lui ? Ça n'avait aucun sens.

– Et si on laissait tomber le thé pour se servir un verre de vin ? suggéra Elizabeth. On pourrait s'installer confortablement près du feu et attaquer le reste des lettres. On le découvrira peut-être.

Chapitre 12

À son réveil, Elizabeth sentit une odeur de beurre et de sucre, puis, le regard flou, avisa les lettres éparpillées sur le sol du salon et comprit qu'elle était sur le canapé, enveloppée sous l'un des édredons de sa grand-mère. Le vin avait eu raison de sa volonté la veille, et elle n'avait pas réussi à garder les yeux ouverts. Mais une journée chargée l'attendait, elle devait donc s'y mettre.

– Bonjour, ma belle, dit sa mère quand elle s'assit.

Loretta, dans la cuisine, retourna un pancake dans sa poêle en fonte, puis baissa le feu et lui prépara une tasse de café.

– Quelle heure est-il ? demanda Elizabeth d'une voix rauque en bâillant et en enlevant l'édredon de ses jambes.

– Environ six heures, pourquoi ?

– Il faut que j'appelle Ray pour qu'il débloque la voiture de Paul aujourd'hui, et à dix heures, Naomi m'emmène chez l'avocate, répondit-elle en acceptant avec joie la tasse de café fumant que lui tendait sa mère.

– Eh bien, la bonne nouvelle, c'est que la tempête a frappé plus tôt que prévu et qu'elle va repartir tout aussi vite. Il va faire 5 °C aujourd'hui. J'espère que la neige va fondre un peu, qu'on puisse reprendre une vie normale.

Elizabeth comprenait ce qu'elle voulait dire après leur conversation au sujet de la ferme. Avec la neige qui recouvrait tout, sa mère ne pouvait pas sortir, s'épanouir dans la nature. Alors qu'elle pensait à cela, elle remarqua sa posture, ses cheveux gris, son tablier – celui de sa grand-mère –, et se demanda à quel point le sang de sa grand-mère coulait dans ses veines. La ferme avait-elle représenté la même chose pour Harriet à la mort de Jimmy ? Était-ce pour cela qu'elle était toujours si pleine de vie quand elles étaient dans les champs et qu'elle avait toujours préféré le rocking-chair sur le porche au fauteuil à l'intérieur ?

Elles n'avaient pas obtenu d'autres réponses dans les lettres qu'elles avaient lues la veille au soir, et elle n'était plus sûre d'en trouver dans celles qui restaient. Elles en avaient appris plus sur la relation naissante entre ses grands-parents. Dans ses lettres, son grand-père se montrait toujours bienveillant, rassurant. Et il désamorçait l'horreur de la situation par l'humour – ce dont sa grand-mère lui était manifestement reconnaissante. Ils s'étaient liés d'amitié à travers leurs lettres, tout en attendant le retour de Jimmy, qui n'arriverait jamais. Moment où Elizabeth s'était assoupie. Des questions demeuraient en suspens, mais elle avait beaucoup à faire ce matin.

– Oui, ce serait bien de pouvoir aller et venir à notre guise, hein ? répondit-elle, espérant que le temps tournerait, pour sa mère.

Mais, en y réfléchissant, elle dut se demander si elle ne le souhaitait pas pour elle aussi. Serait-elle la troisième génération de femmes de sa famille à trouver la paix dans cette ferme ? En contemplant le petit salon pittoresque, dans lequel elle se sentait comme dans un cocon, cette idée ne lui sembla pas si impossible.

– Je ne te le fais pas dire, répondit Loretta en regardant par la fenêtre de la cuisine, qui donnait sur le verger, les mains sur les hanches. Il faut que je vérifie les gaines de protection contre les rongeurs autour des pommiers, pour m'assurer qu'elles sont intactes. J'étais censée le faire avant l'arrivée de la neige, mais j'ai été trop occupée. Et il faut que je nourrisse les bêtes.

Elle se tourna vers Elizabeth.

– Tu voudras m'aider, après ton café ? Je te paierai en cassolette aux saucisses et aux œufs.

– Vendu, répondit Elizabeth avec bonne humeur, l'air froid du matin serpentant autour de ses chevilles malgré le feu qui brûlait en face d'elle. Je ferais n'importe quoi pour ta cassolette.

– Tu es adorable, dit sa mère avant d'enlever son tablier pour le suspendre au crochet sur le réfrigérateur. Je vais faire mon lit et un peu de rangement dans ma chambre, puis on pourra sortir.

– D'accord. Je suis contente de revoir Holly le poussin.

– Moi aussi.

Sa tasse à la main, Elizabeth ramassa les lettres qu'elles avaient ouvertes la veille, puis les replia et les remit chacune dans leur enveloppe. Elle avait hâte de lire les autres, mais cela devrait attendre. La ferme l'appelait, comme une lueur d'espoir, et elle avait des pommiers à inspecter.

Elizabeth se pencha pour secouer la gaine qui entourait l'un des troncs d'arbre, son souffle fumant devant elle. Une fois certaine qu'elle était bien fixée, elle se redressa et resserra le col de son manteau pour empêcher le froid de se faufiler dans son cou avant de s'asseoir sur l'une des bottes de foin qu'ils laissaient dehors tous les ans.

*

– Pourquoi est-ce qu'il y a des bottes de foin dans les champs de pommiers, mamie ? Pour s'asseoir ? se souvenait-elle avoir demandé quand elle était petite.

Elle devait avoir sept ans et courait dans le verger pieds nus, la brise estivale soulevant sa robe d'été légère. À bout de souffle, elle voulut s'asseoir sur l'une des bottes, mais sa grand-mère l'avait relevée d'un coup sec par le coude.

– Fais attention, l'avait-elle prévenue en la prenant dans ses bras d'un geste protecteur avant de la relâcher pour lui expliquer. Des abeilles nichent dedans.

– Des abeilles ? avait répondu Elizabeth en s'éloignant. Pourquoi est-ce que vous les laissez ici, s'il y a des abeilles dedans ?

– Elles pollinisent les fleurs, lui avait appris sa grand-mère en cueillant une fleur blanche dans l'un des pommiers pour la piquer dans ses cheveux bruns, au-dessus de son oreille. En hiver, on les sort pour les souris et, quand les souris partent au printemps, les abeilles suivent leur odeur et s'installent à l'intérieur.

– C'est comme un hôtel, avait commenté la fillette en voyant les bottes rectangulaires sous un autre jour.

Sa grand-mère avait éclaté d'un rire qui évoquait le tintement d'un carillon.

– Oui, c'est comme un hôtel.

⋆

– Il y a plus d'arbres que dans mon souvenir, dit Elizabeth à sa mère, à l'autre bout du rang.

– On cherche à optimiser les recettes, expliqua Loretta en s'approchant d'elle pour secouer l'une des gaines. C'est pour ça que je veux utiliser la partie stérile au bout de l'exploitation. Je veux la cultiver au printemps.

– On pourrait aller jeter un coup d'œil quand on aura fini, ici, si tu veux ? suggéra Elizabeth, se demandant si ses cours de botanique à l'université lui reviendraient.

– Bonne idée.

L'éclat dans les yeux de sa mère montrait combien elle était heureuse qu'elle travaille à la ferme avec elle, et Elizabeth était ravie de l'aider : cela lui procurait le même sentiment de joie. Il lui tarda tout à coup de voir les arbres fleurir au printemps.

Elles finirent d'inspecter les trois dernières rangées de pommiers, puis attrapèrent une pelle dans le vieil abri de jardin derrière la maison et entreprirent de traverser leurs champs. Les bottes d'Elizabeth s'enfonçaient dans le mélange de neige fondue et de boue laissé par la tempête éclair de la veille. Elle était arrivée avec fracas, mais était vite passée, laissant un grand ciel bleu derrière elle.

– Ce n'est qu'une immense parcelle vide, dit Loretta une fois sur place en se penchant pour attraper une poignée de terre.

D'aussi loin qu'Elizabeth se souvienne, rien n'avait jamais poussé ici, mais sa grand-mère semblait s'en moquer.

– Le sol est encore gelé, mais je vais essayer de creuser pour prélever un échantillon.

Elle planta le bout pointu de sa pelle dans la terre dure, puis posa les deux pieds sur la plaque, se servant de son poids pour l'enfoncer, mais elle bougea à peine. Troublée, elle tenta un peu plus loin, avec le même résultat.

– J'ai touché un rocher ou quelque chose comme ça, dit-elle en se déplaçant encore.

Le Tennessee avait beau être connu pour son sol rocailleux, elle semblait être tombée sur un énorme lit rocheux. Elle chercha un nouvel endroit et essaya à nouveau, sans succès.

– Je n'ai jamais vu ça, commenta sa mère, emmitouflée dans son écharpe, en croisant les bras. Il n'y a pas assez de terre pour que les racines prennent.

– Il faudrait peut-être faire venir un professionnel pour briser la roche.

– Je n'ai pas l'argent pour, s'inquiéta Loretta à voix haute. L'une des moissonneuses ne marchait plus, et j'ai dû investir tout l'argent que m'avait rapporté la vente de la maison pour en acheter une neuve. Je m'en sors à peine.

– Travis ou Percy ne pourrait pas t'aider ?

Loretta secoua la tête.

– Ils n'auraient pas le matériel nécessaire pour briser ça.

– Je pourrais payer, proposa Elizabeth, se rappelant les dix mille dollars de Richard qui dormaient sur son compte en banque.

Elle n'aurait pu les utiliser à meilleur escient.

Le visage de sa mère s'illumina, mais elle rejeta aussitôt cette idée.

– Oh non, je ne pourrais pas te demander ça.

– Si, je peux payer, insista-t-elle.

Mais sa mère refusa son offre d'un geste de sa main gantée.

– C'est mon destin, comme c'était celui de ta grand-mère. Je veux régler ça moi-même. C'est en étant combatif qu'on découvre qui on est. Et c'est peut-être l'esprit de Noël qui parle, mais curieusement, je sens que tout va s'arranger… avec ou sans récolte ici.

Elle contempla le champ.

– Je verrai si les ouvriers agricoles peuvent creuser un peu plus profond, histoire qu'on sache de quel type de roche il s'agit et qu'on puisse estimer à quel point ce sera difficile de labourer la parcelle.

Elizabeth coinça la pelle sous son bras, se rappelant son rendez-vous chez l'avocate. Elle était certaine qu'il s'agissait d'un simple malentendu, facile à éclaircir, mais elle hésitait…

– Pourquoi est-ce qu'on n'attendrait pas que le sol se réchauffe un peu ? On pourra revenir jeter un œil à ce moment-là.

– D'accord, répondit Loretta en se rapprochant.

– Mais on peut quand même essayer de comprendre ce qui se passe. J'aimerais creuser jusqu'à la roche pour voir de quel type il s'agit, moi aussi. Ça m'intrigue.

L'affection que Loretta portait à sa fille se vit dans la courbe de ses lèvres.

– Tu as toujours eu de l'intérêt pour ce genre de choses. C'est chouette de le voir renaître.

Elle posa ses mains sur ses hanches et fixa le lopin de terre vide.

– Allons nourrir Holly et Maisy. Travis veut m'emmener bruncher.

– Bruncher ?

– Oui, répondit sa mère avec un grand sourire en se lissant les cheveux. Il faut que je me prépare.

– Je peux t'aider, si tu veux.

– J'adorerais.

Elles restèrent côte à côte face aux vastes étendues de champs. Elizabeth apprécia la vue, avec la petite ferme verte dans le fond, et son destin sembla se dessiner devant elle.

– Alors comme ça, il est resté coincé, hein ? lança Ray avec un sourire qui révéla ses dents du bonheur.

Il se pencha devant la Mercedes sur le parking de *Mama Jane's*, le tracteur ronflant derrière eux, et inspecta les roues avant.

– Monsieur le Citadin ne s'est pas loupé, dis donc…

– C'est sûr, dit-elle en se penchant à côté de lui. Tu penses pouvoir l'extraire ?

– Oui. Tu la lui ramènes ?

– C'est lui qui a les clés. Est-ce qu'on pourrait la remorquer jusqu'au café ? demanda-t-elle en se frottant les mains pour les réchauffer, le soleil ne brillant pas encore assez pour contrer le vent glacial. Il a dit qu'il pourrait nous y rejoindre. Ça t'irait ?

– Oui, répondit Ray avec son accent traînant du Sud. Grimpe dans le tracteur, je vais l'atteler.

– D'accord.

Elle gagna la chaleur de la cabine et essuya le siège avec son gant. Pendant que Ray accrochait une chaîne à la voiture d'un geste expert, elle envoya un texto à Paul pour lui dire qu'ils seraient là dans quelques minutes.

Il lui répondit aussitôt, ses mots apparaissant sur l'écran : « Je te remercierai avec un café. Qu'est-ce que tu veux ? »

Elle en eut des papillons dans le ventre.

« Tu n'es pas obligé », répondit-elle.

Son écran s'éclaira à nouveau : « Je sais que je ne suis pas obligé. J'en ai envie. Tu préfères le caramel ou la vanille ? »

Elle fixa son téléphone et fit un grand sourire, juste au moment où Ray montait dans la cabine. Il la mesura du regard.

– C'est quoi ce sourire ? demanda-t-il en se tortillant pour s'installer confortablement et en mettant la main sur le levier de vitesse.

– Quel sourire ? répondit-elle avant de taper « vanille » et d'appuyer sur « envoyer ».

– Ce sourire rêveur.

Il se pencha pour voir ce qu'elle écrivait, et elle cacha son téléphone.

– Je ne vois pas du tout de quoi tu parles.

Il secoua la tête en gloussant, passa une vitesse, et le tracteur s'ébranla lourdement, tirant la voiture dont les roues protestaient. Le moteur vrombit, hoqueta, jusqu'à ce que les pneus se libèrent de la neige qui les enserrait. Puis Ray progressa lentement sur la route verglacée, traînant la Mercedes derrière eux.

Elizabeth se retourna pour la regarder.

– Ça ne va pas l'abîmer de la traîner comme ça ? s'enquit-elle d'un ton protecteur.

– Non, elle roule, c'est tout, répondit Ray sans quitter la route des yeux. Ton téléphone n'arrêtait pas de biper, dis donc. Tu dragues Monsieur le Citadin ?

– Pas du tout, répondit-elle en se remettant droite, les joues roses. Il me proposait de me commander un café pour me remercier de lui rapporter sa voiture.

Ray éclata de rire – un grand éclat de rire, qui la fit sursauter.

– Tu n'as rien fait, à part t'asseoir dans le siège passager et avoir un joli minois. Est-ce qu'il t'a demandé ce que je voulais, *moi* ? fit-il en montrant le téléphone, et ses joues virèrent au rouge vif.

– Tu aimes la vanille ? Tu pourras prendre le mien.

– Je te taquine, va. Je ne voudrais pas de ce machin, de toute façon. Je préfère boire un bon café noir chez moi.

Il tourna le volant, puis accéléra pour les faire sortir d'un virage, surveillant la Mercedes dans l'immense rétroviseur extérieur.

Elizabeth retint son souffle en voyant la voiture de luxe prendre le virage en glissant sur la chaussée verglacée puis se redresser. Après ça, ils poursuivirent tranquillement leur chemin, cahin-caha, jusqu'à ce que Ray s'arrête devant le café. Il gara l'énorme véhicule et sortit détacher la Mercedes au moment où Paul traversait le parking pour les rejoindre.

– Merci beaucoup, dit-il à Ray en lui serrant la main. Est-ce que vous voulez un café ? Il y a sans doute moins de monde au comptoir, maintenant.

– Ne lui propose surtout pas ça, l'interrompit Elizabeth avec un clin d'œil à Ray.

– Non, je préfère vous laisser tous les deux, répondit ce dernier en lui lançant un regard lourd de sous-entendus, le moment de complicité qu'ils avaient partagé s'éternisant.

Puis il leur fit au revoir de la main, remonta dans son tracteur et s'éloigna.

Paul la regarda. Ils étaient seuls dans le parking désert.

– Il y avait la queue, expliqua-t-il avec décontraction en jetant son pouce par-dessus son épaule, mais il semblait pensif, et elle aurait aimé qu'il lui dise ce qui le tracassait. On peut commander ensemble, comme ça.

– Je peux commander pour nous deux et nous réserver une table près du feu pendant que tu vas garer la voiture, si tu veux ? proposa-t-elle, l'excitation qu'elle ressentait de plus en plus forte chaque fois que ses yeux bleus rencontraient les siens. Qu'est-ce que tu veux ?

– Surprends-moi, répondit-il d'un air satisfait adorable avant de faire volte-face et de marcher jusqu'à sa voiture.

Elizabeth détourna les yeux de ses larges épaules et de sa démarche athlétique et ouvrit la porte en bois du café pour entrer dans cet espace décoré pour les fêtes. Le sapin était illuminé dans un coin de la salle, le feu brûlait, et des chants de Noël passaient à la radio. La serveuse aux cheveux en brosse n'était pas là aujourd'hui ; une autre femme avec des boucles d'oreilles en jade et des cheveux blonds, fins et clairsemés relevés en queue de cheval se tenait derrière le comptoir.

Le temps que les clients devant elle commandent, elle consulta la carte, se demandant ce qui pourrait plaire à Paul. D'humeur enjouée, elle décida de l'initier au moka noisette après les chocolats chauds de la veille et leur en commanda un chacun.

– Qu'est-ce que tu m'as pris ? demanda-t-il, et un frisson la parcourut.

Elle se tourna vers lui.

– Je t'ai pris un moka noisette.

– Bon choix, répondit-il en tendant sa carte bancaire à la serveuse avant qu'elle n'ait le temps de protester.

Une fois leur commande prête, ils allèrent s'installer sur l'un des canapés près de la cheminée. Elizabeth s'assit à côté du sapin, dont le sommet était couronné d'une étoile brillante.

– Je suis content de te revoir, dit Paul.

Il avait l'air si vulnérable qu'elle avait du mal à se concentrer sur ce qu'il disait. Il s'assit à côté d'elle.

– Je l'espérais, ajouta-t-il.

La lueur vacillante des flammes se reflétait dans ses yeux bleus, et elle avait envie de se perdre dedans pour toujours, malgré elle. Elle avait l'impression que les autres avaient disparu, qu'ils étaient seuls au monde. Il se pencha vers elle, son odeur boisée lui titillant les narines.

– Je ne m'attendais pas à ça.

– Tu ne t'attendais pas à quoi, exactement ? demanda-t-elle, le cœur battant.

Il se passa la langue sur les lèvres avant de poursuivre, marquant une pause, comme s'il essayait de mettre des mots sur ce qu'il éprouvait. Elle espérait qu'il y parviendrait, car, pour sa part, elle ne savait pas expliquer ce qu'elle ressentait en sa présence. C'était un sentiment différent de celui qu'elle avait éprouvé pour Richard lorsqu'elle l'avait rencontré. Elle avait l'impression que Paul, tout comme elle, avait traversé des moments difficiles et en était ressorti pleinement conscient de ses faiblesses, mais qu'ils s'étaient malgré tout trouvés.

– Quand je t'ai vue pour la première fois, on aurait dit que ton monde venait de s'écrouler, reprit-il avec un sourire doux avant de secouer la tête. Je suis venu ici pour le travail. Je pensais être au calme pour conclure l'affaire qui m'occupe en ce moment et avoir l'occasion de décompresser. Je ne voulais voir personne. Mais tu as passé cette porte…

Sa phrase resta en suspens, mais son sens était clair.

Cet aveu la terrifia et l'électrisa tout en même temps.

– Je ne veux pas t'inquiéter. Je sais que tu as des choses à régler et que je vais repartir à Chicago, mais je tenais à ce que tu le saches. Je suis heureux de t'avoir rencontrée ce Noël.

– Moi aussi.

Elle avait envie de prendre son visage dans ses mains et de l'embrasser. Cette pensée la déstabilisa. Mais plus elle y pensait, moins elle lui semblait folle, en réalité.

– Noël est dans deux jours. Je ne peux pas t'imaginer tout seul dans ta maison de location. Tu n'as pas de proches avec qui tu voudrais être ?

Il secoua la tête, son sourire quittant ses lèvres pour la première fois.

– Mes parents sont morts tous les deux il y a longtemps… Ma mère a eu un cancer, et mon père a fait un AVC. Je les ai perdus tous les deux en moins d'un an.

– Je suis sincèrement désolée, répondit-elle, songeant au chagrin que lui avait causé la mort de son propre père.

Elle ne pouvait imaginer perdre ses deux parents en si peu de temps.

– Tu n'as pas d'autre famille ? Tu m'as parlé de ton grand-père…

Paul semblait si gentil avec les autres, elle espérait que quelqu'un prenait soin de lui.

Il fit non de la tête.

– Je n'ai que lui. C'est lui qui m'a tout appris. Qui m'a formé. Mais il ne veut plus me parler, tu te rappelles ?

– On dirait que vous étiez proches avant le grand changement dans l'entreprise.

– Oui, on l'était.

Il prit une expression songeuse. Leur brouille le faisait visiblement souffrir.

– J'ai le sentiment que le temps nous est compté. Je ne pourrais jamais me le pardonner, s'il lui arrivait malheur et que je le perdais avant d'avoir pu lui montrer combien je l'aime. Et à l'heure actuelle, la seule façon que j'ai de le lui montrer, c'est de faire prospérer l'entreprise qu'il a créée.

Elle acquiesça avec empathie, l'idée d'être fâchée avec sa famille lui paraissant inconcevable.

– Viens passer le réveillon avec *nous*, suggéra-t-elle.

Elle voulait au moins le lui proposer. Il avait été si gentil avec elle. C'était le moins qu'elle puisse faire.

Il la regarda d'un air interrogateur.

– Je ne voudrais pas gâcher vos moments en famille.

– Ne t'en fais pas pour ça, le rassura-t-elle. Tu ne gâcheras rien. Je suis seule avec ma mère. Ce serait sympa d'avoir du monde à la maison. Et maman adore recevoir… Je te jure, si elle avait assez de pièces, elle ferait chambres d'hôtes juste pour avoir des gens à qui parler. Elle te gavera de biscuits et de cassolettes.

– J'adorerais ça, répondit-il, les coins de ses yeux se plissant de manière adorable, comme à leur habitude.

Et en voyant son regard tendre, elle sut aussitôt qu'elle avait pris la bonne décision et que ce Noël serait peut-être l'un des plus mémorables.

Chapitre 13

– Ta mère m'a dit que tu étais ici quand elle est passée voir mon père, expliqua Naomi par la fenêtre ouverte de son pick-up en s'arrêtant au café après qu'Elizabeth eut accepté sa proposition de passer la chercher. Ils vont bruncher. Tu le savais ? ajouta-t-elle en lui jetant un regard circonspect.

– Oui, répondit-elle en montant dans la cabine. Je l'ai aidée à se préparer.

Sa mère était rayonnante. L'excitation sur son visage la rendait plus jolie que le maquillage.

Naomi remonta sa fenêtre pendant qu'Elizabeth fermait la porte et attachait sa ceinture.

– Je n'ai rien vu venir, reconnut son amie, ce lien entre elles facilitant un peu la conversation.

– Moi non plus.

– Papa a mis de l'eau de Cologne, lança Naomi avec une grimace rigolote.

Elle monta le chauffage et regarda Elizabeth, l'air un peu plus amical qu'avant.

– J'imagine qu'ils sont parfaits l'un pour l'autre, si on y réfléchit.

Elizabeth connaissait Travis depuis toujours et elle l'adorait, mais elle l'avait toujours considéré comme le meilleur ami de son père, rien de plus.

– Tu crois ?

– Oui. Ils aiment tous les deux travailler à la ferme. Ils peuvent parler de tout, du calendrier des cultures aux possibilités de développement. C'est papa qui a eu l'idée de planter de nouveaux pommiers. Il a même aidé les ouvriers à les mettre en terre.

– Oh, ouah. Maman ne me l'avait pas dit.

Savoir que sa mère pouvait compter sur quelqu'un la rassurait.

– Je crois qu'elle est encore un peu intimidée par tout ça, expliqua Naomi en sortant du parking. En parlant de rendez-vous galant, Ray m'a dit qu'il t'avait aidée à dégager la voiture de Monsieur le Citadin chez *Mama Jane's*.

Elle mesura Elizabeth du regard.

– Et quand j'ai reçu ton texto, ta mère était en train de raconter à papa que ton nouveau soupirant passait Noël chez vous.

– Il est gentil, c'est tout. Et il est seul pour les fêtes.

Mais Elizabeth craignait que son amie ne la perce à jour.

– Il part dans quelques jours, de toute façon, ajouta-t-elle.

– Je te taquine, répondit Naomi en secouant la tête, ses nattes blondes se balançant sous sa casquette de base-ball.

– On dirait Ray, dit Elizabeth, tandis que Naomi sortait de Mason's Ridge pour se diriger vers le cabinet d'avocats Pierce and Hughes dans la ville voisine de Riverbend.

– Comment ça ? demanda-t-elle en lui jetant un coup d'œil avant de regarder à nouveau la route.

– Il m'en a fait baver au sujet de Paul. J'ai l'impression que tout le monde en parle…

– Parce que c'est le cas, répondit Naomi en prenant la bretelle d'accès à la route nationale.

– Vraiment ?

– Vous êtes tous les deux des citadins, et beaucoup de citadins rôdent dans le coin, ces derniers temps. Tu sais que l'autre jour, un type a arrêté papi dans la rue quand il l'a entendu parler de la ferme ? Il lui a carrément demandé s'il voulait la vendre, sans l'avoir vue. Il voulait subdiviser les terres pour les vendre au détail, et il avait entendu que notre ferme était au bord de la grande route.

– C'est dingue.

– Et à la seconde où *tu* rentres de New York après une si longue absence, tu n'as d'yeux que pour le premier étranger que tu croises. Les gens en parlent, et ça ne leur plaît pas. Ils espéraient retrouver l'enfant chérie du pays, mais on dirait que tu préférerais être n'importe où, sauf ici.

Quand elle était rentrée à Mason's Ridge, Elizabeth n'avait aucune idée de ce qu'elle allait faire, mais partir lui semblait inenvisageable à présent.

– Ce n'est pas du tout ça, répliqua-t-elle, sur la défensive. Je suis vraiment heureuse d'être de retour. À tel point que j'envisage de rester. Pour de bon.

Naomi la fixa, bouche bée, une lueur d'espoir passant dans ses yeux méfiants, puis le mur qu'elle avait érigé entre elles pour ne pas souffrir se dressa à nouveau.

– Ce n'est pas *moi* que tu dois convaincre. Tu sais ce qu'on dit : ne leur dis pas qu'ils ont tort, prouve-leur.

Elizabeth regarda par la fenêtre, réfléchissant à la situation. Elle le ferait. *Si* elle réussissait à regagner leur confiance. Après tout, elle avait quitté cette ville plus de dix ans auparavant et n'avait jamais vraiment repensé au passé jusqu'à maintenant. Ils la voyaient comme une étrangère, mais ils ne savaient pas que, depuis son retour, elle avait de plus en plus le sentiment que sa place était ici.

Naomi monta un peu le son de la radio, qui passait une version country de « We Wish You a Merry Christmas » qu'Elizabeth ne connaissait pas.

– Je sens que j'ai touché la corde sensible, mais, si je peux dire une chose avant qu'on ne change de sujet, c'est que tu as le droit d'être qui tu veux et de craquer pour qui tu veux. Ça ne regarde que toi. Tant que c'est ce que tu veux, toi.

Elle changea de vitesse comme une pro, se frayant un chemin à travers les collines.

– Moi, je n'ai jamais quitté Mason's Ridge, parce que je suis heureuse ici.

Elizabeth prit à nouveau conscience du fait que la situation avait aussi affecté Naomi. Son absence avait touché les gens qui l'aimaient. Naomi s'était clairement sentie abandonnée. Mais ses amies de New York ? Elles ne ressentaient certainement pas la même chose.

– Je suis désolée de t'avoir laissée et de ne pas t'avoir donné de nouvelles, s'excusa-t-elle en regardant son amie, qui avait été là pour elle pendant toutes ces années. Je… je ne sais pas pourquoi je me suis laissé accaparer par cette vie, au point de tout laisser derrière moi, y compris les gens que j'aime. Je ne le referai jamais.

Naomi s'arrêta à un panneau stop et se tourna vers elle.

– Je te crois. J'ai attendu que tu m'appelles. Je pensais que tu aurais sûrement envie de me raconter ce que ça faisait de vivre dans un château et de porter tous ces diamants…

Elle s'autorisa un sourire, qui disparut vite.

– Tu étais une princesse à mes yeux, et ma meilleure amie.

Les larmes brûlaient les yeux d'Elizabeth, et elle hocha la tête, incapable de parler, craignant d'éclater en sanglots dans ses bras.

– Tu ne méritais pas ça, dit-elle au bout d'un moment, quand elle en trouva le courage. Aucun mot ne peut réparer ça.

Naomi mit le pick-up au point mort et tendit les bras pour les passer autour de son cou. Et les larmes commencèrent à couler.

– Je suis tellement désolée, sanglota Elizabeth sur son épaule.

– Mais on peut rattraper le temps perdu, hein ? dit Naomi avec une élégance infaillible.

– Je ferai en sorte de me rattraper. Tous les jours.

Elle sortit un mouchoir de son sac à main pour s'essuyer les yeux, tâchant de se remettre de ses émotions, et elles se remirent en route jusqu'à Riverbend Le cabinet d'avocats se nichait dans l'artère principale, où une foule de gens faisaient leurs achats de Noël, marchant avec difficulté sur les trottoirs enneigés. Le père Noël se faisait prendre en photo à l'autre bout de la rue. Naomi se rangea sur le côté.

– Une fois que j'aurai dissipé le malentendu au sujet de la ferme, on pourrait peut-être faire un peu de shopping ? Il faut que je trouve un cadeau pour ma mère, dit Elizabeth pour tâter le terrain.

– Je vais jeter un œil aux boutiques pour trouver les meilleures idéees pendant que tu es à l'intérieur, accepta Naomi d'un ton hésitant, pour son plus grand bonheur. Envoie-moi un texto quand tu auras fini.

– Je ne devrais pas en avoir pour longtemps.

Elizabeth se dirigea vers le cabinet d'avocats, pénétra à l'intérieur et prévint la dame à l'accueil qu'elle avait rendez-vous avec Shirley Clark.

La réceptionniste appela sur le poste de l'avocate pour la prévenir de son arrivée, et l'intéressée, une femme aux cheveux bruns vêtue d'un élégant costume deux-pièces, vint la chercher.

– Ravie de vous rencontrer, dit-elle en lui tendant la main. Elizabeth ?

La jeune femme lui serra la main.

– Shirley Clark. Suivez-moi.

Elizabeth l'accompagna dans le couloir jusqu'à un petit bureau, où elle s'assit dans le fauteuil en face d'elle.

– Alors, vous êtes ici pour discuter de la propriété de Crestwood Farm, à Mason's Ridge, c'est bien ça ? demanda l'avocate en enfilant une paire de lunettes rouge vif avant de fouiller dans ses dossiers.

– Oui, madame. Il y a eu un genre de méprise. Ma famille possède ces terres depuis plusieurs générations.

Mme Clark pinça les lèvres en lisant le papier qu'elle avait à la main.

– J'ai l'acte notarié sous les yeux, qui indique que les terres appartiennent à Worsham Enterprises. Et je me suis de nouveau entretenue avec le représentant de la société pour confirmer l'adresse de la propriété en question : 247 Pinetop Lane.

C'était la ferme de sa grand-mère.

– Comment est-ce possible ?

– Votre mère s'appelle bien Loretta Holloway ?

– Oui.

Mme Clark regarda Elizabeth par-dessus ses lunettes.

– Worsham n'a appris l'existence de ces terres que récemment. Quand votre mère a voulu remplir les papiers pour hériter de la ferme, le bureau du comté a prévenu le représentant de Worsham que quelqu'un prétendait en être le propriétaire. Le porte-parole de l'entreprise ne savait même pas qu'il la possédait jusque-là. C'est à ce moment-là qu'ils nous ont appelés, expliqua-t-elle en lui tendant l'acte.

Elizabeth parcourut le jargon juridique, relisant bien l'adresse. Il n'y avait aucune autre maison sur Pinetop Lane. Celle de Percy était sur Magnolia Lane, et Beatrice vivait sur Putnam Road. Elle examina le sceau sur le document.

– Est-ce que ça pourrait être un faux ? se demanda-t-elle à voix haute, essayant de démêler la situation.

Mme Clark secoua la tête.

– Il a été enregistré officiellement, et aucun autre document ne témoigne d'un changement de propriétaire.

– Comment mes grands-parents auraient-ils pu payer des impôts fonciers sur la ferme, s'ils n'en étaient pas propriétaires ?

Mme Clark cliqua sur quelques touches sur son ordinateur.

– Eh bien, il semble que la propriété soit exonérée d'impôts, puisque les terres sont utilisées à des fins agricoles. Mais des impôts ont été payés par le passé par M. William Worsham, apparemment.

Elizabeth avait du mal à comprendre.

– Mais mes grands-parents s'en seraient rendu compte si quelqu'un d'autre s'acquittait de la taxe foncière à leur place, non ?

Mme Clark haussa les épaules.

– Je ne peux pas répondre à cette question.

– Enfin, qu'ils aient été au courant ou non, si M. Worsham payait la taxe foncière, c'est qu'il savait que quelqu'un y vivait. Pourquoi veut-il qu'on s'en aille maintenant ? demanda-t-elle, ébranlée.

– Je ne peux pas vous répondre non plus. Mais j'imagine qu'il a d'autres projets pour ces terres. Le rezonage a été accepté, il a besoin que la propriété soit libérée.

– Le rezonage ?

– Oui, l'usage de la zone a été reclassé de rural à commercial, clarifia l'avocate.

– Ça n'a aucun sens, dit Elizabeth en lui redonnant le document, un nœud à l'estomac. La ferme nous appartient. C'est obligé.

L'avocate appuya sur d'autres touches.

– Si l'acte notarié est au nom de l'entreprise et qu'il y a un historique fiscal, les terres appartiennent légalement à Worsham Enterprises. Vous devez chercher si vous avez en votre possession des documents qui stipulent le contraire. Et si vous trouvez quelque chose, je vous conseille aussi de prendre un avocat de votre côté, parce que les projets avancent vite.

Le cerveau d'Elizabeth tournait à cent à l'heure.

– Je suis sûre qu'on doit avoir quelque chose…

Mme Clark eut un mouvement de tête compatissant.

– Je suis désolée pour vous. J'ai grandi ici, moi aussi, et je suis consciente de ce qui se passe dans la région, dit-elle en croisant les mains. Rentrez chez vous et essayez de voir ce que vous avez comme documents, pour commencer.

Elizabeth resta immobile, sans voix.

– Avec la croissance dans la région, le prix des terres s'envole, et ce genre de dossier atterrit plus souvent qu'avant sur mon bureau. Ils peuvent construire des biens immobiliers de premier ordre ici.

– De combien de temps disposons-nous ? demanda Elizabeth, qui avait toujours du mal à accepter cette nouvelle.

Mme Clark eut une moue désolée.

– Ils vous laissent les vacances, puis ils commenceront à devenir agressifs.

Elizabeth en perdit le souffle. Elle dut se forcer à respirer l'air parfumé du bureau.

– Est-ce que vous savez en quoi ils vont rezoner ? demanda-t-elle, la voix subitement étranglée.

– On m'a dit qu'ils prévoyaient quelque chose dans le secteur hôtelier.

Puis elle se pencha vers elle, lui parlant moins comme une avocate que comme une habitante de la région.

– Il faut que vous trouviez un document qui prouve que cette propriété est à vous pour pouvoir contester cette décision, ou j'ai bien peur que vous ne deviez chercher un autre domicile.

La gravité de la situation accabla Elizabeth. Il y avait forcément un moyen d'arranger ça.

– Y aurait-il quelqu'un que je pourrais contacter pour découvrir ce qui se passe ?

– Je ne peux pas vous donner de numéro de téléphone sans permission, cela enfreindrait notre politique client. Mais je peux leur transmettre un message, pour leur demander de vous contacter ou de nous autoriser à vous communiquer une réponse. Est-ce que je peux vous joindre au numéro avec lequel vous nous avez appelés ?

– Oui, merci.

– Ce sera après les fêtes, la prévint Mme Clark. Leurs bureaux sont déjà fermés.

Elizabeth hocha la tête et sortit, quittant le bureau de l'avocate dans une sorte d'état second. Elle marcha sur le trottoir bondé sans prêter attention aux passants, une question occupant toutes ses pensées : devait-elle annoncer cette nouvelle à sa mère deux jours avant Noël ? Comment pourraient-elles s'amuser ou passer des fêtes normales avec cette menace au-dessus de leurs têtes ?

Si, pour une raison inconnue, ce William Worsham possédait bel et bien les terres, les ouvriers agricoles perdraient leur emploi. Tous ceux qu'elle connaissait à Mason's Ridge devraient vivre à côté d'un complexe hôtelier animé. Sa mère et elle n'auraient nulle part où aller. Sa mère ne savait rien faire d'autre, elle lui avait dit elle-même qu'elle s'effondrerait. Elle n'avait pas l'argent nécessaire pour acheter un autre bien, et Elizabeth n'avait pas assez d'économies pour l'aider.

Elle n'avait encore vu aucun document dans la maison. C'est sa mère qui avait appelé pour obtenir l'acte notarié, elle ne devait donc pas avoir les documents nécessaires pour revendiquer la propriété de la ferme…

– Hé, la voix de Naomi la sortit momentanément de ses pensées. J'ai trouvé une super petite boutique qui vend des produits de beauté. Ta mère adorerait.

Puis elle s'interrompit, remarquant le comportement de son amie.

– Attends une minute. Ça n'a pas l'air d'aller.

– Ça ne cadre avec aucun des scénarios que j'envisage, répondit Elizabeth, poursuivant sa réflexion à voix haute. Mais il est possible que la ferme ne nous appartienne pas, en réalité.

– Comment ça ?

Elizabeth résuma ce que l'avocate lui avait dit.

– Ça n'a aucun sens, commenta Naomi en croisant les bras avant de sortir son téléphone. Laisse-moi appeler mon grand-père pour voir s'il a déjà entendu parler de ces gens.

Elle composa le numéro, et elles se mirent sur le côté pour éviter la foule.

– Salut, papi, dit-elle en se bouchant l'oreille, la tête penchée. Est-ce que tu connais un certain…

Elle interrogea Elizabeth du regard.

– William Worsham.

Naomi répéta le nom et promena son regard sur le trottoir à leurs pieds tandis qu'elle écoutait la réponse de son grand-père.

– Jamais ? Tu es sûr ? D'accord… Ce n'est rien. Je te raconterai en rentrant. Merci, papi.

Elle raccrocha et regarda son amie.

– Il dit qu'il n'a jamais entendu parler de lui.

– Mais qui c'est ce type ? demanda Elizabeth, perplexe.

Or elle savait qu'elle ne pouvait rien faire pendant les vacances. L'avocate elle-même lui avait dit qu'ils ne réquisitionneraient la ferme qu'après Noël. Au vu des nouvelles, elle était déterminée à ce que sa mère passe les meilleures fêtes de sa vie.

– Je ne veux pas que maman n'ait aucun cadeau à déballer.

– Je suis d'accord, répondit Naomi, à l'évidence toujours inquiète. Qu'est-ce que tu vas lui dire ?

– Rien. On ne va rien lui dire. Et je trouverai un moyen d'arranger ça.

Sur ce, les deux amies se frayèrent un chemin à travers la foule, Elizabeth s'efforçant de ne pas s'appesantir sur le fait que ce Noël pourrait bien être le dernier à la ferme.

– C'est moi ! lança Elizabeth en entrant dans la maison, des sacs de shopping dans chaque main.

– Comment s'est passé ton rendez-vous chez l'avocate ? demanda sa mère depuis sa chambre pendant qu'elle posait ses sacs au pied du sapin.

– Ils ne pourront pas nous renseigner avant la fin des vacances.

Elle n'avait tout bonnement pas le cœur de lui dire pour la ferme. Pas encore. Elles méritaient de passer de belles fêtes toutes les deux.

– Ça alors, ma chérie ! s'exclama Loretta en arrivant dans le couloir. Qu'est-ce que c'est que tout ça ?

– Des cadeaux de Noël, répondit-elle en sortant les paquets aux couleurs vives des sacs pour les disposer sous le sapin.

– Quelqu'un a gagné à la loterie, ou quoi ? demanda Loretta, les yeux ronds, en examinant les cadeaux, retournant la petite étiquette en carton accrochée par un ruban sur chacun d'eux. Ils sont tous pour moi ?

– Oui.

Elizabeth continua à déballer ses présents, qui s'accumulèrent au pied de l'arbre.

– Je voulais qu'on passe le plus beau des Noëls, cette année, expliqua-t-elle en se redressant avant de poser ses mains sur ses hanches et d'admirer son œuvre.

Sa mère couva les cadeaux d'un regard attendri.

– En parlant de ça, je sais à quel point tu aimes recevoir du monde, et Paul était tout seul pour Noël. Alors je l'ai invité… Vois ça comme un cadeau pour chacun de vous.

Sa mère haussa les sourcils.

– Et toi ? Vas-tu avoir un seul cadeau, cette année ?

– Je n'en ai pas besoin. J'ai déjà le plus beau des cadeaux : pouvoir passer les fêtes avec toi.

Sa mère la serra affectueusement dans ses bras.

– Et Paul, ajouta-t-elle en se reculant.

– Je pensais que ça ne te dérangerait pas qu'il vienne. Tu m'as dit que tu aimerais que la maison soit pleine.

– Bien sûr que ça ne me dérange pas. Et je suis contente de rencontrer la personne avec laquelle tu passes du temps, répondit sa mère en reposant le cadeau qu'elle regardait sous le sapin. On devrait ajouter des décorations avant qu'il ne vienne. Qu'est-ce qu'il nous reste à faire ?

Elizabeth prit la main de sa mère.

– Pour l'instant, allons au stand de Percy pour voir si on peut trouver des feuillages pour le porche… C'est moi qui offre !

– Et du gui ! s'exclama Loretta en la faisant tournoyer.

Elizabeth s'immobilisa.

– Du gui ? À quoi ça va servir ?

– C'est juste… si festif, s'esclaffa sa mère. Il y en a un plein présentoir au stand de Percy. Je veux que ce soit Noël du sol au plafond à la maison !

Elle se mit à danser dans la pièce.

– On va mettre des chants traditionnels à fond, porter des pulls rouges et cuisiner toutes les recettes de biscuits de maman. Puis on invitera toutes nos connaissances. Ce sera le Noël le plus mémorable de notre vie.

Ce programme plaisait à Elizabeth.

– Alors, en route pour le stand de sapins ?

Sa mère attrapa son manteau.

– Absolument. J'ai le sentiment que ce Noël va être inoubliable.

– Je l'espère, répondit Elizabeth. Je l'espère.

Chapitre 14

Percy les salua de la main. Il était à l'intérieur d'un petit chalet rouge installé au bout des allées de sapins, doté d'une ouverture et d'un comptoir sur lequel était posée la caisse. Son corps longiligne était caché sous un immense manteau pour le protéger du froid hivernal.

– Salut, Percy ! l'appela Loretta en lui faisant de grands signes.

– Hé, bonjour, dit-il en regardant Elizabeth. Naomi est contente que tu sois de retour, tu sais.

Elizabeth vouait une affection si profonde à son amie qu'elle déborda de joie.

– Ça fait plaisir à entendre.

– Alors, qu'est-ce que je peux faire pour vous ?

– On est là pour acheter tous tes feuillages décoratifs, répondit Loretta.

– Sacré projet ! lança-t-il avec un petit rire qui prit naissance dans sa poitrine avant de passer ses lèvres.

Il sortit pour les rejoindre à côté d'un sapin majestueux.

– Qu'est-ce que vous cherchez ?

– Je veux recouvrir la balustrade du porche de végétation et accrocher de gros nœuds rouges autour de chaque poteau.

Et je veux une couronne pour chaque fenêtre… Il y en a dix en tout, compta-t-elle sur ses doigts. Et je voudrais, disons, tes six plus gros bouquets de gui !

– Tu as abusé des biscuits de Beatrice, ou quoi ? Elle fait une overdose de sucre ? ajouta-t-il en se tournant vers Elizabeth.

– Je suis juste habitée par l'esprit de Noël, répliqua Loretta en virevoltant autour de lui, lui tirant un nouvel éclat de rire.

– Je pourrais difficilement t'en vouloir, répondit-il en se dirigeant vers le gui d'un pas traînant. Choisissez vos bouquets, et je vous les emballerai.

Il héla Naomi, qui venait de monter dans son pick-up à l'autre bout du stand. Elle roula vers eux, les phares évoquant deux rayons de soleil jaunes sur la neige.

– Tu m'as appelée, papi ? demanda-t-elle par la fenêtre en s'arrêtant à leur niveau.

– Oui. Tu peux aider ces deux-là à transporter la moitié du stand chez Loretta ?

Naomi coupa le moteur et descendit d'un bond.

– Je ne poserai même pas de questions, dit-elle en regardant les bouquets de gui dans les bras d'Elizabeth. Je retire ce que je viens de dire. Je ne vais pas me gêner. Est-ce que c'est pour Monsieur le Citadin, tout ça ?

– Absolument pas, répondit Elizabeth en posant les bouquets sur le comptoir du petit chalet rouge. C'est maman qui les voulait.

Naomi se tourna vers Loretta.

– Vous me faites des cachotteries avec papa, ou quoi ?

Loretta éclata de rire et s'empourpra.

– C'est juste tellement beau avec ces cascades de rubans, répondit-elle en attrapant un bouquet pour laisser pendre le ruban argenté, admirative. Pour la première fois depuis longtemps, j'ai le sentiment que tout va s'arranger.

Elizabeth lui sourit, mais elle croisa le regard de son amie et, tout au fond d'elle, craignit que ce ne soit pas le cas. Elle refusait malgré tout d'y penser. À la place, elle pria intérieurement pour que sa grand-mère l'aide à trouver une solution.

– Tenez-moi ce bout, dit Loretta, son haleine fumant devant elle.

Elizabeth et Naomi maintinrent les feuillages en place sur la balustrade du porche, pendant que Loretta les fixait avec du fil de fer. Naomi était restée pour les aider à décharger leurs achats et leur avait proposé de leur prêter main-forte pour la décoration.

– C'est magnifique, commenta-t-elle en sautant sur le sol enneigé pour admirer les festons de verdure surmontés de nœuds rouges.

Loretta grimpa à l'échelle et accrocha un bouquet de gui au-dessus de la porte d'entrée, ses rubans pendant au-dessus de leurs têtes comme des serpentins.

– Je suis d'humeur festive. Et frigorifiée, dit-elle en redescendant. Rentrons pour trouver d'autres endroits où accrocher tout ce gui.

Elizabeth ne pouvait nier que l'effervescence qui régnait en cette saison semblait remonter le moral de sa mère et elle s'en réjouissait.

Quand elles eurent accroché du gui au-dessus de chaque porte, Naomi mit ses mains sur ses hanches.

– Eh bien, la maison est un vrai piège à baisers. Qui est-ce qu'on appelle pour tester ?

– On n'a pas le temps de tester. On a des biscuits de Noël et un Lazy Daisy à préparer, répondit Loretta.

Elle alluma la radio et entreprit d'ouvrir les placards, des chants de Noël en fond sonore.

Elizabeth passa les ingrédients en revue, de plus en plus excitée.

– Attends, du beurre de cacahuètes ? demanda-t-elle en se léchant les lèvres. Est-ce que tu comptes faire tes fameuses truffes en chocolat fourrées au beurre de cacahuètes ?

– Absolument ! répondit sa mère avec entrain.

– Ooh ! Je m'en souviens ! s'exclama Naomi, les yeux pétillants. On en mangeait jusqu'à avoir mal au ventre, tu te rappelles, Liz ?

– Oui, je me rappelle, répondit-elle, profitant pleinement de ce moment en compagnie de deux de ses personnes préférées au monde.

Les deux copines s'attelèrent à la tâche, chacune d'un côté de Loretta, et tout revint à Elizabeth : elle tamisa la farine, pesa le sucre et mélangea le chocolat comme si ces onze dernières années n'avaient jamais existé. Et plus ça allait, plus elle se demandait comment elle avait pu s'en passer aussi longtemps.

La table de la cuisine ployait sous les plats de friandises. Il faisait nuit noire dehors. Des truffes en chocolat, des biscuits au sucre recouverts du glaçage royal maison de Loretta, des sablés à la confiture de framboises, des bonshommes en pain d'épices, des boules de neige à la noix de pécan ou à la menthe, des cookies moelleux à la cannelle, d'autres à l'orange et aux canneberges, recouvraient chaque centimètre de la table. Elizabeth, Loretta et Naomi s'affalèrent sur le canapé.

– Je n'en reviens pas qu'on ait fait tout ça, remarqua Naomi en bâillant avant d'appuyer sa tête contre le canapé, de la farine sur les joues. Quelle heure est-il ?

– Presque minuit, répondit Elizabeth en regardant sa montre.

– Ça vous dérange si je reste dormir ?

– Bien sûr que non, répondit Loretta, son visage s'illuminant malgré sa fatigue évidente. Je vais gonfler les vieux matelas pneumatiques, et on pourra dormir toutes les trois dans le salon, comme au bon vieux temps.

– Pas la peine de gonfler les matelas, répondit Elizabeth.

Elle se remémora les nuits qu'elles avaient passées en chemise de nuit avec Naomi, blotties l'une contre l'autre près du feu. Sa mère leur tressait les cheveux, puis rassemblait tous les édredons de la maison pour les emmitoufler dedans. Ces soirées figuraient parmi les meilleurs moments de sa vie, réalisait-elle à présent, et cette journée en compagnie de son amie avait été tout aussi merveilleuse.

– Ça va être marrant, poursuivit Loretta, la tête déjà dans le placard du couloir pour sortir des couvertures.

Elles déplacèrent la table basse, ajoutèrent quelques bûches dans le feu, gonflèrent les matelas et firent les lits, puis Loretta se pelotonna sur le canapé tandis qu'Elizabeth et Naomi se glissaient sous les couvertures, par terre.

– J'ai le sentiment qu'il nous faut une histoire pour s'endormir, les taquina Naomi. Est-ce que l'une de vous en connaît une bonne ?

Elizabeth se rassit et tendit le bras pour attraper le paquet d'enveloppes sur la table basse.

– On a les lettres de mamie, suggéra-t-elle.

Naomi s'appuya sur un coude.

– Oh, oui. Lisons-en une ou deux.

Elizabeth lui expliqua l'amitié naissante entre ses grands-parents et ce que racontaient les dernières lettres. Puis elle ouvrit la suivante.

– Oh, celle-ci est de papi.

Loretta et Naomi se rapprochèrent, et elle commença à lire :

10 décembre 1944

Ma chère Harriet,

Cette guerre m'amène à remettre en cause mes choix de vie et plus j'y pense, plus j'ai envie d'une existence plus paisible. Tu dis adorer les Smoky Mountains, et je me demandais si, quand je rentrerai à la maison, tu accepterais de me faire visiter la région pour que je voie si ce serait un bon endroit où m'installer.

J'aimerais beaucoup voir les choses merveilleuses dont tu parles : les champs de pommiers vallonnés, les ruisseaux qui gazouillent, le soleil éternel – le soleil me manque tant… Les bombes couvrent le ciel d'un nuage gris et, avec le temps hivernal, l'Europe est sombre et déprimante.

J'espère avoir bientôt des nouvelles de Jimmy. Dès que ce sera le cas, je lui dirai qu'il te manque, et je sais que tu lui manques, toi aussi.

Roger

– Je le vois venir, lança Naomi en remuant les sourcils. Ce bon vieux Roger a des vues sur la copine de Jimmy.

Elizabeth fit un grand sourire et plia la lettre avant de la ranger dans la pile.

– Papi n'aurait jamais… Je suis sûre que leur amitié était innocente.

– Eh bien, on attendra pour le savoir, dit Loretta. Il est tard, on a besoin de sommeil pour être belles.

– Pour être *belles* ? la taquina Elizabeth.

Sa mère croisa les bras d'un air malicieux.

– Le travail ne va pas se faire tout seul, et on a des livraisons de biscuits demain.

Elle éteignit la lampe, plongeant la pièce dans l'obscurité. Seul le feu rougeoyait dans l'âtre.

Les paupières lourdes, Elizabeth songea qu'elle n'aurait pas passé une meilleure soirée. Chassant toutes ses inquiétudes de son esprit, à la lueur vacillante des flammes, dans l'air embaumé des odeurs de sucre et de cannelle, elle tomba lentement dans les bras de Morphée, de retour dans la maison familiale, à côté de ses personnes préférées.

Chapitre 15

– Souhaite un joyeux Noël à Percy de notre part, dit Loretta en se levant de table et en tendant une assiette de biscuits à Naomi par-dessus les restes de leur petit déjeuner. Je passerai voir Travis tout à l'heure.

Naomi traversa le salon pour prendre l'assortiment de biscuits.

– Je le leur dirai, répondit-elle en étreignant Loretta d'une main, tenant l'assiette dans l'autre.

Elizabeth ouvrit la porte ; l'air glacial la fit frissonner.

– Je suis contente que tu sois restée.

– Moi aussi, répondit Naomi en tendant les bras pour l'enlacer.

Elizabeth la serra fort, si heureuse d'avoir retrouvé son amie.

– À plus tard, lança-t-elle, le cœur léger.

Naomi lui fit au revoir de la main, puis descendit les marches avec ses biscuits.

– Eh bien, c'était sympa, commenta Loretta quand Elizabeth referma la porte derrière Naomi.

La jeune femme regagna le centre de la pièce et laissa courir sa main sur les couvertures pliées.

– C'était exactement comme quand on était petites.

– Est-ce que tu veux une autre tasse de café pendant qu'on prépare les pochettes cadeaux pour les voisins ?

– Oui, je veux bien, répondit-elle, souhaitant savourer ce moment.

Elle suivit sa mère dans la cuisine, se lava les mains et attrapa les sachets en papier que sa grand-mère conservait dans le tiroir, ainsi que la bobine de ruban qu'elle avait achetée pour emballer le cadeau de Beatrice. Puis elle rapprocha une chaise de la table et découvrit les plats de biscuits pendant que sa mère préparait le café.

– Naomi a fait une bonne saison au marché de producteurs, l'automne dernier, raconta Loretta en jetant un coup d'œil à la pommeraie tout en remplissant la cafetière de café moulu, dont l'arôme riche flotta jusqu'à Elizabeth. Je me demande si on ne devrait pas s'acheter un pick-up pour pouvoir emporter plus de pommes.

Elle sortit deux tasses du buffet, qu'elle garda à la main, perdue dans ses pensées, fixant le plafond.

– Mais ce ne serait pas rentable. Le pick-up coûterait plus cher que ce qu'il pourrait nous rapporter… C'est tellement dur à déterminer. Ça me dépasse.

– Et les ventes de coton ? s'enquit Elizabeth en mettant un sablé dans chaque sachet. Ça rapporte toujours bien.

– Pas assez. Et le foin, c'est pire. Surtout avec le développement de la région.

Elizabeth songea au nom sur l'acte de propriété, mais elle refusait de s'inquiéter. Assise à la table, entourée de tous ces biscuits et bons souvenirs, elle décréta qu'il était hors de question de laisser quelqu'un leur prendre la ferme. Elle s'allongerait par terre et refuserait de partir, s'il le fallait.

– Il n'y a plus autant de fermes pour nous acheter nos produits, poursuivit sa mère. J'essaie de trouver une idée pour nous faire gagner plus d'argent.

– Quand est-ce que tu dois commander les graines pour la saison prochaine ? s'enquit-elle, se demandant si elle pouvait stopper le rezonage et garder la ferme.

Elle trouverait une solution. Il le fallait.

Loretta lança la cafetière et s'approcha de la table armée de son bloc-notes et d'un crayon.

– On a le temps, répondit-elle en prenant une feuille blanche afin de calculer le nombre de graines nécessaires pour la superficie de l'exploitation, avant de se mordre la lèvre. Mais je ne sais pas quoi faire.

Elizabeth glissa deux biscuits au sucre dans un sachet.

– Il faut qu'on innove, dit-elle en prenant un autre sachet et en se creusant les méninges, à la recherche de pistes.

Si elle élaborait un plan avec sa mère, l'univers leur donnerait peut-être un coup de main et les aiderait à garder tout ce pour quoi elles avaient travaillé.

– Comment ça, « qu'on innove » ? Qu'est-ce qu'on pourrait faire avec les récoltes, à part les vendre au marché ?

Elizabeth repensa à son expérience des ventes aux enchères caritatives, s'efforçant de trouver une idée. Tout à coup, ça fit tilt.

– Et si je te créais un site internet pour proposer des produits de la ferme en vente directe ?

– Comment veux-tu que je gère un site internet ? Je ne sais même pas me servir de la télécommande.

Elizabeth éclata de rire.

– Je pourrais t'aider.

La cafetière bipa, signalant que le café était prêt, et Loretta se leva.

– Et à quoi ça servirait ?

Elizabeth mit d'autres biscuits dans les sachets, creusant cette idée, de plus en plus excitée à mesure qu'elle prenait forme dans son esprit. Les étoiles étaient peut-être en train de s'aligner, comme elle l'espérait. Elle en avait des frissons.

– Les gens qui n'habitent pas loin pourraient choisir l'heure à laquelle venir récupérer des œufs, des pommes, des légumes…

Sa mère se retourna et hocha lentement la tête, les lèvres pincées, réfléchissant, et son intérêt encouragea Elizabeth à laisser sa créativité s'exprimer. C'était le genre de choses qu'elle avait entrepris avec ses associations caritatives, avant que Richard ne prenne le relais. Pourtant, dans ce contexte, elle voyait les idées se former sous ses yeux et elle s'imaginait en train de travailler à la ferme avec sa mère. Il fallait que cela arrive. Comme un cadeau de Noël tombé du ciel. Il le *fallait.*

– Et si on ouvrait aux visiteurs ? Les gens pourraient venir caresser les chèvres, poursuivit-elle. On pourrait proposer du fromage, servir du vin aux adultes et du jus de pommes fraîchement pressées aux enfants.

Les yeux de Loretta se mirent à briller, et elle revint vite s'asseoir à la table.

– J'adore cette idée, répondit-elle en la griffonnant dans son bloc-notes. Et si on ne plantait pas du foin, mais plutôt un jardin d'herbes aromatiques et un potager pour développer cette idée de vente directe ? Les gens pourraient pique-niquer sur place…

Elle entoura d'un cercle le nombre de graines qu'elle venait de noter, puis le barra d'une croix.

– Exactement, acquiesça Elizabeth. On pourrait vendre des herbes aromatiques séchées pour la cuisine. Et en mettre dans de la cire, pour fabriquer des bougies, des choses comme ça.

– Et, avec Naomi, vous pourriez sortir les chevaux et organiser des balades, pour apprendre aux enfants à monter, comme vous, quand vous étiez petites, ajouta Loretta, le regard pétillant en notant leurs idées. Vous partageriez les bénéfices.

Elizabeth se sentait de plus en plus déterminée. Les choses prenaient forme.

– J'ai dix mille dollars, dit-elle, euphorique, sa peau la picotant, toujours persuadée que tout finirait par s'arranger. On pourrait installer des auvents, des tables de pique-nique, de grandes balancelles avec vue sur la vallée. On pourrait proposer aux gens de cueillir eux-mêmes leurs pommes…

La cafetière bipa à nouveau, et Loretta fit une petite pirouette avant d'aller leur servir une tasse, son plaisir évident.

– La maison serait pleine ! s'exclama-t-elle avec un soupir enthousiaste.

– Oui !

Elizabeth n'avait plus aucun doute : elle était *exactement* là où elle devait être.

– En parlant de maison pleine, tu pourrais inviter Paul dès ce soir. Je pourrais nous préparer un rôti et des pommes de terre pour le dîner.

– Je vais l'appeler.

Pleine d'entrain, elle attrapa son téléphone et composa son numéro.

Trois sonneries retentirent avant qu'il ne décroche.

– Salut, c'est Elizabeth, dit-elle quand il répondit, le son de sa voix aussi doux que de la musique à ses oreilles.

– Oh, salut, répondit-il d'un ton traînant.

– Ça va ?

Il poussa un profond soupir.

– Oui, désolé. Les investisseurs m'en font voir de toutes les couleurs. Le temps, c'est de l'argent.

– Mais ce sont les fêtes. Tu peux sûrement prendre un ou deux jours de congé.

– Je les comprends. Ils ont investi beaucoup de capitaux dans cette affaire, et j'ai pris du retard sur le planning.

– Eh bien, ils peuvent attendre un jour de plus.

– J'espère que tu as raison, répondit-il, mais elle sentit qu'il n'était pas libéré de ce poids.

– Est-ce que tu as envie de venir chez nous pour te changer les idées et te plonger dans la magie de Noël ? demanda-t-elle, espérant lui mettre du baume au cœur. Ma mère a dit qu'elle cuisinerait son rôti aux navets et aux pommes de terre, c'est toujours un délice.

– Ça me semble parfait, répondit-il d'une voix plus légère.

– Je t'enverrai l'adresse. On est là toute la journée.

– Parfait. Je finis juste quelques petits trucs pour le travail, je serai là d'ici deux heures.

– À tout à l'heure.

Elle raccrocha, débordante d'énergie et d'enthousiasme.

– Il sera là d'ici deux heures, répéta-t-elle à sa mère.

– En attendant, on devrait écrire des lettres pour accompagner les biscuits, comme le faisait ta grand-mère, suggéra Loretta. Et on pourrait manger une part de Lazy Daisy.

– Toutes les excuses sont bonnes, la taquina Elizabeth en envoyant l'adresse à Paul avant de poser son téléphone sur la table. Et si on lisait la lettre suivante de mamie ?

– Oh oui, vas-y. Ouvre-la, je vais nous chercher du papier et des stylos. Comme ça, quand la lettre de mamie nous aura inspirées, on pourra écrire les nôtres.

Elizabeth attrapa le paquet d'enveloppes et l'apporta sur la table de la cuisine, pendant que sa mère allait dans sa chambre pour revenir avec une boîte de cartes de vœux, un bloc de papier à lettres et deux stylos-billes. Elle posa le tout entre elles, et Elizabeth commença à lire :

25 décembre 1944

Ma chère Harriet,

Je sais que ce n'est pas le bon moment pour t'apprendre cette nouvelle, mais la guerre se moque des fêtes de fin d'année et de nos proches. Je ne sais pas comment te l'annoncer, mais je tenais à m'en charger moi-même, pour que tu l'apprennes de quelqu'un qui vous aime tous les deux.

Jimmy a été tué au combat.

Je t'ai promis d'être là pour toi et je compte tenir cette promesse. Je suis sincèrement désolé, Harriet. Je suis là, si tu as besoin de moi. Te souhaiter un joyeux Noël me paraîtrait déplacé. Mais je suis sûr que Jimmy en passe un du tonnerre au ciel et qu'il se repose.

Je pense à toi,
Roger

Elizabeth fixa la date de la lettre : le 25 décembre.

– Regarde la date, dit-elle en tournant la feuille pour la montrer à sa mère. Mamie avait l'habitude d'écrire des lettres chaque Noël pour dire aux gens combien elle les aimait.

Et elle les attachait avec un nœud rouge pour symboliser cet amour… Je parie que c'était pour honorer la mémoire de Jimmy, ajouta-t-elle en laissant courir ses doigts sur l'écriture de son grand-père.

Loretta porta une main à sa bouche et parla entre ses doigts :

– On ne connaissait pas leur vraie signification…

– Elle était si forte.

Elizabeth plia la lettre avant de la remettre délicatement dans son enveloppe.

– Je veux en savoir plus, maintenant.

– Ouvre la suivante, l'encouragea sa mère.

En prenant une autre enveloppe, Elizabeth sentait presque sa grand-mère les encourager et elle se demanda si cette dernière n'essayait pas de leur dire quelque chose.

8 avril 1946

Roger,

J'espère que ces petits gâteaux aideront à me faire pardonner mon comportement de l'autre jour, quand tu es venu me voir pour la première fois. Je suis désolée d'avoir craqué. C'est contre la guerre que j'étais en colère, contre ce qu'elle nous a pris… pas contre toi. J'étais ravie de mettre un visage sur celui qui m'a soutenue dans l'adversité. Je suis toujours dévastée par la perte de Jimmy. Et même si je ne t'ai pas donné cette impression, je suis heureuse que ce soit toi qui m'aies annoncé cette nouvelle.

Je n'ai aucune idée de ce que l'avenir me réserve, maintenant. Mon fiancé est mort. Je n'arrive pas à y croire. Je nous imaginais tenir la ferme tous les deux, y couler nos vieux jours.

J'ai l'impression que ma vie m'a été volée et mon avenir est si incertain. Je ne sais plus quoi faire.

Mais je cède au chagrin en t'écrivant, alors que je ne le devrais pas. Je devrais te dire que tu es adorable. Je sais que tu as vécu des choses atroces en Europe, et tu mérites de trouver de la chaleur et de la joie à ton retour. J'aimerais t'inviter à dîner ce soir. Même si aucun de nous n'est prêt à s'amuser, il serait agréable d'être ensemble, unis. Nous savons tous les deux ce que nous avons perdu.

Si c'est trop te demander, je le comprendrai. Mais si tu as envie de me voir, je serai là.

Bises,
Harriet

– Ouah, c'est tellement triste, commenta Elizabeth, sa vision se troublant.

– Il semble logique que ces deux âmes en peine se soient trouvées, répondit sa mère d'une voix étranglée par l'émotion.

– Oui.

Elizabeth remit la lettre dans le paquet.

– J'imagine qu'elle devait se sentir perdue. Mais maintenant, je sais pourquoi elle a su si bien gérer la ferme après la mort de papi. Elle l'avait déjà fait. Est-ce que ses parents géraient la ferme avant elle ? demanda-t-elle après une seconde de réflexion.

– Ils sont morts avant ma naissance, tu sais. Je n'en ai aucune idée.

– J'imagine que oui.

– Ta grand-mère était la plus jeune d'une fratrie de six enfants, et c'était elle qui gérait la ferme, donc je ne suis pas sûre. Ils sont tous morts maintenant…

– On devrait en savoir plus sur notre famille, dit Elizabeth, se promettant de mieux faire à l'avenir. Ils emportent l'histoire familiale dans leur tombe, si on ne la connaît pas.

Loretta hocha la tête, puis redressa les épaules.

– Ce que je sais, c'est que si elle a été capable de s'en occuper seule, je le suis aussi.

– Ou on pourrait le faire ensemble, suggéra Elizabeth, priant pour qu'un miracle se produise et qu'elles puissent garder l'exploitation.

Les yeux de sa mère s'illuminèrent, et elle sut qu'elle avait pris la bonne décision.

– J'y ai beaucoup réfléchi et j'en suis venue à la conclusion que c'est ici que je veux être. Et nulle part ailleurs.

– Oh, Liz, dit Loretta en se penchant vers sa fille pour l'enlacer. Est-ce que tu es sûre ?

Elle se recula.

– Tu ne veux plus découvrir le monde ?

– Rien ne m'en empêche. Et on pourra le faire ensemble, ça aussi. Je préférerais être entourée de ceux que j'aime.

Elle serra sa mère dans ses bras.

– C'est peut-être ce que mamie essaie de nous dire, conclut-elle en agitant le paquet de lettres.

– Peut-être, oui, répondit Loretta, le regard empli d'amour. Elle serait si fière de nous, si elle était là.

– Eh bien, il faut qu'on la rende encore plus fière en écrivant de magnifiques lettres de Noël. Par qui on commence ? Beatrice ?

– Ça me semble être la personne idéale.

Elizabeth prit un stylo.

– Ça te dérange si je l'écris ?

– Pas du tout. Que vas-tu lui dire ?

Elizabeth sourit, se rappelant la nostalgie dans les yeux de la vieille dame chaque fois qu'elle la regardait. Elle plaça son stylo sur le papier et commença à écrire.

– Je vais lui dire qu'elle sera ravie de savoir que j'ai déjà appris quelque chose grâce aux lettres de mamie.

– Ah ? Quoi ?

Elle repensa à ce qu'elle avait fait depuis qu'elle était arrivée à Mason's Ridge – rentrer à la maison, retrouver Naomi… rencontrer Paul. Elle ignorait ce que l'avenir lui réservait, si elle avait une chance avec Paul ou si les projets qu'elles avaient pour la ferme se concrétiseraient, mais elle savait que, tant qu'elle serait fidèle à elle-même et à ceux qu'elle aimait, elle aurait une belle vie.

– J'ai appris qu'on ne peut pas choisir les cartes que nous distribue la vie, mais qu'on peut quand même avoir confiance.

Sa mère sourit.

– Bien dit.

Elle tapa dans ses mains, tout excitée, comme si ce moment l'avait revigorée.

– Ray et Ella peuvent venir demain soir. Ils m'ont dit qu'ils viendraient avec Beatrice, sauf s'il neige trop pendant la nuit. Naomi pourra emmener Percy et son père en pick-up, et Lenny, Sabastian et Harvey passeront peut-être. La maison sera pleine !

– J'aime beaucoup cette idée, répondit Elizabeth, la peur s'insinuant en elle comme elle se demandait où elles risquaient de finir après les fêtes.

Les choses étaient si incertaines qu'elle avait envie de passer chaque minute avec les gens qu'elle aimait.

Quand elle eut fini sa lettre, elle la glissa dans l'une des enveloppes rouges que sa mère avait sorties.

– J'en ai une autre à écrire, dit-elle avant de poser une deuxième feuille de papier devant elle.

– À qui ? demanda Loretta en remplissant d'autres sachets de biscuits.

Le moment était venu d'être totalement honnête avec elle-même, même si elle n'avait pas toutes les réponses.

– Paul Dawson.

Sa mère haussa les sourcils, trois rides se formant sur son front.

Elizabeth savait déjà quel message elle souhaitait adresser à Paul, aussi commença-t-elle à écrire. Loretta se pencha par-dessus son épaule pour lire pendant que son stylo glissait sur le papier.

Mon cher Paul,

Je ne m'attendais pas à te rencontrer ce Noël, mais je suis vraiment ravie que ç'ait été le cas. Grâce à toi, pour la première fois depuis longtemps, j'ai l'impression d'être entendue et… spéciale. C'est le plus beau cadeau que l'on pouvait me faire. Merci.

Joyeux Noël,
Liz

Elle regarda sa signature avec un sourire. Elle ne se faisait plus appeler Liz depuis longtemps, mais c'était important pour elle. Et Paul comprendrait parfaitement ; elle en était presque certaine.

– On dirait que tu as rencontré une personne exceptionnelle, commenta sa mère avec un sourire affectueux.

– Ça se pourrait, répondit Elizabeth, déjà un peu plus optimiste.

– Entre, dit Ray quand Elizabeth arriva chez Beatrice avec un sachet de biscuits et une lettre de Noël.

Elle le suivit jusqu'au même fauteuil que la dernière fois et se demanda si la vieille dame avait parfois des raisons de se lever. Les yeux de Beatrice s'illuminèrent quand elle s'assit à côté d'elle.

– Je t'ai apporté des biscuits, dit-elle en lui tendant le sachet orné d'un ruban rouge vif. Et je t'ai écrit une lettre de Noël.

Beatrice poussa une petite exclamation et prit l'enveloppe, le visage rayonnant de joie.

– Tu m'as toujours rappelé ta grand-mère.

– Quel beau compliment.

– Est-ce que tu as lu toutes ses lettres ? demanda Beatrice en posant son sachet de biscuits et sa lettre sur une console.

– J'ai commencé, mais je n'ai pas encore fini. Mais j'ai lu celle qui annonce la mort de Jimmy.

Beatrice hocha gravement la tête.

– Es-tu allée à son enterrement ?

La vieille dame opina une nouvelle fois du chef.

– Comment allait mamie ? demanda-t-elle, consciente que sa grand-mère avait eu le cœur brisé.

– Elle était détruite. Ce furent des funérailles peu communes… Le cercueil était vide. Il ne contenait que les plaques d'identité de Jimmy et la photo de Harriet posées sur son uniforme de cérémonie, puisque son corps avait été déchiqueté au combat. Un de ses compagnons d'armes avait trouvé ses plaques dans les décombres et les avait ramenées à la base. Roger les a ramenées ici, avec la photo. Ta grand-mère a pris ses plaques, posé sa tête sur le cercueil et pleuré pendant des heures.

– C'est épouvantable, commenta Elizabeth en déglutissant pour essayer de faire passer la boule dans sa gorge, la relation qu'elle avait perdue lui paraissant si insignifiante en comparaison. Elle ne nous a jamais parlé de lui.

– C'était trop dur pour elle. Elle m'a expliqué un jour que sa vie était coupée en deux : sa vie avec Jimmy et celle avec ton grand-père. L'une était tragique au plus haut point, l'autre presque euphorique. Elle leur devait à tous les deux de garder ces deux pans de sa vie séparés, sinon la culpabilité l'aurait rendue folle.

– La culpabilité ? s'étonna Elizabeth, peinant à comprendre.

– Elle ressentait le besoin d'honorer sa promesse de passer sa vie avec Jimmy, mais elle est tombée éperdument amoureuse de ton grand-père et elle voulait lui donner tout son cœur.

– C'est tout elle, ça, remarqua Elizabeth avec un petit sourire.

– Elle avait le sentiment que si elle parlait de Jimmy, ces deux facettes d'elle-même se confondraient. Et elle savait qu'il aurait voulu qu'elle continue à vivre.

– Je suis tellement contente qu'elle t'ait donné ces lettres. Et que tu me les aies confiées.

– Ils sont peut-être tous les trois, maintenant, et ils nous sourient de là-haut.

– Je l'espère, répondit-elle, cette visite lui ayant fait du bien. Joyeux Noël.

– Joyeux Noël.

Elizabeth et sa mère apportèrent des lettres accompagnées de sachets de biscuits aux ouvriers agricoles, puis, le cœur joyeux, elle rentra se préparer pour le réveillon, pendant que Loretta s'occupait du vin chaud, dont l'odeur de clou de girofle, de muscade et de cannelle emplit bientôt l'air, avant de filer dans sa chambre pour se rafraîchir.

Elle mit une touche de gloss sur ses lèvres et se passa la main dans les cheveux pour leur donner du volume. Paul serait là d'ici une dizaine de minutes. Les bougies brûlaient, ses biscuits et sa lettre de Noël l'attendaient, et elle avait pris une douche puis enfilé un pull rouge, un jean et des boucles d'oreilles pendantes, avec le sentiment que tout finirait par rentrer dans l'ordre, d'une manière ou d'une autre. Elle avait hâte qu'il arrive.

Pile à l'heure, il sonna à la porte, et elle jeta un dernier coup d'œil dans le miroir de sa coiffeuse avant d'aller ouvrir.

– J'y vais, cria-t-elle à sa mère.

– J'ai fait un feu dans le braséro sur le porche à l'arrière de la maison, j'ai allumé le chauffage extérieur et j'ai posé des coussins sur les fauteuils pour la fête de demain. Et j'ai mis des brochettes et de quoi faire des sandwichs aux chamallows grillés, l'informa Loretta depuis sa chambre. N'hésite pas à en proposer à Paul.

– D'accord.

À chacun de ses pas dans le couloir, Elizabeth sentait l'excitation monter. Elle ne pouvait s'empêcher de penser qu'elle se trouvait à un tournant de sa vie. Avec une profonde inspiration, elle ouvrit la porte, et son cœur s'emballa en le voyant.

Mais, au bout d'une seconde, elle remarqua son comportement, et l'inquiétude prit le dessus. Il se tenait sur le seuil, l'air de porter le poids du monde sur ses épaules.

– Est-ce que ça va ?

– Je suis juste passé te dire que je ne pouvais pas rester. Je suis sincèrement désolé. Il s'est passé quelque chose au travail, il faut que je parle avec quelqu'un du bureau. C'est urgent.

– Tu ne peux pas l'appeler d'ici ?

Il secoua la tête, visiblement miné par son problème.

– Ce serait trop long.

– Reste, s'il te plaît. Ma mère adore rencontrer de nouvelles personnes et elle se fait une joie de te recevoir. Si ça ne tenait qu'à elle, elle inviterait toute la ville.

– Je ne peux pas. C'est important.

Il la dévisagea, comme si quelqu'un lui avait jeté un seau d'eau glacée sur la tête.

Elle ouvrit la bouche pour tenter de le convaincre, mais son téléphone se mit à sonner et, sans autre explication, il lui lança un regard contrit puis se tourna vers sa Mercedes, dont le moteur était encore allumé.

– Attends !

Son téléphone déjà à l'oreille, il monta dans sa voiture et partit, la laissant plantée là.

Sous le choc, elle ferma la porte au moment où sa mère entrait dans la pièce.

– Où est Paul ?

– Il est parti. Il a dit qu'il s'était passé quelque chose à son travail, expliqua-t-elle dans un murmure incrédule.

– Le soir du réveillon ?

Elle répondit d'un haussement d'épaules, submergée par la déception, son attitude réduisant à néant les espoirs qu'elle avait nourris, et elle se demanda si elle n'avait pas été trop optimiste, si elle n'avait pas pris ses désirs pour des réalités. Peu importait ce qui lui arrivait, il avait choisi le travail plutôt que de passer du temps avec elle. Elle s'était promis de ne jamais laisser quelqu'un la remettre dans cette position. Mais elle n'aurait jamais cru que *Paul* en serait capable. Elle s'approcha de la table, prit l'enveloppe contenant sa lettre et la fixa, les larmes lui montant soudain aux yeux.

– Ne te laisse pas abattre à cause de lui, dit sa mère, mais c'était trop tard, et son air compatissant montrait qu'elle le savait.

– Je n'en reviens pas, répondit Elizabeth en secouant la tête. Il m'avait dit que ses investisseurs ne voulaient pas attendre la fin des fêtes, mais il aurait pu taper du poing sur la table.

Sa mère tendit la main et lui frotta le haut des bras, comme pour chasser son désarroi.

– C'est le réveillon. On a des tonnes de bonnes choses à manger, du chocolat chaud et des films pour toute la nuit. Et demain, tout le monde sera là. On a plein de choses à fêter.

– Tu as sans doute raison, répondit-elle, ignorant la douleur dans sa poitrine, jetant la lettre pour Paul sur la table.

Elle aurait mieux fait de suivre son instinct quand elle était arrivée à Mason's Ridge, semblait-il.

– Je vais me coucher, annonça Loretta en éteignant la télé avant de plier la couverture pour la poser sur l'accoudoir du canapé. Je t'aime, dit-elle à Elizabeth en l'embrassant sur la joue.

La jeune femme éteignit la lumière. Seul le sapin scintillant éclairait encore la pièce sombre.

– Je t'aime aussi. Joyeux Noël.

Sa mère lui fit un grand sourire, tout excitée. On aurait dit une enfant.

– C'est Noël demain, et j'ai déjà le sentiment d'avoir passé les meilleures fêtes de ma vie, parce que tu es là.

– Je suis si contente, répondit-elle en l'étreignant.

Elle avait passé une très bonne soirée avec sa mère, même si elle ne pouvait oublier la déception que le départ de Paul lui avait causée.

– Je crois que je vais rester un peu ici pour profiter du sapin.

– Ne te couche pas trop tard.

– Non. Juste assez pour piquer quelques biscuits, lança-t-elle avec un clin d'œil, faisant rire sa mère.

Quand cette dernière disparut dans le couloir, Elizabeth se laissa à nouveau tomber sur le canapé et contempla les boules qui scintillaient dans le sapin à la lueur des guirlandes lumineuses et les serpentins argentés dans les bouquets de gui. Il n'y avait plus un bruit, excepté le crépitement du feu et un petit claquement quand sa mère ferma le loquet de sa porte. Cette journée avait été un vrai tourbillon d'émotions, mais elle repensait sans cesse au fait que cette ferme l'avait rapprochée de sa mère et de la personne qu'elle souhaitait être, et qu'elle ne voulait pas la perdre.

Sans bruit, à pas de loup, elle s'approcha du secrétaire de sa grand-mère installé devant la fenêtre du salon, puis regarda dans le couloir pour s'assurer que la voie était libre avant d'ouvrir le premier tiroir. Elle feuilleta les documents à l'intérieur : la garantie et les papiers d'immatriculation du nouveau tracteur, des listes de pesticides et de fourrages biologiques, toutes les factures de téléphone fixe que sa grand-mère avait reçues depuis les années 1980, ses cartes de sécurité sociale, ses dossiers médicaux, de vieux documents fiscaux…

Elle sortit ces derniers pour les passer en revue. Les taxes étaient calculées en fonction des dépenses, du fourrage, des engrais, des fournitures, des réparations et de l'entretien des véhicules – rien qui puisse lui apporter des réponses. Elle les rangea, puis ouvrit le second tiroir. Mais elle n'y trouva rien non plus. Seulement des mots de remerciements, des mouchoirs et des pochettes cadeaux.

Elle le referma et alla jusqu'au placard du couloir sur la pointe des pieds, retenant son souffle quand les gonds de la porte grincèrent. Elle laissa courir sa main sur les manteaux suspendus à l'intérieur, et l'odeur de sa grand-mère flotta jusqu'à elle, lui donnant l'impression qu'elle était là pour la guider. Elle passa ses doigts sur l'étagère du haut, mais ne sentit que des couvertures pliées.

Puis elle attrapa son téléphone dans sa poche arrière pour éclairer le bas du placard, où elle découvrit l'aspirateur, deux longs parapluies posés contre le mur et une boîte à archives qu'elle n'avait jamais vue. Elle tira la boîte sur le sol pour pouvoir l'attraper et l'emporta dans le salon. Jetant un dernier coup d'œil dans le couloir pour s'assurer qu'elle n'avait pas réveillé sa mère, elle ralluma la lumière.

Elle posa les mains sur la boîte et s'adressa mentalement à sa grand-mère : *S'il te plaît. Dis-moi ce qui se passe. Aide-moi à comprendre.* Avec un profond soupir, elle souleva le couvercle, et ses épaules s'affaissèrent quand elle ne trouva à l'intérieur que de vieux bonnets, des gants et des chaussures que sa grand-mère avait probablement mis de côté pour les apporter au magasin de seconde main. Refusant d'accepter que sa grand-mère ne soit pas là pour lui donner des réponses, elle fouilla malgré tout dedans et, toujours bredouille, vida son contenu sur le sol.

Rien.

Déçue, elle rassembla le tout et le remit dans la boîte, qu'elle rangea dans le placard. Puis elle se rendit dans la cuisine et inspecta chaque tiroir, cherchant n'importe quoi qui pourrait expliquer que l'acte de propriété soit au nom de quelqu'un d'autre. À chaque tiroir, ses espoirs s'amenuisaient un peu plus.

Quand elle eut exploré tous les tiroirs et tous les meubles de rangement et qu'elle n'avait plus d'autre endroit à vérifier, elle éteignit la lumière et débrancha le sapin de Noël, plongeant la pièce dans l'obscurité. Puis elle alla se coucher sans avoir obtenu de réponse, espérant que le jour de Noël l'aiderait à donner un sens à tout ça.

Chapitre 16

Les yeux d'Elizabeth la brûlaient, le matin arrivant trop vite après une nuit agitée. Le comportement de Paul la veille l'avait tenue éveillée jusqu'aux premières heures du jour. Elle ne pouvait s'empêcher de se demander ce qui pouvait être aussi important, au point qu'il ne puisse pas rester dîner ni lui envoyer de texto. Le moins qu'il aurait pu faire aurait été de lui fournir une explication valable, pour éviter qu'elle ne s'inquiète pour lui.

Allongée dans son lit, la tête lourde sur son oreiller, elle songea qu'elle ne le connaissait pas aussi bien qu'elle le croyait, finalement. Le scénario qu'elle avait connu avec Richard se répétait : une première impression éblouissante laissait place à une personne qui privilégiait le travail au détriment des gens. C'était peut-être une bonne chose qu'elle s'en rende compte maintenant, même si cela ne l'aidait pas à panser son cœur déjà brisé.

La sonnette retentit, et elle se leva d'un bond. Espérant que Paul avait décidé de revenir pour s'excuser et lui redonner confiance en lui, elle enfila un jean et un pull, se passa une main dans les cheveux et se dépêcha d'aller ouvrir.

Mais, quand elle arriva à la porte, sa mère avait déjà ouvert, et elle constata, déçue, que c'était Sabastian, leur ouvrier agricole.

– Bonjour, dit-il, les mains enfoncées dans les poches de son jean. Vous vouliez me voir ?

– Joyeux Noël, répondit Loretta. Je sais que vous allez tous voir votre famille aujourd'hui, mais je ne voulais pas que vous partiez sans vous donner du café et des roulés à la cannelle. Et vous êtes aussi les bienvenus ce soir, à la fête.

– Vous n'êtes pas obligée de faire ça, madame, répondit-il avec un grand sourire. Vous nous avez déjà donné des biscuits.

– Je sais, mais je ne pourrais pas gérer cette ferme sans vous, les garçons.

Elle lui tendit trois sacs, qui contenaient les roulés à la cannelle et un thermos.

– Et il y a un petit bonus dans les cartes de vœux. Ce n'est pas beaucoup, juste un petit quelque chose pour vous remercier.

Elizabeth apprécia la générosité de sa mère, consciente qu'elle n'avait pas les moyens de distribuer des primes, mais qu'elle le faisait malgré tout.

– Vous n'avez pas à être aux petits soins pour nous le matin de Noël, répondit-il avec un signe de tête reconnaissant.

– Oh, ce n'est rien. J'avais prévu de traîner à la maison, et Elizabeth vient juste de se lever, expliqua-t-elle en se tournant vers elle, remarquant sa présence. Bonjour.

Elizabeth, qui attendait dans le fond du salon, dit bonjour à sa mère et à Sabastian.

– Et vous méritez tous une petite récompense pour avoir accepté de nous aider à découvrir le problème avec la parcelle stérile. Ça ne fait pas vraiment partie de votre travail, poursuivit Loretta.

– À ce sujet, si vous avez une minute, j'aimerais vous montrer quelque chose. Vous voulez bien prendre vos manteaux ? J'ai fait une découverte dans le coin de la parcelle...

Intriguées, les deux femmes se vêtirent pour le suivre. La neige qui recouvrait les champs crissait sous leurs bottes, et le vent glacial leur coupait le souffle. En atteignant le carré de terre stérile, elles découvrirent un énorme trou, et la mâchoire d'Elizabeth se décrocha.

– Je comptais venir vous en parler après Noël. Avec les garçons, on a creusé pour découvrir de quel type de roche il s'agissait, mais ce n'est pas de la roche. C'est une immense dalle en ciment. Une couche de terre l'a recouverte au fil des ans. On dirait qu'un bâtiment devait être construit ici, sur ces fondations.

Loretta porta une main à sa bouche.

– Mamie n'a jamais parlé d'une autre maison, dit Elizabeth après le départ de Sabastian, perplexe. Savait-elle que cette dalle était là ?

Comment ses grands-parents avaient-ils pu passer toute leur vie ici sans toucher à ces fondations ?

Loretta sortit deux assiettes et posa deux gigantesques roulés à la cannelle dedans, leur glaçage blanc dégoulinant sur les côtés.

– Elle devait forcément le savoir... Est-ce qu'ils auraient pu vouloir construire un autre bâtiment, avec papa ? s'interrogea-t-elle en servant un roulé à sa fille, accompagné d'une tasse de café fumant.

– Tu es sûre ? répondit Elizabeth en prenant le pot de crème fraîche. On vivait bien là sans le savoir, *nous*.

Elle mit de la crème et du sucre dans son café et le remua.

Sa mère s'assit, sa tasse dans les mains, le regard perdu dans le lointain.

Elizabeth ne voulait pas lui dire ce qu'elle avait appris chez l'avocate, pas le jour de Noël, mais elle commençait à se demander comment sa grand-mère en était venue à vivre ici. La ferme lui avait-elle seulement appartenu ? Cela n'avait aucun sens. Il n'y avait aucun justificatif de paiement. Ils ne la louaient donc pas. Et ils n'auraient sûrement pas été autorisés à y vivre gracieusement pendant plus d'un demi-siècle.

– A-t-on un document qui stipule que mamie est la propriétaire de la ferme ? Ça nous permettrait peut-être d'en savoir plus.

– J'ai retourné la maison de fond en comble, en vain, répondit Loretta en agitant la main, l'air de balayer la question d'un geste, comme elle le faisait toujours quand elle était dépassée.

Elizabeth se demanda si sa mère se posait les mêmes questions qu'elle, même si elle ne s'était pas entretenue avec l'avocate.

– Ne nous préoccupons pas de ça aujourd'hui. Profitons de Noël.

– Tu as raison, acquiesça Elizabeth.

Elle n'était toujours pas libérée de ce poids, mais elle comptait bien se reprendre. – Ça a l'air délicieux, dit-elle en coupant son roulé crémeux, l'odeur de cannelle et de sucre se mêlant à l'arôme puissant du café.

Quand elles eurent fini de manger, elles se rapprochèrent du sapin scintillant, et Elizabeth remarqua de nouveaux cadeaux au pied. Elle lança un regard interrogateur à sa mère.

– Moi aussi, je peux t'acheter des cadeaux en douce, dit-elle d'un air mystérieux, les yeux pétillants.

– Tu sais que je ne voulais rien.

– Je sais, mais je suis ta mère. Et je veux que ma petite fille fête Noël.

Elizabeth la serra fort dans ses bras, sentant qu'elle devait s'accrocher, que leur vie était en train de se jouer.

Loretta lui prit les mains, et elles s'assirent par terre devant le sapin, comme elles le faisaient quand elle était petite.

– Il n'y a plus que nous, maintenant.

– Oui. Plus que nous.

– Jusqu'à tout à l'heure ! Tout le monde vient à la fête. Ils ont tous accepté.

Sa mère semblait si heureuse d'avoir des invités qu'Elizabeth fit un grand sourire.

– Est-ce que je devrais essayer de contacter Paul pour lui demander de venir, à ton avis ?

– Il pourrait arrêter de travailler pendant une journée, répondit Loretta, l'inquiétude se lisant sur son visage.

Elizabeth lui envoya un petit texto avant de changer d'avis.

– Je pensais qu'il était différent, admit-elle. J'aimerais tellement qu'il soit différent.

– Il viendra peut-être, répondit sa mère en se penchant en arrière pour admirer le sapin avant de se tourner vers elle. J'ai gardé la lettre que tu lui as écrite. Juste au cas où. Je l'ai mise dans le tiroir de la cuisine.

Elizabeth la remercia, mais sa confiance en Paul avait été ébranlée. Au moins, s'il ne venait pas, tous les autres seraient là pour passer les fêtes avec elles. Puis elle jeta un coup d'œil au fauteuil dans lequel sa grand-mère avait l'habitude de s'asseoir pendant qu'ils se distribuaient les cadeaux.

– Est-ce que tu crois que mamie nous voit en ce moment ? se demanda-t-elle tout haut.

Loretta suivit son regard jusqu'au fauteuil vide.

– Je l'espère, répondit-elle avec un sourire avant de taper dans ses mains. On devrait ouvrir quelques cadeaux, non ? Maman nous laissait toujours commencer.

– Oui, et puis on pourrait peut-être lire sa prochaine lettre avant de finir de les déballer, pour avoir l'impression qu'elle est là, avec nous, suggéra Elizabeth.

– Ça me semble parfait.

Loretta glissa une main sous le sapin pour sortir le premier cadeau, emballé dans un papier rouge brillant orné d'un ruban argenté.

– Ouvre celui-ci. J'ai pensé à toi en le voyant.

Elizabeth le prit et embrassa sa mère sur la joue.

– Tu ne sais même pas ce que c'est ! s'esclaffa Loretta.

– Ça n'a aucune importance. Je suis ici, dans la ferme de mamie, avec toi. C'est le plus beau des cadeaux.

Sa mère la regarda, une moue aimante aux lèvres.

– J'espère qu'il te plaira.

Elizabeth tira sur le ruban argenté pour le dénouer, puis passa un doigt sous le pli du papier jusqu'à ce que le scotch cède. En ôtant l'emballage, elle découvrit un magnifique set de correspondance : du papier à lettres vert pâle orné d'un motif de dentelle avec des enveloppes assorties.

– Tu étais tellement passionnée par les lettres de ta grand-mère que j'ai pensé que tu aimerais avoir du papier pour écrire les tiennes.

– Merci, maman, dit-elle en l'étreignant, incapable de cacher son sourire. Je l'adore.

Elle attrapa un autre cadeau sous le sapin. Elle l'avait fait empaqueter à la boutique où elle l'avait acheté : la petite boîte était recouverte d'un papier à motifs de boules de Noël pailletées et d'un ruban à rayures rouges et blanches. Elle le tendit à sa mère.

– Ça devrait te plaire, je pense…

Loretta ouvrit le paquet pour découvrir un autre set de correspondance – décoré de papillons et de fleurs, celui-ci. Elle éclata de rire, puis le serra tendrement contre son cœur.

– Je me suis dit la même chose que toi, expliqua Elizabeth avant de se demander si elles pourraient écrire leurs lettres ici dans un an.

Quand elle sortit de ses pensées, sa mère fixait son cadeau, semblant partager la même inquiétude.

– On devrait peut-être lire une des lettres de mamie maintenant. On aura plus l'impression qu'elle est avec nous, comme ça, suggéra Elizabeth pour tenter de détendre l'atmosphère.

Loretta posa son cadeau.

– Ce serait chouette de l'entendre, n'est-ce pas ?

Acquiesçant, Elizabeth prit les lettres sur la table basse et sortit la suivante.

1er juillet 1946

Mon cher Roger,

Je t'écris aujourd'hui pour te confier combien je me sens seule dans cette ferme. Je regarde par la fenêtre le champ où Jimmy et moi avions commencé à construire notre maison de rêve, les fondations nues, apparentes…

Un frisson parcourut Elizabeth. On aurait dit que sa grand-mère avait attendu pour leur faire un cadeau de Noël, elle aussi.

– Voilà déjà un début de preuve que les terres appartenaient bien à mamie. Jimmy et elle devaient en être propriétaires pour bâtir dessus, non ?

– Sans doute. Et maintenant, on sait ce que sont ces fondations.

Le message de sa grand-mère lui revint à nouveau en mémoire : *Nous avons besoin de fondations solides, mais pas seulement. Elles ne sont rien si on ne leur donne pas forme, Liz. Pose tes fondations, mais ne t'arrête pas au rez-de-chaussée. Nourris ton projet et mène-le à bien.* Elle était en train de donner forme à sa vie, comme sa grand-mère le lui avait dit, mais il fallait que la ferme leur appartienne pour que cela se concrétise. Cette lettre pouvait-elle être la preuve qui leur manquait ? Pouvait-elle primer sur un acte notarié ?

– Que dit le reste de la lettre ?

Avec un regain d'espoir, Elizabeth reprit sa lecture :

J'étais si abattue après la mort de Jimmy que je n'ai pas vu ce que Dieu m'avait mis sous les yeux : toi. Tu m'as aidée à faire face aux incertitudes de la guerre, à affronter la perte de Jimmy et à apprivoiser la solitude, comme j'apprends à vivre seule maintenant. J'aimerais te demander de rester à Mason's Ridge. Nous méritons tous les deux de voir ce qu'il adviendra… ensemble.

Qu'en dis-tu ?

Avec tout mon amour,
Harriet

Loretta fixa la lettre.

– Je suppose qu'il a dit oui.

– Il s'est montré si bon envers elle.

– Oui, c'est vrai.

À ce moment-là, Elizabeth sut que, quoi qu'il arrive, elle ne capitulerait pas sans se battre. Cette ferme appartenait à ses grands-parents. Et elle ne pouvait s'empêcher de penser que c'était ce qu'aurait voulu Jimmy, lui aussi.

Chapitre 17

Une fois les cadeaux déballés et rangés dans leurs chambres, Elizabeth et sa mère achevèrent les préparatifs pour la soirée. Des chants de Noël passant à la radio, elles recouvrirent les tables de la cuisine et du salon de plats de fête.

– Je suis si contente que tout le monde vienne, se réjouit Loretta en disposant des miettes de fromage de chèvre maison dans un plat en céramique décoré de sapins de Noël, qui contenait des biscuits salés et des fruits.

– Moi aussi.

À New York, leur appartement était toujours magnifique pour Noël. Chaque année, Richard la surprenait avec un nouveau décorateur, qui habillait leur penthouse du sol au plafond.

– Tu n'es pas obligé de faire ça, lui disait-elle. J'adore décorer.

Mais il répondait toujours qu'elle avait mieux à faire que passer ses journées à jouer avec des guirlandes, et ce pendant des semaines. Il n'avait jamais compris que le résultat final importait moins que le temps passé à le faire. En regardant le gui et le petit sapin scintillant, elle se dit que tout le luxe du monde ne pourrait jamais éclipser l'amour qui émanait de la ferme.

La sonnette retentit.

– J'y vais, annonça Elizabeth, laissant sa mère finir de poser les derniers plats sur la table de la cuisine.

Elle alla jusqu'à la porte d'entrée d'un pas vif, l'ouvrit et se figea, la main toujours sur la poignée, en voyant Paul de l'autre côté, deux paquets cadeaux sous le bras.

– Tu as décidé de revenir ?

– Oui, répondit-il, sa poitrine se remplissant d'air sous son manteau. Je suis désolé d'être parti comme ça. C'était juste… le travail…

Il sourit, mais sans sa sincérité habituelle.

Un frisson d'excitation la parcourut à l'idée qu'il ait regretté d'être parti, qu'il ait décidé de tout laisser tomber pour les fêtes, préférant passer du bon temps avec des amis plutôt que tenir ses engagements professionnels.

– Eh bien, ils attendront. Joyeux Noël, dit-elle en l'invitant à entrer.

Il hocha la tête, un sourire aimable aux lèvres, puis la secoua, comme pour chasser son stress, mais il ne parut pas convaincu. Il lui tendit timidement ses paquets.

– Je vous ai apporté un petit cadeau, à toutes les deux.

– Merci, dit-elle en les lui prenant pour les poser sous le sapin.

– C'était le moins que je puisse faire pour vous remercier de votre hospitalité, répondit-il en la suivant. Surtout après être parti sans explication.

Il donnait l'impression d'avoir envie de regarder autour de lui, mais de se retenir pour se concentrer sur elle.

– Vous devez être Paul, dit Loretta en arrivant dans le couloir, portant ses boucles d'oreilles en forme de sapin de Noël et le pendentif assorti. Loretta Holloway, la maman d'Elizabeth.

Elle lui tendit la main, et il la serra.

– Ravi de vous rencontrer, Loretta.

Il avait beau faire de son mieux, il n'était pas aussi jovial que d'habitude. Mais Loretta ne remarqua rien, complètement sous le charme.

– Asseyez-vous, asseyez-vous, dit-elle en filant dans la cuisine. Le dîner est au four, et le vin chaud est prêt. Je vais nous en servir un verre.

– Vous avez une belle maison, la complimenta Paul tandis qu'elle plongeait une louche dans la mijoteuse, promenant enfin son regard dans la pièce pour le poser sur les bas suspendus devant la cheminée.

– Merci. C'était la maison de mes parents.

– Ah ? fit-il, son attention se portant à nouveau sur elle.

– Oui, cette ferme était déjà dans notre famille quand ma grand-mère était petite, expliqua Elizabeth. Et, à sa mort, ma mère a pris la relève. Elle s'en occupe depuis.

– Enfin, Elizabeth m'a aidée. Et j'ai les ouvriers agricoles, précisa Loretta en apportant le premier verre de vin chaud à Paul.

Il se rendit près de la cheminée en pierre.

– C'est incroyable…

– Ma grand-mère a épousé mon grand-père sur ce porche, lui raconta Elizabeth, songeant qu'un jour, elle aimerait se marier ici, elle aussi, mais cette idée lui paraissait totalement inaccessible à présent.

Quand elle se tourna à nouveau vers lui, il sirotait son vin, regardant par la fenêtre qui donnait sur le porche, par-dessus le secrétaire, l'air pensif, les lumières dorées du sapin scintillant dehors. Il s'installa dans un fauteuil, et elle l'imita.

Loretta les rejoignit, tendant son vin chaud à Elizabeth avant de s'asseoir dans le fauteuil en face d'eux.

– Et vous, Paul ? demanda-t-elle. Parlez-moi de votre famille.

Il prit une profonde inspiration et se reconcentra sur elle.

– Il n'y a pas grand-chose à dire. J'ai grandi à Chicago, avec mes parents.

– Sont-ils toujours vivants ? s'enquit-elle, la tête tournée sur le côté, comme elle le faisait toujours quand Elizabeth lui racontait quelque chose.

– Non. Ils sont morts tous les deux. Je n'ai plus que mon grand-père.

Il fronça les sourcils, puis se dérida et sourit, comme pour égayer l'atmosphère.

– Je suis déprimant, reprit-il avec un nouveau sourire. Ma vie était tout sauf déprimante quand j'étais petit. Mes parents prenaient toujours deux semaines de congé en fin d'année, et on fêtait Noël avec toute la famille à la maison.

– Que faisaient-ils dans la vie ?

– Ils travaillaient tous les deux pour l'entreprise familiale, expliqua-t-il, la douceur de Loretta le poussant peu à peu à sortir de sa coquille.

Elle croisa les jambes et posa ses mains sur son genou.

– Qui consiste en quoi ?

– Promotion immobilière des entreprises.

– C'est bien d'avoir pris leur suite, commenta Loretta pour faire la conversation, sa chose préférée au monde.

– Oui, l'entreprise est dans notre famille depuis trois générations. Mon grand-père l'a montée dans les années 1950, c'était une société agricole. Il m'a dit un jour que créer sa propre entreprise l'avait aidé à savoir qui il était vraiment, confia-t-il en buvant une gorgée de vin chaud.

– Je le comprends parfaitement, dit Elizabeth.

S'occuper de la ferme avec sa mère lui apprenait beaucoup sur elle-même.

– C'est exactement ce que je ressens, moi aussi, poursuivit-il. Je n'ai jamais été aussi en phase avec ce que je faisais. Dès que j'ai pris les rênes, je me suis senti bien.

Il jeta un nouveau coup d'œil au porche, comme s'il hésitait à dire quelque chose, mais il revint à leur conversation.

– Qui vous relaie en votre absence ?

– Je travaille d'ici. Je gère les investisseurs et le calendrier pour chaque projet, mais j'ai une équipe à Chicago qui s'occupe de tout le reste pour moi.

– Eh bien, j'espère que tu ne travailles pas trop, dit Elizabeth, soudain distraite par la neige qui tombait en tourbillonnant dehors, illuminée par les guirlandes du sapin sur le porche. Regardez, dit-elle en montrant la fenêtre.

Loretta posa une main sur son cœur.

– Un Noël blanc. Merveilleux. Le présentateur météo avait dit qu'il y aurait peut-être de nouvelles chutes.

– J'espère que Ray ne sera pas obligé de me remorquer jusque chez moi, lança Paul, les commissures de ses lèvres se relevant – sa première petite blague depuis qu'il était arrivé.

– En fait, Liz vous a sans doute prévenu par texto, Paul, mais j'ai invité Ray et quelques amis pour une petite fête. Je me suis dit que ce serait super que la maison soit pleine de convives pour Noël.

– C'est parfait, répondit-il en esquissant un demi-sourire.

Elizabeth espérait que l'ambiance festive l'aiderait à oublier son travail et à lui remonter le moral.

Loretta tendit la main pour attraper un biscuit au sucre.

– Je vais juste m'assurer que tout est prêt.

– Est-ce que tu as besoin d'aide ? demanda Elizabeth.

– Non, non. Mettez-vous à l'aise, tous les deux.

Elle se dirigea vers le plan de travail d'un pas léger et alluma l'une des bougies à la vanille que Harriet gardait pour les grandes occasions. Puis elle sortit la lettre pour Paul du tiroir et la leur apporta, la posant sur la table basse.

– C'est la lettre de Noël de Paul.

– J'ai une lettre de Noël ? s'étonna-t-il, les yeux pétillants, malgré ce qui le préoccupait.

Elizabeth l'attrapa, se sentant soudain mise à nu, se demandant si elle devait la lui donner ou non après son départ la veille, mais il était là à présent, et c'était le plus important.

– Tu te souviens des lettres de ma grand-mère ? Eh bien, elle en écrivait aussi une à chacun de ses proches pour Noël, qu'elle leur donnait avec un sachet de biscuits, expliqua-t-elle en lui tendant sa lettre et en mettant l'assiette de biscuits devant lui. Prends-en autant que tu veux.

– Merci, répondit-il en l'ouvrant avec un je-ne-sais-quoi dans le regard, qu'Elizabeth ne put interpréter.

– La tradition voulait que ma grand-mère dise à ses proches ce qu'ils lui avaient apporté dans l'année et pourquoi elle leur était reconnaissante, expliqua-t-elle, un brin nerveuse.

Il lut sa lettre, puis leva les yeux et les planta dans les siens.

– Liz ? fit-il, remarquant sa signature.

– Tu m'as dit que j'avais plus une tête à m'appeler Liz. Et ici, je ressemble plus à celle que j'étais il y a si longtemps. Ça me paraissait plus sensé.

Ses lèvres s'entrouvrirent, comme s'il voulait dire quelque chose, mais rien ne sortit. À la place, il parut tiraillé, ce qui la déconcerta. Elle était si vulnérable qu'elle eut envie de se gifler. Puis elle se focalisa sur l'intention première de sa lettre. Quelle que soit la raison pour laquelle il se comportait différemment, il l'avait aidée à se sentir mieux ces derniers jours. Elle avait l'impression de pouvoir tout lui dire.

Il fixa la page, et elle posa une main sur son bras pour apaiser son esprit troublé.

– Il se passe beaucoup de choses dans notre vie qu'on ne peut pas contrôler. Mais on peut en contrôler une : on peut empêcher le monde extérieur de nous priver de nos amis et de notre famille. Alors essayons de profiter de Noël, malgré les difficultés.

Il la dévisagea longuement, et elle se demanda si ses paroles avaient une signification particulière pour lui, qui lui échappait.

– D'accord, répondit-il, son regard chaleureux reparaissant, lui donnant des frissons. Merci, ajouta-t-il en agitant sa lettre. Ça me touche beaucoup.

– De rien. J'ai appris une chose : quoi qu'il arrive, tout finira par s'arranger. Ce sera peut-être différent de ce qu'on imaginait, mais ça ira.

Il ne répondit pas, mais elle savait que, si quelqu'un pouvait le lui prouver, c'était bien elle.

Il parut sur le point de lui poser une question, mais on sonna à la porte au même moment. Loretta se dépêcha d'aller ouvrir pour accueillir Ray, Ella et Beatrice.

– La dernière fois que je suis venue ici pour Noël, j'ai bu un thé avec Harriet, dit la vieille dame en dénouant son écharpe et en regardant autour d'elle, les yeux embués. C'est comme si elle était toujours là…

Elle fit coucou à Elizabeth de sa main libre, serrant dans l'autre son nécessaire à tricoter.

Loretta la guida jusqu'au salon, pendant que Ray et Ella enlevaient leurs manteaux. Puis, après avoir salué tout le monde et lorgné les biscuits, ils se mirent à discuter du nombre de bûches qu'il fallait pour avoir une bonne flambée.

– Installe-toi près du feu, tu seras bien, proposa Loretta à Beatrice en la tenant par le bras pour l'aider à s'asseoir dans le fauteuil.

– Bonjour ma chérie, dit la vieille dame à Elizabeth.

– Joyeux Noël, répondit-elle en se levant pour la prendre dans ses bras. Beatrice, je te présente Paul. Il m'a aidée à trouver ton cadeau d'anniversaire.

Paul salua la vieille dame et alla s'asseoir à côté d'elle au bord de la cheminée, pendant que Ray et Ella se réunissaient autour de la table avec Loretta.

On sonna de nouveau à la porte.

– J'y vais, annonça Elizabeth.

C'étaient Percy, Naomi et Travis, les cheveux pleins de neige.

– Il gèle, lança son amie en tapant ses pieds sur le paillasson avant de l'embrasser sur la joue et de se faufiler devant elle. Bonjour, tout le monde !

Elle posa son manteau sur une chaise, fit un petit coucou à Beatrice et se dirigea droit vers la table, pendant qu'Elizabeth faisait entrer Percy et Travis.

Avant qu'elle n'ait le temps de refermer la porte, les ouvriers agricoles apparurent dans l'allée, accompagnés du labrador jaune qui entra d'un bond dans la maison, secoua la neige de sa fourrure et alla se coucher aux pieds de Beatrice près du feu.

– Oh, bonjour, toi, lui dit la vieille dame en posant son sac par terre et en tendant la main pour le caresser. Tu es un gentil toutou…

Lenny pénétra à l'intérieur, suivi de Harvey et de Sabastian, et Elizabeth ferma la porte. Tous les convives se saluaient, s'installaient, de la musique de Noël en fond sonore. La maison bourdonnait du bruit des conversations, comme autant de souvenirs en devenir.

– Qui est-ce ? lui demanda Percy en s'approchant d'elle.

Il désignait Paul, qui était en train de couper le gâteau de Noël de Loretta tout en l'écoutant lui parler de son glaçage maison.

Elizabeth ne put s'empêcher d'être amusée : il arrivait à paraître captivé par les secrets de cuisine de sa mère. Il semblait se détendre. Elle n'aurait pu rêver plus beau cadeau de Noël.

– Paul Dawson. Il nous rend visite.

Percy le foudroya du regard.

– C'est le type qui a voulu racheter ma ferme.

Elizabeth se tourna vers lui et le dévisagea, décontenancée.

– Tu es sûr ? demanda-t-elle, presque certaine que le vieil homme faisait erreur.

– Absolument.

– Tu dois te tromper. Il m'a dit lui-même qu'il n'était pas là pour racheter des terres, répliqua-t-elle.

– Non, c'est lui. Pas vrai, Travis ?

À son tour, Travis foudroya Paul du regard.

– Mmh mmh. C'est lui, pas de doute.

Elle se rappela alors les mots exacts de Paul : « Je dois admettre que je me suis penché sur la question… » Et elle n'entendit plus rien qu'un brouhaha indéfini, comme elle essayait d'intégrer ce que Percy et Travis venaient de lui dire.

Chapitre 18

Paul lui avait-il menti ? Que faisait-il vraiment ici ? Tout à coup, ses conversations téléphoniques lui revinrent en mémoire : *Il me faut au moins trois semaines... C'est Noël, je ne peux rien faire. Essaie de gagner du temps.* Puis sa tête quand il était arrivé chez elle... De quoi s'agissait-il ?

Elle se dirigea droit vers lui.

Il se tourna vers elle, sans se douter de rien, l'air chaleureux, comme le soir où elle l'avait rencontré, et, en le voyant, ses mains se mirent à trembler. Elle sentait que son Noël parfait était en train de s'écrouler.

– Il faut que je te parle, dit-elle sans prêter attention aux autres.

Il se décomposa, comme si elle l'avait pris la main dans le sac, et elle sentit son ventre se nouer.

– Excusez-moi, dit-il poliment pour prendre congé, et elle l'entraîna dans le couloir, Loretta les suivant des yeux.

– Qui est William Worsham ? lui demanda-t-elle aussitôt, suivant son instinct.

Sa mâchoire se serra, et il resta muet, comme s'il était en train de prendre une décision. Il savait sans doute pourquoi elle lui posait la question.

– Dis-le-moi, exigea-t-elle.

Il prit une profonde inspiration, lentement, puis expira, l'air de cogiter, des rides se formant sur son front. Il détourna le regard, les épaules crispées.

– C'est mon grand-père.

Le cœur d'Elizabeth s'arrêta.

– Qu'est-ce qui se passe ? demanda-t-il, mais la peur dans ses yeux le trahissait.

Il connaissait déjà la réponse.

Elle l'attrapa par le bras, le tira jusqu'à la patère, prit son manteau et le lui jeta à la figure.

Sa mère, à l'autre bout de la pièce, lui lança un regard interrogateur, mais elle l'ignora. Elle le précéda dans la cuisine et se fraya un chemin entre les convives pour sortir à l'arrière de la maison.

– Ne prenez pas froid, dehors, dit Loretta.

Elizabeth resta sur le porche, sous le toit de tôle, près du feu qui ronflait dans le braséro, d'énormes flocons de neige tombant tout autour d'eux. Les guirlandes lumineuses brillaient au-dessus de leurs têtes, et les flammes chaudes jetaient des ombres mouvantes sur les planches de bois. Loretta avait installé des chamallows, du chocolat et des biscuits Graham sur la petite table pour faire des s'mores : cette simple idée souleva l'estomac déjà barbouillé d'Elizabeth.

– William Worsham est ton grand-père, dit-elle à voix haute pour s'assurer qu'elle pouvait se fier à son cerveau.

– Oui.

Elle eut besoin de s'asseoir. Elle s'installa dans l'un des fauteuils Adirondack et le rapprocha du feu pour se réchauffer. Paul s'assit à côté d'elle.

– Et tu n'es pas en vacances, devina-t-elle.

Il secoua la tête, regardant ses pieds.

– *Pourquoi* es-tu ici ?

Il releva la tête, les flammes dansant dans ses yeux bleus inquiets.

– J'étais censé visiter Crestwood Farm pour la développer, mais je n'ai pas pu, puisqu'elle était habitée.

Les nerfs à fleur de peau, Elizabeth commença à sentir le sang battre dans ses tempes. Puis, tout à coup, elle oublia sa peur. Paul avait semblé proche d'elle. Elle pouvait peut-être lui faire comprendre qu'il fallait absolument qu'elles gardent la ferme.

– C'est pour ça que tu n'es pas resté hier ? Tu ne t'attendais pas à me trouver là ?

– Oui, répondit-il, son souffle se dispersant dans l'air froid. Je suis sincèrement désolé. Je ne savais pas du tout que c'était toi qui habitais ici.

– J'habite ici. Et ma mère aussi. Avant elle, ma grand-mère a passé toute sa vie de femme mariée ici. Peux-tu m'aider à comprendre comment cette propriété peut être au nom de ton grand-père ?

Il haussa les épaules en signe d'impuissance.

– Il possède toutes sortes de propriétés. Son travail consistait à acheter et à vendre des fermes.

– Ces terres ne peuvent pas être à lui. C'est forcément une erreur. On peut corriger ça, n'est-ce pas ?

Paul secoua une nouvelle fois la tête, comme pour mettre fin à ses supplications.

– J'ai trouvé le dossier d'achat et les documents fiscaux dans notre base de données en ligne. Mon grand-père a acheté Crestwood Farm pour son activité agricole, grâce à un prêt de son père qu'il a remboursé en dix ans. Mais aucun document ne mentionne la présence d'un occupant.

– Quand l'a-t-il achetée ?

– C'est difficile à dire. Avant qu'on ne passe au système informatisé, j'imagine, car certaines cases sont vides.

– D'accord. Bon. Est-ce qu'on peut la lui racheter ? demanda-t-elle, sans avoir aucune idée de comment elles pourraient se le permettre.

– On va construire un complexe hôtelier ici. Des investisseurs sont impliqués, des architectes, la commission qui a autorisé le rezonage, pour ne citer qu'eux. Les plans sont dessinés. On était censés donner le premier coup de pioche dans trois semaines.

Elle voyait l'angoisse sur son visage, mais s'interrogeait : était-elle due au fait que ses projets se concrétisaient ou qu'elle représentait un obstacle ?

– Je ne peux pas faire machine arrière.

Elle plongea ses yeux embués de larmes dans les siens.

– Tu nous mets à la rue, avec maman.

Il parut tiraillé.

– Je vous aiderai toutes les deux à trouver un nouveau logement.

Son sang ne fit qu'un tour.

– On ne peut pas vivre ailleurs ! Et on ne le veut pas. Maman ne connaît que la ferme. Elle n'a aucun autre moyen de gagner sa vie.

Paul garda les yeux au sol.

– J'ai les mains liées, dit-il presque dans un murmure, la voix étranglée.

Elle sentit que la situation lui échappait.

– On pourrait peut-être parler à ton grand-père pour en savoir plus ?

– J'ai essayé. On est en froid, tu te rappelles ?

– Et pourquoi ça, exactement ?

– Il ne voulait pas que je me lance dans l'immobilier commercial. Il préférait que les terres restent des terres agricoles.

Il prit une minuscule brindille sur l'accoudoir de son fauteuil et la jeta dans le feu.

– Mais le conseil d'administration pensait que c'était l'investissement le plus lucratif et, même si je n'étais pas totalement convaincu par cette idée, on ne pouvait pas continuer comme ça. Alors mon grand-père m'a laissé les rênes de l'entreprise et, depuis, il ne veut plus en entendre parler.

– Pourquoi est-ce que tu ne l'as pas écouté ? demanda-t-elle, l'idée qu'il ait privilégié les affaires à sa famille la piquant au vif.

– On perdait beaucoup d'argent, Elizabeth, y compris son épargne-retraite. L'entreprise coulait, mais elle est de nouveau rentable, maintenant, alors ça valait le coup.

– Ça valait le coup de couper les ponts avec ton grand-père ? demanda-t-elle, incrédule.

Il resta assis sans rien dire.

– Tu ne comprends pas. Il allait tout perdre.

Malgré tout, elle sentait – ou espérait, du moins – qu'il y avait quelque chose de bon chez Paul. Elle l'avait vu dans ses yeux. Elle savait que sa seule chance de sauver la ferme était d'entrer en contact avec son grand-père et de plaider sa cause – cela pourrait peut-être l'aider. Peut-être que réunir tout le monde, toutes les parties représentées, pourrait changer la donne.

– Je veux des réponses. Je veux savoir comment il a acquis la ferme et s'il savait que mes grands-parents y vivaient. J'imagine qu'il le savait, s'il payait des impôts fonciers. Est-ce que mes grands-parents avaient le droit de vivre là, pour une raison ou pour une autre ?

La porte de derrière s'ouvrit, les interrompant, et Loretta passa une tête dehors.

– Est-ce que tout va bien ?

Comme elle essayait de trouver une réponse appropriée, Elizabeth entendit Percy parler à quelqu'un à l'intérieur :

– Elle va voir si Elizabeth va bien… Je ne sais même pas ce qu'il fabrique là. Il n'a rien à faire ici.

– Ça va, maman. Merci, répondit Elizabeth, tentant de couvrir la voix de Percy avant qu'il ne fasse trop de dégâts.

– D'accord, rentrez si vous avez froid.

Loretta referma la porte, les laissant dans le silence.

Paul la dévisagea : il était évident qu'il avait entendu. Il se leva brusquement.

– Je me retrouve dans la pire des positions possibles, sans réponse, à gâcher ton Noël… Je vais y aller pour vous laisser profiter de la fête, dit-il d'une voix douce.

Elle aurait juré voir l'hésitation dans ses yeux, mais il se retourna et entra dans la maison. Elle se leva d'un bond pour le suivre. Ces derniers jours ne pouvaient pas être un mensonge.

– Pourquoi tu ne resterais pas pour m'aider à découvrir le fin mot de l'histoire ? lança-t-elle dans son dos tandis qu'il passait devant les personnes attablées dans la cuisine, puis celles rassemblées dans le salon, sans dire un mot à Beatrice, Naomi et Percy, qui s'étaient approchés pour voir ce qui se passait.

Elizabeth sur les talons, il tourna la poignée de la porte d'entrée et sortit sur le porche. Il regarda dans sa direction, refusant de croiser son regard.

– Je ne mérite pas d'être ici.

Quand il finit par la regarder dans les yeux, elle vit son désarroi.

– Je ne voulais pas gâcher ton Noël.

Puis il fit volte-face, se dirigea vers sa voiture, monta à l'intérieur et partit.

Elizabeth fixa les traces de pneus dans la neige fraîche, saisissant la gravité de la situation. Elle avait voulu que ce Noël soit le meilleur d'entre tous, mais elle n'avait plus qu'une envie à présent : l'oublier.

Chapitre 19

Le lendemain matin, une fois les corvées effectuées, Elizabeth s'assit sur le canapé à côté de sa mère. Elle avait mal à la tête. Elle l'avait enfin informée de ce que l'avocate lui avait appris, puis lui avait raconté ce qu'ils avaient entendu dire Percy et ce qui s'était passé entre Paul et elle la veille. Elle n'avait pu le lui cacher plus longtemps ; pas maintenant que l'avenir de la ferme semblait menacé.

– Oh mon Dieu. Qu'est-ce qu'on va faire ?

Elizabeth frotta son cou douloureux.

La seule personne qui peut nous donner des réponses, c'est William Worsham. Il faut qu'on lui parle.

– Et comment on va faire ? demanda Loretta, les traits tirés par l'anxiété, la faisant paraître plus âgée.

– Je ne sais pas.

Elizabeth avait veillé jusqu'à l'aube pour faire des recherches sur Internet, dans l'espoir de découvrir quelque chose, mais elle n'avait rien trouvé. Elle avait donc appelé Paul dans la matinée et lui avait laissé un message.

– J'ai tenté de le chercher en ligne, mais je ne sais même pas s'il vit à Chicago. Je ne trouve pas ses coordonnées. Et je n'arrive pas à joindre Paul.

Les épaules de sa mère s'affaissèrent.

– Je suis désolée que ça n'ait pas marché entre vous. Tu rayonnais chaque fois que tu parlais de lui. J'espérais qu'il viendrait et que tu lui tomberais dans les bras.

– Ce n'était pas le bon moment.

Sa mère gigota sur le canapé, serrant son peignoir contre son corps frêle.

– Ce n'est jamais le bon moment. Si tu attends que le timing soit parfait, tu passeras ta vie à attendre.

Elizabeth poussa un long soupir, qui ne soulagea en rien son inquiétude. Il ne l'avait pas rappelée.

– Ça ne devait pas arriver. C'est sans doute mieux que je n'aie pas mis sept ans à m'en rendre compte, cette fois.

Elle avait beau essayer de laisser tomber, une part d'elle-même nourrissait toujours le rêve que Paul soit un homme bien et qu'ils parviennent à trouver une solution. Mais elle devait se concentrer sur ce qui comptait vraiment, à présent.

– Que dirait mamie de tout ça ? Elle avait toujours réponse à tout, mais là, je parie qu'elle sécherait, elle aussi.

– On a encore quelques lettres à lire. Elle nous le dira peut-être.

Doutant de trouver des réponses à ce casse-tête, mais souhaitant plus que jamais entendre la voix de sa grand-mère, Elizabeth se leva et ramena le paquet de lettres sur le canapé. Elle sortit les deux qui restaient sous le ruban pourpre, ouvrit la première, la parcourut rapidement et écarquilla les yeux.

– Elle est de papi. Et il parle de la ferme.

Le murmure des copeaux de bois givrés

7 mars 1947,

Harriet, mon amour,

Chaque année, nous avons quatre saisons : l'été, quand le paysage est doré, magnifique, autour de nous ; l'automne, quand les couleurs vives et éclatantes des arbres nous font oublier que les feuilles se fanent et meurent sous nos yeux ; l'hiver, quand on se retire à l'intérieur, qu'on se replie sur nous-mêmes ; et le printemps, le moment de la floraison et du renouveau.

Je t'ai vue, toi aussi, traverser les saisons de la vie. L'amour profond que tu portais à Jimmy a cédé la place à la peur, puis à l'angoisse de la mort. Mais quand nous sommes tous les deux, je vois la lumière revenir dans tes yeux, la vie renaître, exactement comme au printemps. Et aujourd'hui, tu es à nouveau radieuse.

Tu es une fleur rare à mes yeux. Ton rire m'émerveille et me remplit de joie, il me tarde tant de l'entendre à nouveau. Je me suis occupé de tout pour la ferme. Tu n'as pas à t'inquiéter. Et je te promets de rester à tes côtés aussi longtemps que tu voudras de moi.

Avec tout mon amour,
Roger

– Qu'est-ce que ça veut dire, « je me suis occupé de tout pour la ferme » ? demanda Elizabeth.

– Aucune idée. Je suis certaine que gérer la ferme seule était très difficile pour maman. Jusqu'à ce que tu arrives, je travaillais jour et nuit, même avec l'aide des garçons. Ce n'est pas un travail pour les âmes sensibles. Et il y a tant à faire en période de pousse.

– Est-ce que papi pourrait avoir vendu la ferme à William Worsham, puis l'avoir louée ou quelque chose comme ça ?

Sa mère répondit d'un haussement d'épaules, perplexe.

– Ça lui ressemblerait bien d'avoir pris les choses en main. Si mamie s'occupait de toute la ferme après la mort de Jimmy, ça devait représenter une belle somme. Papi a peut-être trouvé un arrangement pour leur permettre de vivre ici.

– Mais comment connaissait-il William Worsham, alors que personne ici n'en a entendu parler ? s'étonna Loretta.

– Il n'y a qu'une seule personne qui peut répondre à ça, et c'est William lui-même. Est-ce que je peux emprunter la voiture, si j'arrive à la sortir ? demanda Elizabeth en posant la lettre sur la table basse. Je vais voir Paul.

Elle était déterminée, refusant de croire que cette histoire finirait ainsi.

– Bien sûr, répondit sa mère en prenant son sac à main au crochet près de la porte d'entrée et en cherchant les clés à l'intérieur pendant qu'Elizabeth enfilait son manteau. Il n'a pas beaucoup neigé la nuit dernière : tu devrais pouvoir sortir si tu suis les traces laissées par le tracteur de Ray.

Elle lui tendit les clés.

– Est-ce que tu veux que je t'accompagne ?

Elizabeth secoua la tête.

– J'aimerais lui parler seule, si ça ne te dérange pas.

Son rythme cardiaque s'accéléra à l'idée de le revoir et de ne pas savoir comment il allait réagir.

– Oui. Vas-y. Appelle-moi si tu as besoin de moi.

Elizabeth traversa la neige d'un pas lourd, monta dans la vieille Buick de sa mère et mit la clé dans le contact. Tremblant de froid, elle démarra sans attendre que le moteur chauffe, puis suivit lentement les traces de pneus du tracteur jusqu'à la grande route.

En chemin, elle pensa à son grand-père. Il avait toujours été là pour sa grand-mère, depuis le premier jour. Elle voulait trouver un homme comme ça, qui risquerait tout pour elle, qui ne fermerait pas l'œil tant qu'il n'aurait pas tout arrangé. Son grand-père l'avait dit lui-même : il comptait rester à ses côtés aussi longtemps qu'elle voudrait bien de lui. Existait-il encore des hommes comme lui, aujourd'hui ?

Quand elle s'arrêta devant la maison de location, elle remarqua aussitôt que la Mercedes de Paul n'était pas là. Elle coupa le moteur et sortit malgré tout, puis alla jusqu'à la porte et appuya sur la sonnette. Les mains dans les poches, elle retint son souffle, pas certaine de ce qu'elle allait lui dire. Comme personne ne répondait, elle regarda par la fenêtre, mettant ses mains autour de son visage, et ses espoirs s'envolèrent. La maison était plongée dans l'obscurité ; il n'y avait plus de signe de vie. Paul était reparti à Chicago, sans même lui dire au revoir.

Cachant sa déception, elle passa au café pour vérifier si, à tout hasard, il n'y serait pas. Elle entra et scruta la foule, à la recherche de ses cheveux blond roux, mais personne ne correspondait à cette description. Quand elle posa les yeux sur la petite carte accrochée près de la cheminée, elle dut contenir son émotion – elle allait tant changer aux mains de Paul.

– Excusez-moi. Savez-vous si un homme du nom de Paul Dawson est ici ? interrogea-t-elle la serveuse.

La femme aux cheveux en brosse fit la moue et secoua la tête.

– Jamais entendu parler de lui.

– D'accord, merci.

Elizabeth tourna les talons, prête à partir, mais la serveuse l'arrêta.

– Attendez. Vous parlez du type qui était là tous les jours ? Celui avec les yeux bleus et l'ordinateur portable ?

– Oui.

Il n'était peut-être pas encore parti, en fin de compte ; elle allait peut-être pouvoir lui parler. Un frisson la parcourut.

– Il est parti à l'aéroport tôt ce matin. Il a pris un café avant de se mettre en route.

– Je vois, répondit-elle en baissant la tête. Merci encore.

Le cœur gros, elle remonta dans la voiture de sa mère et envoya un texto à Paul pour lui demander de l'appeler. Puis elle rentra à la maison, avec le sentiment d'avoir subi une grosse perte – pas seulement la ferme, mais la façon dont elle vibrait chaque fois qu'elle était avec lui. Et ça lui était presque aussi insupportable.

– L'avocate pourra peut-être nous mettre en contact avec M. Worsham, dit Loretta quand Elizabeth arriva.

La jeune femme s'affala sur le canapé et rejeta la tête en arrière, frustrée. Quand elle se redressa, ses yeux se posèrent sur les deux cadeaux que Paul leur avait apportés. Elle n'était pas d'humeur à les ouvrir maintenant.

Sa mère suivit son regard.

– Ç'aurait été bien qu'il reste assez longtemps pour qu'on ait le temps de les déballer et de le remercier.

– Laissons-les sous le sapin pour le moment, répondit-elle.

En les gardant intacts, elle espérait en secret envoyer un genre de message cosmique à Paul : elles l'attendaient pour les ouvrir, il devait revenir. Elle les fixa, pensant à voix haute :

– Qu'est-ce qu'on fait ?

Sa mère fronça les sourcils, réfléchissant.

– Il nous reste une lettre à lire. Les autres nous ont permis de mieux comprendre ce qui se passait. Elle contient peut-être des informations qui pourraient nous aider.

Elizabeth se leva pour attraper la dernière lettre. Elle garda l'enveloppe à la main un moment, ne souhaitant pas l'ouvrir. C'était le dernier message de sa grand-mère et, quand elles l'auraient terminé, elle craignait que le silence ne lui fasse l'effet d'un coup de couteau en plein cœur. Après tout ce qu'elle avait perdu, l'idée de perdre à nouveau sa grand-mère lui était insupportable, surtout après avoir eu l'impression de l'avoir retrouvée ces derniers jours.

– Ça va aller, la rassura sa mère.

Les mains tremblantes, Elizabeth ouvrit l'enveloppe et sortit la lettre.

25 décembre 1947,

Mon Roger chéri,

Quel parcours pour en arriver là, toi et moi – amoureux. Tu es la personne la plus gentille, la plus sincère au monde, et je suis chaque jour reconnaissante que tu aies répondu aux lettres que j'écrivais à Jimmy. J'ai parfois l'impression que ses anges gardiens ont tout orchestré et que tu as été choisi spécialement pour me rendre heureuse quand les maux de ce monde voulaient me détruire. Et j'aime penser que Jimmy était là pour nous donner sa bénédiction le jour de notre mariage.

Quand tu as fini par m'avouer que tu avais vendu la ferme, je n'en revenais pas. J'étais tellement en colère contre toi… Mais la personne qui a été choisie pour moi sait exactement quoi faire, j'en suis sûre. Tu sais que les finances, ce n'est pas mon fort : je vais donc te laisser gérer tout ça. Tu m'as promis que nous vivrons ici pour les générations à venir, et je te crois. Je ne sais pas comment tu le sais, mais je te fais confiance.

Avec Jimmy, nous avons planté une graine ici, mais, tous les deux, nous allons fonder une famille et nous épanouir, et je passerai toute ma vie ici, à honorer sa mémoire en prenant soin de ceux que j'aime.

Elizabeth leva les yeux, blême de peur, la peau froide.

– Papi devait donc bien louer la ferme à William Worsham.

Les lèvres de sa mère s'affaissèrent.

– Alors, on doit vraiment partir ? réalisa-t-elle.

Elle déglutit et fronça les sourcils, les yeux brillants de larmes.

– Que dit la fin de la lettre ? demanda-t-elle, sa voix se brisant.

Incapable de former une phrase, Elizabeth secoua la tête et tourna la page pour lui montrer les dernières lignes et la signature de sa grand-mère – qui ne leur en apprirent pas davantage. Tout ce qu'elle savait, c'était que ses grands-parents n'étaient plus de ce monde et que l'exploitation appartenait à quelqu'un d'autre, et qu'elles allaient donc devoir commencer à faire leurs cartons. Elles venaient de passer leur tout dernier Noël à Crestwood Farm.

Chapitre 20

Le lendemain matin, comme toujours, Elizabeth et sa mère s'occupèrent des bêtes dès le réveil, avant le petit déjeuner. Le ciel était dégagé, et des rayons de soleil dorés faisaient miroiter les champs, montrant la ferme dans toute sa splendeur, illuminant tout ce qui leur manquerait tant.

Un ruban de lumière filtrait à travers la porte de la grange. Elizabeth brossait la crinière de Buttons, se demandant quand annoncer aux ouvriers agricoles qu'elles allaient devoir se séparer d'eux. Elles devraient aussi reloger les animaux. Buttons s'ébroua et frappa des sabots, et elle sut avec certitude que sa jument allait terriblement lui manquer. Naomi pourrait sûrement prendre les chevaux, et elles trouveraient de bonnes maisons aux autres bêtes dans la région. Les garçons chercheraient un autre poste ailleurs, mais qu'allaient-elles devenir, elles ? Qu'étaient-elles censées faire ? Elizabeth chassa ses larmes et continua de passer la brosse en poils de sanglier dans la crinière épaisse de sa jument.

Mamie, où es-tu ? Tu avais toujours réponse à tout. Nous avons besoin de toi.

Buttons frappa à nouveau des sabots, la faisant sursauter, et les larmes se mirent à rouler sur ses joues. Elle les essuya avec ses doigts gelés et engourdis, non par le froid, mais par l'angoisse qu'elle ressentait à l'idée de partir. Plus rien ne serait jamais comme avant.

Elle se creusa la tête, cherchant un moyen d'arranger ça. Pouvaient-elles essayer de racheter les terres ? Elle pourrait demander à Richard de la dépanner… Mais il n'accepterait probablement pas, et elle ne voulait pas lui être redevable ni admettre qu'elle avait besoin de son argent. Elle n'avait pas de bas de laine, seulement ce qu'il restait des dix mille dollars de Richard. Sa mère non plus n'avait pas d'économies dignes de ce nom – elle lui avait dit elle-même qu'elle avait investi toute sa fortune dans la ferme.

– Je suis frigorifiée, dit Loretta en la rejoignant. Tu as fini avec Buttons ?

Elle caressa affectueusement le flanc de la jument. L'ambiance était lourde, triste, même si elles s'efforçaient toutes les deux de faire comme si de rien n'était.

– Oui, répondit Elizabeth en posant la brosse dans un seau avant de passer les doigts dans la crinière de Buttons. Je te verrai tout à l'heure, lui dit-elle doucement, mais savoir qu'elle ne la verrait bientôt plus autant lui faisait mal au cœur.

Elles traversèrent le champ jusqu'à la maison et s'installèrent près du feu. Elizabeth réchauffa son corps frissonnant, les larmes roulant sur ses joues.

– Ma chérie…

Sa mère prit sa main gelée, et Elizabeth secoua la tête.

– Tout va de travers, se lamenta-t-elle, incapable de tenir le coup plus longtemps, même pour sa mère. On ne peut pas perdre la ferme, et je n'arrive pas à joindre la seule personne qui pourrait m'aider à la sauver.

– Je suis surprise qu'il soit parti sans un mot, malgré ce qu'a pu dire Percy, remarqua Loretta en fronçant les sourcils. Est-ce que tu lui as envoyé un texto ?

– Oui, il n'a jamais répondu, dit-elle d'une voix étranglée, submergée par le chagrin. Je ne voulais pas l'admettre jusque-là, mais il me manque, même s'il ne le devrait pas. Je n'arrive tout bonnement pas à croire que je me suis trompée à son sujet.

Sa mère l'attira contre elle, et elle posa sa tête sur son épaule.

– Il ne devrait pas me manquer. Je devrais lui en vouloir de nous arracher la seule chose qui nous rend heureuses.

– On ne contrôle pas toujours ses sentiments, Liz. Parfois, notre cœur parle pour nous.

Elizabeth essuya une larme sur sa joue.

– Je commence à me rendre compte que j'ai le chic pour piocher les mauvais numéros.

Loretta se pencha et la serra plus fort.

– Ne sois pas trop dure avec toi-même et ne commence pas à généraliser après deux hommes. Tu trouveras le bon.

– Et si je n'étais pas faite pour trouver le bon ?

– Tu es ouverte à l'amour, tu es faite pour avoir quelqu'un. Il faut juste que tu sois patiente et que tu attendes que le bon entre dans ta vie. Si quelqu'un peut être patient, c'est bien toi, ajouta-t-elle avec un sourire, les coins de ses yeux se plissant.

Elizabeth l'étreignit à nouveau.

– Merci de me réconforter.

Elle était si heureuse de l'avoir à ses côtés pour traverser cette épreuve. Sa mère l'aidait à avoir confiance, même si elle continuait de penser que les choses auraient pu être différentes avec Paul s'il avait laissé une chance à la ferme.

– Qu'est-ce que tu fais ? demanda Loretta dans l'après-midi en se penchant par-dessus l'épaule d'Elizabeth.

Assise au bureau, la jeune femme tapait sur son ordinateur. Après s'être apitoyée sur son sort, elle avait fini par comprendre qu'elle ne pouvait pas rester sans rien faire, à ruminer.

– J'essaie de déterminer ce que je veux faire de ma vie, répondit-elle en se retournant. Je n'arrête pas de penser à ce que mamie m'a dit : « Pose tes fondations, mais ne t'arrête pas au rez-de-chaussée. »

– Ça me rappelle les fondations dans le fond du champ. Est-ce que tu crois qu'elle y faisait référence quand elle t'a dit ça ?

– Je n'en sais rien, mais je m'interroge. Elle n'a pas pu fonder de foyer avec Jimmy, mais elle l'a fait avec papi. Elle savait de quoi elle parlait.

– Ça, c'est sûr.

Loretta s'assit dans le fauteuil à côté du secrétaire.

– Alors, tu travailles sur quoi ?

– J'essaie de trouver une carrière qui me corresponde vraiment. J'ai pensé aux associations caritatives, peut-être même à en coordonner une, comme avant, mais, pour être honnête, quand on a parlé des changements qu'on pourrait effectuer à la ferme, j'étais vraiment emballée. Ça faisait longtemps que le travail ne m'avait autant enthousiasmée. Je m'y voyais vraiment : élaborer une stratégie de marque, développer Crestwood Farm. Avec le temps, ça aurait pu nous rapporter assez pour inclure du caritatif… On aurait dit un job de rêve.

– C'était vraiment une idée géniale, acquiesça sa mère avec mélancolie.

– Ce serait l'idée *parfaite*, mais rien ne peut arriver sans la ferme.

La peur l'étreignit tout à coup.

– Est-ce qu'on va vraiment la perdre ? s'inquiéta-t-elle.

Sa mère se décomposa, sa tristesse évidente.

– Peut-être que Naomi, Travis et Percy nous laisseront travailler pour eux, reprit Elizabeth, ravalant le chagrin qu'elle éprouvait en admettant qu'elles pourraient perdre la maison de sa grand-mère – leur maison.

Au même moment, son téléphone se mit à sonner de l'autre côté de la pièce. Espérant que ce serait Paul, elle se leva d'un bond et courut le chercher, mettant fin à leur conversation.

– Allô ?

– Bonjour, Elizabeth. C'est Shirley Clark du cabinet Pierce and Hughes. J'appelais pour savoir si vous aviez trouvé des documents pour contester l'acte de propriété.

Les épaules d'Elizabeth s'affaissèrent.

La dernière lettre de sa grand-mère lui avait donné sa réponse.

– Non, madame. Nous n'avons rien qui stipule que ces terres nous appartiennent.

– Je vois, répondit Shirley avec douceur. J'imagine que nous allons devoir discuter d'un plan pour évacuer les lieux. Même si j'ai indiqué à mon client que vous pourriez être intéressée par les lois sur la prescription acquisitive.

– La prescription acquisitive ? demanda Elizabeth en levant un doigt, comme sa mère l'interrogeait du regard.

– Il y a débat sur le fait que ce soit légal dans le Tennessee, mais si vous habitez la propriété depuis vingt ans ou plus et que vous y avez apporté des améliorations notables, vous pouvez avoir des droits. Au pire, vous seriez considérées comme des occupants illégaux, mais, si vous pouvez prouver que vous avez payé des loyers, vous pourriez être considérées comme des occupants légaux.

Même si cela ne garantissait pas que tout s'arrange et qu'elle n'était pas certaine de pouvoir traîner une grande entreprise devant les tribunaux, cette petite branche que lui tendait Shirley lui donna envie de la prendre dans ses bras. Cette avocate résidait dans une ville rurale, elle aussi, et elle savait ce à quoi Elizabeth et sa mère étaient confrontées.

– Combien de temps ai-je pour me renseigner ?

– Si vous n'avez pas encore d'avocat, je vous conseillerais de le faire dès aujourd'hui, puis vous aurez tout le temps qu'il faudra pour plaider votre cause devant les tribunaux.

– Merci, Shirley, dit Elizabeth, profondément soulagée.

– Qu'est-ce qu'elle voulait ? l'interrogea Loretta quand elle raccrocha.

– Il faut qu'on se renseigne sur la prescription acquisitive, expliqua-t-elle en se rapprochant du secrétaire pour attraper son ordinateur.

Elle s'assit sur le canapé et rapporta à sa mère ce que Shirley lui avait dit tout en saisissant le terme dans le moteur de recherche.

– Ça dit qu'il nous faut un avocat en immobilier, parce que les lois peuvent être compliquées, dit-elle avant de la regarder. Est-ce que tu crois qu'on peut contester ? Expliquer que mamie et Jimmy étaient propriétaires des terres et que papi les a vendues, mais qu'il avait la permission de rester… ?

– Comment allons-nous savoir qui lui a donné la permission ?

– Il faut qu'on appelle Worsham Enterprises et qu'on demande à parler à Paul. S'il refuse de nous répondre, il faudra qu'on parle à quelqu'un d'autre, sinon, ils verront ça avec notre avocat. Le moins qu'ils puissent faire, c'est nous donner l'historique de location.

Elle redressa les épaules, mue par un regain de détermination.

Chapitre 21

– J'ai laissé un message à Worsham Enterprises, mais personne ne m'a rappelée.

– Ne t'inquiète pas, répondit Naomi.

Elles s'étaient retrouvées au *High Peak Coffee*, plus tard dans l'après-midi. Elizabeth lui avait tout expliqué.

– On finira par avoir la réponse.

– J'ai aussi pris une avocate. J'espère qu'elle pourra faire quelque chose pour nous.

Elle fixa la carte près de la cheminée.

– J'ai vraiment craqué pour Paul. J'ai vraiment cru qu'il était spécial, mais je n'ai plus de nouvelles.

– Tu sais, quand on a épuisé tous les nutriments dans un sol à force de planter des cultures, la terre n'est plus bonne pour replanter et on doit la laisser se reposer, ajouter du fertilisant, puis la labourer pour qu'elle soit à nouveau bonne ?

– Oui, répondit Elizabeth, se demandant où son amie voulait en venir.

– La terre n'a aucun problème, expliqua Naomi en se penchant vers elle pour la regarder dans les yeux. Elle ne veut juste pas faire ce qu'on attend d'elle à ce moment-là, mais si on en prend soin, on arrive à nos fins.

– Donc si je prends soin de Paul, il nous laissera garder la ferme ?

Naomi esquissa un sourire.

– Si tu prends soin de Paul et que tu te confies à lui, il pourrait changer d'avis.

Elizabeth secoua la tête.

– J'ai essayé de le faire changer d'avis. Je lui ai tout expliqué, et il est parti. Il semblerait que notre sol soit trop rocailleux pour cultiver quelque chose dessus.

Naomi siffla.

– Ce n'est pas l'impression qu'il donnait quand il était avec toi. Il s'illuminait dès que tu approchais. Quand on est rentrés à la maison hier soir et qu'on a parlé de tout ça, j'ai pris ta défense et j'ai dit à papa et à papi qu'il avait l'air d'être un type bien.

– Il nous a peut-être tous bernés.

Elle sirota une gorgée de café, incapable d'oublier le mauvais pressentiment qu'elle avait : elle ne serait peut-être pas capable de régler ce problème.

– J'aimerais juste qu'il me réponde.

Toujours optimiste, Naomi se pencha au-dessus de la table pour avoir l'attention de son amie.

– Il le fera peut-être. Laisse-lui du temps. Et concentre-toi sur toi pour le moment.

Elizabeth sourit malgré son chagrin, car, même si elle risquait de perdre gros, elle avait gagné une chose très importante : sa meilleure amie. Elle prit sa tasse de café et but une autre gorgée du liquide chaud.

– Qu'est-ce que je suis censée faire en attendant ? Il faut que je trouve du travail.

– Ta mère a dit à mon père que tu aimais organiser des événements.

– Oui, répondit-elle, cachée derrière sa tasse.

– Et elle a aussi dit que tu travaillais comme bénévole pour des associations caritatives. Du coup, je parie que tu es douée en relations publiques… Est-ce que tu sais faire des logos et des sites web ?

Elizabeth voyait presque son amie réfléchir.

– À quoi tu penses ?

– *Vous* pourriez être le visage de Thistle Farm. Ta mère et toi, vous pourriez vous occuper de l'image de marque et du volet commercial de la ferme… aucun de nous n'est doué pour ça. On cherche quelqu'un, et vous seriez parfaites. On pourrait vous payer toutes les deux.

Même si ce n'était pas aussi bien que de conserver Crestwood Farm, l'idée plut à Elizabeth. Et cela semblait dans ses cordes, puisqu'elle avait suggéré une chose similaire à sa mère.

– Où est-ce qu'on vivrait ? Si l'avocate ne nous obtient pas le droit de rester à la ferme, il faudra qu'on trouve un autre logement, dit-elle, pensant à voix haute.

– On demandera à Ella de vous trouver une maison. Elle est agent immobilier.

– J'avais complètement oublié, répondit-elle en se rappelant comment Ray avait rencontré sa femme.

– Penses-y. Mon père serait ravi que vous travailliez pour nous.

– Tu ne crois pas que ce serait bizarre que maman et Travis travaillent ensemble ? Elle ne voudra peut-être pas travailler avec l'homme pour lequel elle a le béguin.

Naomi esquissa un sourire.

– Elle est indépendante, ça ne fait aucun doute. Mais c'est quand même à envisager.

– Merci, Naomi. C'est une proposition merveilleuse. J'en discuterai avec elle ce soir.

Elle regarda avec regret sa tasse presque vide. Après avoir vécu onze ans à New York, elle aurait dû avoir l'habitude de prendre des décisions rapides et de s'adapter à un environnement sans cesse changeant, mais ses émotions la retenaient. Si elle acceptait la proposition de Naomi avec trop d'empressement, elle aurait l'impression de ne pas se battre suffisamment pour la ferme familiale. Son grand-père avait promis à sa grand-mère que cette ferme resterait dans la famille pendant des générations, et elle sentait qu'il lui revenait de l'aider à tenir sa promesse. Mais elle n'était pas certaine de pouvoir y arriver.

– Au fait, on organise une soirée jeux, ce soir. C'est chez Beatrice, si vous voulez venir, avec ta mère. Ça vous changerait les idées.

Elizabeth sourit, pensant encore à la ferme.

– Merci. On viendra peut-être.

En arrivant chez elle, Elizabeth trouva Loretta assise dans le couloir au milieu des affaires de sa mère, un torrent de larmes dévalant ses joues. Elle se précipita vers elle.

Loretta mit en boule un des pulls de sa mère et le porta à son nez, le sentant à travers ses sanglots.

– Je pensais pouvoir être productive et commencer à ranger, mais c'est trop dur. Cette ferme, c'est toute ma vie. Je ne sais pas ce que je vais faire sans elle. Et Travis ? Je viens juste de réaliser à quel point c'était un homme merveilleux. Vais-je devoir le quitter ?

Elizabeth se pencha et l'aida à se relever avant de la prendre dans ses bras.

– Je sais.

Elle ne put en dire plus, les larmes lui montaient aussi aux yeux.

Loretta se recula.

– Qu'est-ce qu'on va faire ?

– On va trouver une solution, répondit-elle machinalement.

– Non, répliqua sa mère d'une voix frénétique. Pas cette fois, je ne crois pas. Je crois que nous avons officiellement perdu la ferme et qu'aucune de nous ne peut rien y faire.

Elizabeth ne l'avait jamais vue comme ça. Pendant qu'elle était au café avec Naomi, Loretta devait avoir essayé de s'occuper, comme toujours quand elle était préoccupée, mais elle avait fini par craquer. Le simple fait qu'elle n'ait pas été capable de gérer la situation comme à son habitude témoignait du poids qui pesait sur elle.

– Il faut qu'on parle à notre avocate.

Sa mère baissa les épaules, vaincue.

– Tu crois qu'elle peut faire quelque chose pour nous ? Nous ne sommes pas propriétaires des terres.

– On va devoir se battre pour.

Loretta se laissa tomber sur le canapé, et Elizabeth l'imita. Les cadeaux de Paul sous le sapin attirèrent alors son regard.

Les remarquant aussi, sa mère prit une profonde inspiration.

– Qu'est-ce que Paul a bien pu nous acheter ?

– Sans doute une manique à motifs de Noël ou un truc du genre.

Loretta renifla, un sourire se dessinant sur ses lèvres.

– Ce sont peut-être d'affreux pulls de Noël assortis.

– Tu arrives à plaisanter malgré tout… Je suis contente, dit-elle en l'enlaçant.

Il fallait que sa mère soit forte, pour elles deux, sinon elle ne serait pas en mesure de faire face.

– Et si on les ouvrait ? proposa Loretta, retrouvant son approche habituelle des situations stressantes. Ça me permettrait d'oublier un peu tout ça.

Elizabeth évitait de penser au fait qu'elle n'avait pas déballé son cadeau. Elle s'accrochait encore à l'espoir de l'ouvrir avec Paul, même si cela ne semblait plus être une possibilité à présent.

– J'imagine.

Sa mère essayait de détendre l'atmosphère. Elle capitula facilement. Elle avait elle aussi besoin de soulager sa peine, après tout.

Loretta se leva, attrapa les deux cadeaux et lui tendit le sien.

– Toi d'abord, dit-elle en s'éclaircissant la gorge, toujours aux prises avec ses émotions.

Elizabeth tint son cadeau dans ses mains, mal à l'aise.

– Je sais que tu essaies de me distraire, mais… c'est bizarre, et triste, d'ouvrir le cadeau de Paul comme ça. J'ai l'impression que c'est mal.

– Alors on ne les ouvrira jamais ? demanda Loretta en s'installant confortablement sur le canapé.

Elizabeth songea que Paul ne l'avait pas contactée depuis son départ, deux jours plus tôt, et qu'elle n'aurait sans doute plus affaire qu'à ses avocats à présent. Elle tripota le ruban, puis se décida.

– Tu as raison, céda-t-elle. Ouvrons-les en même temps.

Sa mère posa son cadeau sur ses genoux, arracha le papier et le mit en boule sur le côté, tandis qu'Elizabeth ouvrait délicatement le sien. Elle souleva le couvercle de la boîte, révélant l'arrière d'un petit cadre acheté en magasin. Loretta avait le même. Intriguée, elle le retourna et poussa un cri de surprise.

– C'est la carte de Mason's Ridge que je regardais toujours au bazar. Ils en ont une copie au café, expliqua-t-elle en touchant le verre, ses lèvres se mettant à trembloter quand son doigt s'arrêta sur le petit carré de terre où se situait Crestwood Farm.

– J'en ai une aussi, dit sa mère avant de se taire.

– Je lui en ai parlé…

Elle déglutit, tâchant d'oublier qu'il ne l'avait pas rappelée pour ne pas laisser sa déception gâcher ce moment.

– Je ne m'attendais pas à un cadeau aussi symbolique, ajouta-t-elle, trouvant son geste doux-amer, compte tenu des projets qu'il nourrissait pour la région.

La ville de Mason's Ridge ne serait plus jamais la même.

– Il y a vraiment réfléchi, hein ?

Sa mère hocha la tête, tenant tendrement sa carte.

– Ah, ça, oui.

Tendue, Elizabeth se leva et fit les cent pas dans la pièce, posant son cadre sur la table de la cuisine à côté de la liste des idées qu'elles avaient eues pour développer la ferme. Les voir côte à côte provoqua une nouvelle crise de larmes.

Loretta se leva à son tour et la prit dans ses bras, tandis que ses yeux s'embuaient aussi.

– Ne passons pas nos derniers jours à la ferme en étant tristes. Essayons d'en profiter.

Elle inspira profondément, puis expira, avant de se tourner vers le couloir.

– Est-ce que tu veux m'aider à ramasser les affaires de maman et à les ranger ? Puis il faudra qu'on trouve quelque chose à faire pour se vider la tête.

– D'accord, accepta Elizabeth à contrecœur.

Elle ne se sentait pas mieux, mais fit contre mauvaise fortune bon cœur devant sa mère.

Elles s'attelèrent toutes les deux à la tâche, remettant les piles d'affaires à leur place.

– Naomi est chez Beatrice, ils organisent une soirée jeux. Elle nous a invitées, dit Elizabeth quand elles eurent fini de tout ranger. Pourquoi on n'y passerait pas ?

– Bonne idée, répondit Loretta en fermant la porte du placard avant de se diriger vers le salon avec elle. J'imagine que Travis sera là.

Elle s'autorisa un petit sourire.

– Tu veux bien me coiffer ?

– J'adorerais.

– Une maison ! cria Ella depuis le canapé tandis que Ray gribouillait sur une grande feuille de papier. Un appartement ! Une boîte ! Un toit !

– Le temps est écoulé, intervint Travis.

Ray laissa tomber ses bras sur les côtés, son feutre décapuchonné toujours à la main.

– C'était une « tondeuse ».

Ella inclina la tête, les yeux plissés, s'efforçant manifestement de comprendre le dessin de Ray.

– C'est la poignée, expliqua-t-il en montrant le toit de la maison.

– Ah oui, je la vois maintenant, répondit Ella avant de se tourner vers les autres et d'éclater de rire.

– Liz, c'est à toi, annonça Travis en pouffant.

Elizabeth prit le marqueur des mains de Ray et un morceau de papier dans le saladier. Elle le déplia : « Labrador. » Puis elle entreprit de dessiner des oreilles tombantes et une truffe de chien à grands coups de crayon.

– Un cheval ! cria Naomi, sa partenaire.

Elizabeth regarda son dessin et éclata de rire. Puis elle secoua la tête et continua à gribouiller.

Tout excitée, Naomi se laissa glisser par terre, sur les genoux, et se rapprocha d'Elizabeth.

– Un chien !

Elizabeth se retourna et ouvrit grand les yeux pour l'encourager en ce sens.

– Un canidé ! Un chiot ! Euh…

Elizabeth se tourna à nouveau vers la page et dessina deux autres chiens de tailles différentes, puis montra le plus gros et le coloria en noir.

– Cinq secondes ! annonça Travis, le chronomètre à la main.

– Oh, oh ! fit Naomi en se tortillant. Un labrador ?

– Oui ! s'exclama Elizabeth en se retournant et en sautant sur place.

– Elles nous ont battues, dit Loretta à Beatrice d'un air faussement choqué.

– D'un point, remarqua la vieille dame avec un sourire en coin. Si j'avais pu me lever pour dessiner, avec ta vivacité d'esprit, on aurait gagné.

Loretta lui fit un grand sourire.

– C'était sympa, commenta Naomi en reprenant sa place sur le canapé.

– Merci de nous avoir invitées ce soir, lui dit Elizabeth, ravie de ce moment de répit.

Elle regarda autour d'elle. Elle ne se rappelait pas la dernière fois qu'elle s'était autant amusée.

– On devrait organiser ça chaque semaine, proposa Beatrice, paraissant plus jeune que lorsqu'Elizabeth était arrivée.

– On pourrait peut-être, acquiesça-t-elle, même si elle savait que ça ne deviendrait pas réalité tant qu'elles ne réussiraient pas à trouver suffisamment d'argent pour acheter une maison dans la région, ce qui ne serait pas facile, compte tenu de la forte demande.

Comme s'il lisait dans ses pensées, Travis s'approcha d'elle quand tout le monde se remit à bavarder.

– Ta mère m'a raconté pour la ferme.

Elle opina du chef, préférant ne rien dire, de peur d'éclater en sanglots.

– Je suis désolé d'avoir été dur avec toi quand tu es revenue. Et Naomi m'a parlé de son idée. Je ferai tout ce que je peux, tu sais… Comme nous tous.

– Merci.

Il passa un bras autour d'elle et elle posa la tête sur son épaule. Ces gens étaient comme sa famille, et elle ne pouvait imaginer meilleure compagnie. Si seulement elle pouvait savoir combien de moments comme celui-ci il leur restait à partager…

Chapitre 22

Le lendemain matin, Elizabeth était trop inquiète pour faire quoi que ce soit. Elle était obnubilée par la ferme. Pour ne rien arranger, elle avait raté un appel de Shirley Clark, qui lui demandait de la recontacter. Sans aucun document pour prouver que la ferme était à elles, ni aucun progrès du côté de Worsham Enterprises, elle était presque certaine que son prochain coup de fil avec Mme Clark servirait à fixer une date d'expulsion : elle avait donc laissé un message à leur propre avocate pour lui demander conseil.

Incapable de se concentrer sur autre chose, Elizabeth se couvrit pour rejoindre sa mère, qui était restée dehors toute la matinée, décidant de s'attarder dans la grange après avoir fini les corvées. Elle craignait qu'elle ne meure de froid.

Elle la trouva près du poulailler et alla se blottir contre elle.

– Qu'est-ce que tu fais ?

– Je profite des animaux.

Comprenant ce qu'elle voulait dire, Elizabeth tendit le bras pour attraper Holly dans le poulailler, puis le tint tendrement dans ses mains.

– Il est adorable, non ? dit-elle en caressant le duvet tout doux du poussin.

Holly pépia. Ça lui arracha un sourire, qui disparut vite : ce petit être ne se doutait pas que sa vie s'apprêtait à être chamboulée, songea-t-elle.

Tout à coup, un bruit de pneus sur le gravier attira son attention et elle vit une voiture remonter l'allée. Elle se protégea les yeux de la lumière vive qui se réfléchissait sur la neige encore au sol, puis les plissa pour voir qui c'était. Elle ne reconnaissait pas cette voiture. Sa mère se posait elle aussi la question, à l'évidence : elle lui lança un regard interrogateur. Excepté leurs amis proches, personne ne venait jamais les voir.

Quand elle parvint enfin à distinguer les passagers à travers le pare-brise teinté, Elizabeth retint son souffle et se prépara mentalement. Son cœur battait à tout rompre. C'était Paul, accompagné d'un autre homme. Elle reposa le poussin dans le poulailler et prit la main de sa mère. Le moment était arrivé : le moment qui resterait gravé dans son esprit toute sa vie. Il était venu leur annoncer qu'elles devaient partir. Sa mère lui serra fort la main, puis la lâcha, comme si elle pensait la même chose.

La voiture s'arrêta et Paul sortit. Il regarda aussitôt Elizabeth dans les yeux. Sans un mot, il fit le tour du véhicule pour aider un homme âgé à descendre, puis ils se dirigèrent vers elles, avançant prudemment sur le sol couvert de neige.

Paul s'immobilisa devant elles avec une certaine réserve, sans quitter Elizabeth des yeux.

Elle enfonça ses mains tremblantes dans ses poches et se força à le regarder, espérant avoir bien fait d'oublier ses craintes.

– Je vous présente mon grand-père, William Worsham.

Elle lui jeta un regard méfiant, se rappelant que les deux hommes ne se parlaient plus. Le vieux monsieur, les traits tirés par la fatigue, paraissait épuisé, mais il avait les yeux vifs et il l'observait avec grand intérêt.

– Est-ce qu'on peut vous parler dans la maison ? demanda Paul.

– Oui, rentrons, répondit Loretta d'une voix tendue, et les mains d'Elizabeth se mirent à trembler de plus belle.

Les deux hommes les suivirent, passant devant le sapin de Noël sur le porche, dont l'esprit festif ne semblait plus de mise. Paul guidait M. Worsham, un bras autour de ses épaules. Loretta ouvrit la porte, et ils entrèrent tous les quatre dans la ferme. Puis elle leur proposa de s'asseoir à la table. Les serpentins dans les bouquets de gui pendaient au-dessus de leurs têtes, mais l'ambiance n'était pas à la fête.

M. Worsham parcourut l'intérieur du regard, et Elizabeth se demanda s'il évaluait les lieux avant que son entreprise ne vienne tout démolir. Elle se mordit la lèvre pour ne pas se laisser déborder par ses émotions.

– J'ai écouté le message que tu as laissé à Worsham Enterprises, mais je ne pouvais pas te répondre, expliqua Paul. J'étais entre deux avions. Je suis rentré voir mon grand-père, puis on est revenus ici.

Il n'avait pas à le lui expliquer dans le détail, c'était assez simple à comprendre. Mais William détourna son attention : il posa une main ridée sur la table et la regarda avec une tendresse à laquelle elle ne voulait pas se fier, compte tenu des circonstances.

– Vous êtes la petite-fille de Harriet ? demanda-t-il.

– Mmh mmh, répondit-elle avec circonspection.

Le vieux monsieur porta alors son attention sur Loretta.

– Et vous êtes sa fille ?

– Oui, répondit cette dernière, visiblement aussi troublée qu'Elizabeth par l'émotion avec laquelle il les regardait.

– J'ai connu vos grands-parents.

– Je sais, répondit Elizabeth. Mon grand-père vous a vendu ces terres.

Le vieux monsieur fronça les sourcils, puis se dérida, comme s'il venait de penser à quelque chose. Un petit sourire se dessina au coin de ses lèvres, et elle vit la ressemblance avec Paul.

– Votre grand-père était un homme extraordinaire.

Elizabeth jeta un coup d'œil à sa mère, mais, voyant des larmes dans ses yeux, elle détourna le regard au moment où M. Worsham se remettait à parler :

– Mon nom complet est William *James* Worsham. Enfant, on m'appelait Jimmy.

Le sang d'Elizabeth ne fit qu'un tour en entendant ce nom. C'était impossible…

– Mon petit-fils m'a dit que vous aviez lu certaines de mes lettres.

Les larmes lui montèrent aux yeux et ses lèvres se mirent à trembloter, mais il les pinça, se racla la gorge et se ressaisit.

– Qu'est-ce que ça veut dire ? demanda Loretta, manifestement aussi choquée et désorientée qu'Elizabeth.

– Jimmy est mort au combat, dit la jeune femme. Mes grands-parents ont assisté à ses funérailles.

Le vieil homme secoua la tête.

– J'ai été fait prisonnier et on m'a enlevé mon uniforme. J'ai mis près de deux ans à être libéré. Le temps que je rentre, votre grand-mère avait commencé à se construire une vie avec Roger.

Loretta, le souffle coupé, porta une main à sa bouche, et Elizabeth se tourna vers Paul, se demandant ce qui se passait.

– Je suis venu la voir, poursuivit le vieil homme. Mais elle ne l'a jamais su. Elle semblait si heureuse…

Il joignit les mains et les mit devant ses lèvres, comme s'il la voyait encore.

– Je ne voulais que son bonheur. Certaines nuits, je me demandais si le temps ferait son œuvre et opérerait sa magie, je craignais de ne jamais m'en remettre. Mais je ne voulais surtout pas l'obliger à choisir entre Roger et moi.

Il inspira avec difficulté, ayant visiblement besoin d'une minute.

– Laissez-moi vous offrir un bon verre de cidre, proposa impulsivement Loretta, comme elle le faisait quand elle était bouleversée. Je vais le faire réchauffer.

Elle prit une casserole sur le casserolier au-dessus de la cuisinière et la mit sur le feu avant de revenir à table.

– Quand on a cru que j'étais mort, Harriet a hérité de la ferme, parce que je la lui avais laissée dans mon testament. Mais quand je suis rentré à la maison, je me suis rendu compte que ça allait poser problème, et je ne voulais pas qu'elle découvre que j'étais revenu. Elle m'avait déjà pleuré et avait surmonté son chagrin. Alors j'ai contacté Roger.

– Mais comment est-ce qu'il a réagi ? demanda Elizabeth, dépassée.

– Il a été surpris, comme vous pouvez l'imaginer.

Il prit une profonde inspiration, puis expira par la bouche.

– Roger et Harriet étaient déjà mariés… On s'est vus en cachette, et je lui ai fait promettre de ne jamais lui en parler.

Loretta se leva à nouveau et apporta un verre de cidre chaud à William, qu'elle posa devant lui, avant de se rediriger vers le plan de travail, sans le quitter des yeux.

– J'étais toujours propriétaire des terres, mais Roger assumait les dépenses courantes de l'exploitation, et je payais les impôts fonciers de chez moi, à Chicago. On travaillait ensemble, et je prétendais être son conseiller financier. Il ne lui a jamais dit la vérité. Elle ne savait rien.

Paul prit enfin la parole :

– Quand j'ai appris que mon grand-père possédait ces terres, j'ai aussitôt commencé à élaborer un plan de développement, comme le préconisait le conseil d'administration. Papi s'y est opposé, et je ne comprenais pas pourquoi. Jusqu'à maintenant. Après avoir passé du temps à Mason's Ridge et découvert que vous viviez sur la propriété, tout ce que je pensais vouloir est parti en fumée.

Il regarda Elizabeth avec des yeux tristes et aimants à la fois.

– Il fallait que je parle au conseil avant de revenir, et il fallait que je rentre chez moi pour découvrir la vérité. J'ai dû user de persuasion pour le convaincre de me révéler son secret.

– J'avais promis à Roger de l'emporter dans ma tombe, expliqua William. Mais Paul m'a parlé de vous, et je devais intervenir.

Après avoir apporté les autres verres sur la table, Loretta croisa les mains devant elle, anxieuse.

– Nous avons trouvé des fondations au bout du champ. Est-ce que vous pouvez nous en dire plus ?

William leva les yeux, comme plongé dans ses souvenirs.

– C'était censé devenir notre maison, avec Harriet. Mais quand on m'a cru mort, Roger a refusé de construire dessus, par respect pour moi. Même si je lui ai dit qu'il le pouvait à mon retour.

Paul adressa un sourire chaleureux à son grand-père.

– Je comprends bien mieux ses motivations depuis que je connais son histoire. Et je comprends parfaitement pourquoi la ferme comptait tant pour lui et pourquoi je ne pouvais pas la démolir.

Ils se turent tous, songeurs, et s'observèrent, unis par leur lien commun avec Roger et Harriet.

– Mais je n'ai pas eu l'occasion de te dire tout ce que j'avais à te dire, dit Paul à Elizabeth, son regard se posant sur la carte qu'il lui avait offerte, posée contre le mur. Je sais combien cette ferme est importante pour vous deux. Et je suis prêt à rembourser les investisseurs et à subir une perte, si c'est ce que vous voulez. Même si ça provoque la faillite de Worsham Enterprises.

Elle le dévisagea, suspendue à ses lèvres. La dernière chose qu'elle souhaitait, c'était que son entreprise fasse faillite. Il avait tant travaillé. Et William aurait-il suffisamment d'argent pour sa retraite si cela arrivait ? Comment s'en sortirait Paul ? Cette idée lui était insupportable. Ils se retrouvaient dans une situation terrible, où l'un d'eux serait forcément perdant.

– C'est un choix impossible.

– Oui, acquiesça-t-il. Mais si vous voulez bien m'écouter, j'ai peut-être une idée.

– Qu'est-ce que c'est ?

– C'est juste une suggestion...

– Dis-moi, l'encouragea-t-elle en se penchant sur la table.

– Tu m'as dit que ta mère adorait recevoir, expliqua-t-il en se tournant vers Loretta. C'est vrai, Loretta ?

– Oui, répondit l'intéressée d'un ton interrogateur.

– Quand je t'ai rencontrée, j'étais épuisé professionnellement, dit-il à Elizabeth. J'avais trop travaillé. Et quand ma femme m'a quitté, j'ai eu le sentiment de ne pas valoir grand-chose, alors je me suis encore plus plongé dans le travail, malgré l'épuisement. Mais quand je t'ai rencontrée, j'ai été inspiré par le fait que tu aies quitté New York pour mener une vie plus paisible, et je réalise que c'est quelque chose qui pourrait me plaire, à moi aussi.

– Qu'est-ce que tu proposes, alors ? demanda-t-elle avec nervosité.

– On en a longuement discuté avec papi, et on se demandait si on pourrait réparer les fondations en bordure de propriété pour construire un bed and breakfast au lieu d'un complexe hôtelier.

– En quoi ça nous serait bénéfique ? se renseigna Loretta.

– Eh bien, j'aimerais que quelqu'un qui connaisse bien la région le tienne avec nous.

Elizabeth pensa aussitôt aux idées qu'elle avait notées avec sa mère. S'efforçant de ne pas trop s'emballer, elle se leva pour attraper son bloc-notes, puis rapprocha sa chaise de celle de Paul.

– Avec maman, on s'est dit qu'on pourrait développer la ferme pour faire ce genre de choses, dit-elle en passant son doigt sur la liste : ferme ouverte aux visiteurs, jus de pommes, tables de pique-nique, balades à cheval…

Un sourire se dessina sur les lèvres flétries de William.

– Harriet aurait pu penser à tout ça.

À l'évocation de ce nom, l'émotion les gagna, et Elizabeth le sentit : il se passait quelque chose de positif.

Sa mère la regarda, l'air heureux. C'était comme si ses grands-parents étaient là, avec eux, pour encourager leur famille ; comme s'ils avaient tout orchestré d'en haut.

Le téléphone d'Elizabeth se mit à sonner, les interrompant.

– Excusez-moi, dit-elle après avoir sorti son portable de sa poche et vu le numéro familier.

Elle décrocha.

– Salut, dit Naomi, à l'autre bout du fil. J'ai vu la voiture dans ton allée et je ne voulais pas vous interrompre, alors j'ai laissé le paquet de lettres sur ton porche. Beatrice m'a dit que tu voudrais sans doute les garder.

Sa grand-mère était bel et bien là, sur le porche, semblait-il.

– D'accord, merci, répondit-elle, impatiente d'aller les chercher.

– Tout va bien ?

– Ça se pourrait bien.

Elle raccrocha, puis alla ouvrir la porte d'entrée. Les lettres étaient là, sur les planches du porche, attachées avec le ruban rouge familier, les guirlandes lumineuses scintillant toujours sur le bois vert. Elizabeth se baissa pour les prendre et les rentrer à l'intérieur. Elle réfléchit à sa théorie, selon laquelle sa grand-mère avait commencé à les écrire pour honorer la mémoire de Jimmy. Ces lettres étaient entre sa grand-mère et les deux hommes qu'elle avait aimés. Puis elle sut ce que sa grand-mère aurait voulu qu'elle en fasse.

– Je pense que vous aimeriez avoir ça, dit-elle en les tendant à William.

Le vieil homme les prit dans ses mains tremblantes et les couva du regard.

– Il y en a aussi quelques-unes de papi, ajouta-t-elle.

William les serra contre son cœur.

– Merci.

Loretta leva son verre de cidre pour trinquer.

– Joyeux Noël.

– Joyeux Noël, répondit Paul.

Et, quand il croisa le regard d'Elizabeth, elle retrouva l'homme qu'elle avait rencontré.

Une fois tout le monde installé confortablement, en train de se poser des questions et d'apprendre à se connaître, Paul se leva. Il prit la main d'Elizabeth.

– Je peux te parler une minute ?

Elle attrapa leurs manteaux et le suivit dehors, sur le porche à l'arrière de la maison. Elle craqua une allumette, qu'elle jeta dans le braséro, et les bûches se mirent à crépiter et à éclater sous la chaleur des flammes, prenant lentement jusqu'à ce que le feu finisse par les dévorer.

– Je suis désolé d'être parti comme ça, s'excusa-t-il en la regardant. Quand j'ai réalisé ce que j'avais fait et que j'ai entendu Percy, j'ai su que transformer cette ferme en complexe hôtelier était une mauvaise idée, pas représentative des valeurs que je défends. Je devais convaincre le conseil d'abandonner ce projet et leur expliquer que je ne pouvais pas donner suite. J'aurais voulu te rassurer avant de partir, mais il fallait aussi que je parle à mon grand-père pour comprendre pourquoi vous ne sembliez pas le connaître. Il fallait que je connaisse toute l'histoire pour être certain de prendre la meilleure décision pour toi.

Il fit un pas vers elle.

– Je ne voulais pas t'inquiéter. Je… J'avais juste besoin de temps pour élaborer un plan.

– Promets-moi de ne jamais le refaire, s'il te plaît. On peut tout affronter ensemble.

– Tu as raison.

Il la regarda avec tendresse, puis leva les yeux vers les serpentins argentés suspendus au toit du porche au-dessus de leurs têtes, et ses lèvres esquissèrent un sourire.

– Et ça ? dit-il en montrant la boule de gui que Loretta avait accrochée pour la fête. Est-ce qu'on peut l'affronter ensemble ?

Cette suggestion la rendit si heureuse qu'elle éclata de rire.

– Tout à fait.

Il posa doucement les mains sur sa taille et l'attira contre lui. Puis il lui prit le visage et pressa délicatement sa bouche contre la sienne. Tous leurs mouvements s'accordèrent, pareils aux notes d'une symphonie. On ne l'avait jamais embrassée comme ça. Ses lèvres chaudes sur les siennes, leur respiration parfaitement synchrone, ses caresses délicieuses – c'était comme s'il avait été fait pour elle et que tout ce qu'elle avait vécu jusque-là l'avait préparée pour ce moment.

Quand ils finirent par reprendre leur souffle, elle se recula.

– Où est-ce que tu vas vivre ?

– Quoi ?

Il la dévorait du regard.

– Quand on aura construit le bed and breakfast, où est-ce que tu vas vivre ?

– N'importe où. Tant que je peux te voir.

– Eh bien, si tu as besoin d'un toit, je connais une vieille ferme qui pourrait avoir une chambre, dit-elle en agitant la main en l'air.

Il eut un petit rire et se pencha pour l'embrasser à nouveau. Et en le regardant dans les yeux, elle sut que ce moment marquait le début du reste de leur vie.

Épilogue

Un an plus tard

– Salut, maman, dit Elizabeth d'un ton taquin, le téléphone collé à sa dormeuse en diamant, la neige tombant doucement sur les décorations qui scintillaient devant le *Crestwood Bed and Breakfast.*

Elle sortit un talon haut de la voiture, prit la main de Paul, et ils passèrent devant la pancarte sur laquelle était écrit « Soirée d'inauguration ». Une fête de Noël grandiose allait commencer à l'intérieur, d'ici cinq minutes. Elizabeth lissa sa robe de bal rouge et monta les marches du bed and breakfast, envoyant un baiser à Paul, qui lui tenait la porte, très séduisant dans son smoking.

– Je te rappelle dans une seconde, maman. Promis.

– Liz, murmura sa mère à l'autre bout du fil avec son accent du Sud.

– Rejoins-nous. La fête va commencer.

– Je sais, mais je ne trouve pas le parfum que tu m'as dit de mettre, et Travis est déjà en route.

Elizabeth tendit son téléphone pour que Paul entende, tout sourire en imaginant sa mère chercher désespérément le parfum parfait pour impressionner son nouveau fiancé. Travis avait aidé Loretta à aménager la ferme, à rassembler les objets à garder et ceux à mettre au garde-meuble, afin qu'elles puissent s'installer. Et, pendant leur temps libre, il l'emmenait au restaurant ou au cinéma – des choses que Loretta n'avait pas faites depuis des années. Il était devenu très important dans sa vie, et l'éclat qui brillait dans ses yeux ces temps-ci trahissait sa joie de l'avoir auprès d'elle.

– Est-ce que je vais devoir rentrer pour t'aider à le chercher ?

– Oh, ne t'en fais pas. Je l'ai trouvé !

– Est-ce que tu as mis les perles que je t'ai sorties ? demanda-t-elle une fois à l'intérieur du bâtiment, avant de glousser, comme Paul lui chatouillait la taille.

– Oui.

– Et la robe ? Tout te va ?

Paul lui mordilla le cou, et elle se retourna vers lui, le téléphone collé à l'oreille, puis le repoussa d'un air joueur.

– Oui. Tout me va. Je vous rejoins dès que Travis arrive. Désolée de t'avoir dérangée.

– Tu ne me déranges jamais.

Elle fit un bisou dans le téléphone et raccrocha au moment où Naomi s'approchait d'eux dans un bruissement.

Elle écarquilla les yeux en voyant la beauté devant elle. Son amie portait une robe du soir vert foncé à paillettes et des talons hauts.

– Est-ce que tu as mis de l'ombre à paupières ? s'étonna-t-elle par-dessus la musique de Noël.

– Ne t'attends pas à ça tous les jours, répondit Naomi avec un clin d'œil.

– Tu es superbe.

Son amie rougit.

– Et toi, tu es éblouissante, comme toujours. Et Paul, tu es très élégant.

– Merci. C'est facile d'être élégant avec une telle merveille à mon bras, répondit-il en faisant tourner Elizabeth.

Elle se pâma, lui jetant un regard énamouré. Elle n'avait jamais été aussi heureuse. Toute l'année, sa mère et elle avaient travaillé en étroite collaboration avec Worsham Enterprises pour dessiner les plans du bed and breakfast et prévoir les différents aménagements. Elles avaient réussi à inclure toutes les idées de leur liste et en avaient même ajouté, de façon à impliquer les écoles locales, en organisant des sorties pédagogiques à la ferme, où les enfants pouvaient découvrir l'agriculture et la sauvegarde de l'environnement. Tous les bénéfices engendrés par ces visites, ainsi qu'un pourcentage des ventes de la boutique, serviraient à entretenir les exploitations de la région : l'argent serait distribué aux agriculteurs par le biais d'une subvention annuelle.

New York n'étant plus qu'un lointain souvenir, Elizabeth avait pris ses marques à Mason's Ridge. Plus jeune, elle était partie, en quête d'une vie qu'elle croyait faite pour elle, mais sa vie de rêve l'attendait ici depuis le début en réalité. Grâce au legs de sa grand-mère et avec l'aide de sa mère, elle avait découvert qui elle était.

Elle avait réalisé que son amitié avec Naomi était l'amitié la plus sincère et la plus importante qu'elle n'avait jamais eue ; elles avaient toutes les deux tiré un trait sur le passé et étaient heureuses de rattraper le temps perdu.

Et c'était Naomi qui lui avait réservé la plus grosse surprise de sa vie. Elle l'avait attirée dans le café désert, où toutes les tables avaient été dégagées pour créer une piste de danse improvisée. Des bougies éclairaient la salle, et un groupe de musique jouait dans un coin juste pour Paul et Elizabeth. Il l'avait prise dans ses bras et avait dansé avec elle – une valse. Puis, Naomi les observant, les larmes aux yeux, il s'était agenouillé et lui avait demandé sa main.

Depuis, ils étaient inséparables. Paul était le plus romantique des hommes, mais travailler avec lui sur le bed and breakfast était aussi très gratifiant. Elle avait trouvé sa place, conciliant son amour de la ferme et de la famille avec ses activités caritatives. Tout planifier lui avait donné la raison d'être et la source d'inspiration qu'elle avait toujours voulues. Paul avait été à ses côtés pour toute l'organisation, l'avait guidée tout en la laissant prendre les rênes quand elle le souhaitait, remarquant ses nombreux atouts au passage.

Il avait vendu sa propriété de Chicago et acheté un grand terrain à l'autre bout de la ville, où ils prévoyaient de construire leur future maison – une immense ferme, avec une petite dépendance pour William.

– J'aimerais vous présenter quelqu'un. C'est un nouveau membre du conseil d'administration de Worsham Enterprises, dit Paul à Elizabeth et Naomi.

Ils passèrent devant un groupe d'invités parés de leurs plus beaux atours, puis au milieu des plateaux de hors-d'œuvre, pour se diriger vers un homme à peu près du même âge qu'eux, avec des cheveux bruns et des yeux d'un vert vif assortis à sa cravate de Noël.

Cet homme se tourna vers eux quand ils approchèrent et fixa aussitôt son attention sur Naomi, comme s'il n'y avait personne d'autre dans la salle.

– Bonjour, dit-il, à l'évidence séduit par sa beauté naturelle.

Paul s'éclaircit la voix.

– Brian Simpson, voici Naomi White et Elizabeth Holloway.

– Appelle-moi Liz, lui dit Elizabeth, son surnom de jeunesse lui allant à merveille.

– Ravi de vous rencontrer, toutes les deux, répondit-il avant de se tourner vers Naomi. Est-ce que tu veux un verre ?

– Avec plaisir, répondit-elle, un sourire conquis aux lèvres qu'Elizabeth ne lui connaissait pas.

Quand Brian se dirigea vers le bar, elle attrapa Paul par le col de sa veste et articula silencieusement un « merci ». Puis elle courut le rejoindre.

Elizabeth éclata de rire, ravie de voir son amie s'amuser.

Percy et Beatrice arrivèrent à leur tour, des verres de champagne à la main, pleins d'entrain. William, Ray et Ella les suivaient. Percy fut le premier à donner une tape dans le dos de Paul.

– C'est magnifique, ici, les complimenta Beatrice.

Elizabeth prit alors le temps de regarder autour d'elle. Dans l'entrée, des guirlandes de cèdre recouvraient les balustrades de l'immense escalier, sur deux étages, et de longs rubans argentés ornaient tous ses piliers, au-dessus desquels flottaient des ballons de couleurs assorties. Ils avaient acheté cinq sapins de Douglas chez Percy, qu'ils avaient décorés de petites lumières blanches et de boules bleues et argentées.

– Je suis contente que ça vous plaise, répondit Elizabeth avec fierté. On s'est démenés pour que tout soit prêt pour les fêtes. Toutes les chambres sont occupées.

Elle sourit à William, qui la regarda d'un air complice. Il louait une maison à côté avec Paul et avait été là à toutes les étapes de la construction du bed and breakfast sur les fondations qu'il avait posées avec Harriet. Elle avait adoré l'entendre lui parler de sa grand-mère et se sentait plus proche d'elle que depuis longtemps.

– C'est merveilleux, dit Beatrice en prenant le bras de Percy. Je suis impatiente de voir ce qu'il y a dans la grande salle. Le groupe de musique a l'air très bien.

– Je suis d'accord, répondit Paul en prenant la main d'Elizabeth pour la conduire sur la piste de danse. Je sens qu'il va y avoir une valse, ajouta-t-il en lui faisant un clin d'œil.

Et là, sous les illuminations de Noël, elle se rappela les mots de sa grand-mère : *Nous avons besoin de fondations solides, mais pas seulement. Elles ne sont rien si on ne leur donne pas forme, Liz. Pose tes fondations, mais ne t'arrête pas au rez-de-chaussée. Nourris ton projet et mène-le à bien.*

Comme Paul la conduisait sur la piste de danse en la faisant tournoyer, la robe de satin rouge qu'elle pensait ne jamais avoir l'occasion de remettre virevoltant autour de ses jambes, elle sut qu'elle avait rendu sa grand-mère fière et que, quelque part là-haut, ses grands-parents étaient avec eux et encourageaient leur famille – une famille maintenant complète.

Un mot de Jenny

Bonjour !

Merci d'avoir lu *Le Murmure des copeaux de bois givrés*. Ce livre fut un vrai plaisir à écrire. J'espère qu'il vous aura plongés dans l'ambiance festive de Noël et mis du baume au cœur.

Si vous souhaitez savoir quand sortira mon prochain roman, vous pouvez vous inscrire pour recevoir ma newsletter mensuelle et des alertes sur les nouveautés :

www.itsjennyhale.com.email-signup

Je ne partagerai vos informations avec personne, et vous ne recevrez qu'un message par mois contenant ma newsletter, ainsi qu'un e-mail à chaque nouveau livre. C'est le meilleur moyen de se tenir au courant des parutions, et vous aurez droit à des surprises, comme des petits cadeaux, des exemplaires signés ou encore des recettes, entre autres.

Si vous avez aimé *Le Murmure des copeaux de bois givrés*, je vous serais très reconnaissante d'écrire une critique en ligne.

Avoir les impressions de mes lectrices aide à persuader les autres à prendre un de mes livres pour la première fois. C'est l'un des plus beaux cadeaux que vous puissiez me faire.

Si vous avez aimé cette histoire et si vous désirez d'autres *happy endings*, regardez mes autres livres sur www.itsjennyhale.com/books.

À bientôt,
Jenny
xo

Facebook : jennyhaleauthor
X : @jhaleauthor
Instagram : jhaleauthor
www.itsjennyhale.com

Remerciements

Comme toujours, je suis à jamais redevable à Oliver Rhodes d'avoir fait de moi l'autrice que je suis aujourd'hui et lancé ma carrière. Son exemple continue de m'inspirer et de me guider à chacune de mes décisions.

J'adresse un grand merci à mes merveilleuses réviseuses : Megan McKeever, qui a mis sa grande expérience au service de ce livre ; Jade Craddock, correctrice et préparatrice de copie hors pair – je suis ravie de retravailler avec elle ; et ma relectrice de génie, Lauren Finger, la meilleure d'entre tous. Je n'aurais pu rêver meilleure équipe pour m'aider à achever cette histoire.

Je suis extrêmement reconnaissante à Kristen Ingebretson de s'être chargée de la création artistique. Sa capacité à s'emparer d'une idée à peine ébauchée pour la transformer en chef-d'œuvre est extraordinaire.

Enfin, je remercie mon mari, Justin, qui a dû m'écouter palabrer sur la création d'une marque éditoriale et le choix de nouveaux auteurs, et supporter de m'entendre répéter mon mantra à longueur de journée : « Je dois écrire mes mille mots ! » J'ai de la chance qu'il me soutienne (et qu'il sache se servir d'un lave-vaisselle et d'une machine à laver !).

Sous la direction de : Ambre Rouvière
Assistante éditoriale : Aminata Sissoko
Correction : Nord Compo
Composition : Nord Compo
Conception graphique de la couverture : Nord Compo
Illustration de couverture : © Kanako

PEFC
10-31-3068
Certifié PEFC
Ce produit est issu de forêts gérées durablement et de sources contrôlées
www.pefc-france.org

Depuis 2009, Prisma Media met en place une politique d'achat écoresponsable. Ainsi, près de 100 % du papier de nos magazines est certifié PEFC (gestion durable des forêts). La fabrication des livres des Éditions Prisma s'inscrit également dans cette démarche.

Dépôt légal : octobre 2024 – n° d'impression 3058023
Achevé d'imprimer en France par CPI Brodard & Taupin